图书在版编目（CIP）数据

北京这座城 / 韩小蕙著. -- 长沙 ：湖南文艺出版社，2023.6
ISBN 978-7-5726-1047-9

Ⅰ.①北… Ⅱ.①韩… Ⅲ.①散文集－中国－当代 Ⅳ.①I267

中国国家版本馆CIP数据核字(2023)第019828号

北京这座城
BEIJING ZHE ZUO CHENG

韩小蕙　著

出 版 人：陈新文
出版统筹：谭菁菁
责任编辑：陈小真　张潇格
营销编辑：沈世悦
责任校对：胡伟英　徐　晶
装帧设计：弘毅麦田
书名题字：王庭训
封面插图：张绪洪
湖南文艺出版社出版、发行
（湖南省长沙市东二环一段508号　邮编：410014）
网址：www.hnwy.net
湖南省新华书店经销
长沙超峰印刷有限公司印刷

2023年6月第1版　　2023年6月第1次印刷
开本：880 mm×1230 mm　1/32
印张：10.75
字数：232 千字
书号：ISBN 978-7-5726-1047-9
定价：49.80元

本社邮购电话：0731-85983015
若有质量问题，请直接与本社出版科联系调换

北京这座城

韩小蕙 著

湖南文艺出版社
HUNAN LITERATURE AND ART PUBLISHING HOUSE

以前每到春节前夕，看到同事们大包小裹地忙活着采办年货，然后喜滋滋踏上回老家的旅程，我内心里就充满了羡慕——我却是无处可去的。从我们老韩家的上一辈起，家族就整体移民北京了。我是在京城里生、京城里长大的，一个彻底的北京土著。唉，我就一向以为自己是个没有故乡的人。

后来有一次，我把这心思透露给一位朋友，当即遭到驳斥："韩小蕙你傻啊，北京不是你的故乡吗？"

是——啊！我浑身上下滚过一阵电流，全身的热血都被点醒了。

我的故乡是北京！

兴奋！荣幸！幸福！

谁不爱自己的家乡呢？从呱呱坠地，到首生华发，是北京把我一口一口地喂养大。从孩提时代的各种傻各种幼稚各种可笑，到今天继续演绎着各种体验各种感悟各种新故事，新情旧爱，喜怒哀乐，北京始终是母亲，用她温暖的大怀抱搂着我。她看我欢笑，听我歌哭，警示我的危难，包容我的不堪，度我的一切苦厄。北京是我的生命之根，她永远是我肉身的平台，是我灵魂的泊地，是我每天冉冉升起的太阳！

　　当然，北京不仅仅是我个人的故乡，我没有权利把她说"小"了——她是矗立在当今地球上的一座国际化大都市。她的像航天火箭一样往前冲锋的时代感、流金溢银般的现代感和后现代感，都是直指世界之巅的。她是世界的北京，也是全中国的北京。

　　她也是全中国人民的北京。

　　好了，我与全国人民共北京！

　　谁家玉笛暗飞声，

　　散入春风满洛城。

　　此夜曲中闻折柳，

　　何人不起故园情。（李白）

是的，何人没有故园情呢？现在，我虔诚地把这本"记录个人生长所经历的北京人、北京事儿"的小书，献给故乡北京。

　　希望大家喜欢!

　　　　　　　　　　　　　　韩小蕙
　　　　　　　　　　　　　　北京马连道燕草堂

目 录

第一辑 北京景观

第二辑　北京人文

第三辑　北京故事

第四辑　北京感悟

第一辑

北京景观

外交部街深处

送走了一场撩人的春花雨，我独自走到胡同东口，静下心来，想要细细寻觅一番。

一

这是一条多么熟识的胡同，名"外交部街"，位置在北京城市中心的中心：南接东单长安街，西临金街王府井，往北面上去是中国国家美术馆，往东一拐就看到了北京站的报时大钟。一环以里的位置，是元大都的最早发源地片之一。即是说，如果把今天一点六四一万平方公里的庞大北京比作一朵大花，那么这条胡同堪称是花蕊的心脏。

这是一条多么熟悉的路，我从五岁起就投入它温暖的怀抱了。半个多世纪来，每天东来西走，从牙牙学语一下子就走到了两鬓斑白。问问胡同里的每棵大树、小树认识我不？问问一根根哨兵似的电线杆子认识我不？问问每一块马路牙子认识我不？是的，它们一起笑吟吟地回答："认识认识，你是韩小蕙，你是外交部街的女儿。"

周围胡同的名字，有"东总布""西总布""东堂子""西堂子""新开路""北极阁""干面胡同""甘雨胡同"……唯我们这条胡同后面缀了一个"街"字，为此曾引起多少误会，误以为它是一条街。其实不然，回归历史深处，它最初是叫"石大人胡同"，顾名思义，可轻易推测出这条胡同里曾有石姓的高官大人府，确然这说的是明朝将军石亨。石亨曾是一代名臣于谦手下的一员虎将，在"土木之变"后的北京保卫战中，临危授命的兵部尚书于谦举荐石亨任京营总兵。石果然英勇善战，一举击败南侵的瓦剌军，保住了北京，成为家喻户晓的护城骁将。但后来在代宗景泰七年（1456），趁代宗重病时，石勾结宦官曹吉祥等发动"夺门之变"，协助英宗重新登上皇位，因此被赐封为武清侯。英宗还赐他在今外交部街胡同地面上营建府第。石自恃功高，将石府建得浩大宏阔，几乎占据整个胡同路北的四分之一，比一般王府还大，用今天的话说绝对是"超级别、超标准"的豪华腐败建筑，不仅违背了祖制，也大大冒犯了皇家威权。后来眼见着石亨越来越骄横跋扈，结党营私，更引起英宗的猜度与不安，终以"图谋不轨"罪名将石下狱治死，庞大宅第没收入官。所以，历史的经验值得注意，"满招损，谦受益"，老祖宗的话还是智慧的护身符，人无论到了什么地步，都绝对不可以狂妄轻浮，用老百姓的话说即"得知道自己姓什么"！

嘉靖年间，鞑靼族首领俺答率军侵扰西北边境，嘉靖帝派咸年侯仇鸾为大将军前去剿敌。仇鸾贪生怕死，不战即请人疏通议和，屈辱示弱退兵，回京后又谎报军情，骗得龙颜大悦，将石大人府赐予仇。后败露，被革职，忧惧而死，此大宅再次被没收入官，又赐给成国公朱庚。

转眼到了万历年间，明神宗女儿寿宁公主出嫁，她是神宗最宠爱的女儿，神宗便将这座大宅赐给寿宁公主驸马冉兴让。冉驸马是什么背景有点难考证，后人只知其有雅兴，重建了石府，堂皇富丽，还新添了优雅园林，取名"宜园"，时人形容其"鸟语藏深处，云光断远山"，被誉为京师八大名园之一……

到了清朝，睿亲王又在外交部街盖起新府。新睿府规模十分宏大，远远超过公主和驸马的宜园，有房屋五百多间，中路建筑如同缩小的紫禁城三大殿，有东西翼楼、银安殿、二道门、神库、安福堂等殿堂，西路为王府花园，东路为宗祠、大厨房、磁器库、灯笼库和戏台等，府门外还有马圈和车房。到了末代睿亲王中铨时，已是民国年间，王爷爵位形同虚设，既没有禄银，又没有禄米，但王府依然挥金如土，修房子、修花园、安电话、吃西餐、买汽车……开销巨大，很快就花光了祖上留下来的财产……

一眨眼，三百年大清朝，又马嘶人喊过去了。老百姓可闹不清这些宫闱和宦海里的沉沉浮浮，也记不住一换再换的园子主人姓甚名谁。日久年深，张冠李戴，于是，"石大人胡同"便稀里糊涂地变为"石驸马胡同"……

1923年，在睿亲王府原址上建立了北平著名中学之一的京师私立大同中学，在之后的屡拆屡改屡建中，王府原貌渐渐荡然无存。首任校长是北大教授谭熙鸿先生，该校实行新式教育，很快就与当时蜚声京城的贝满、育英、汇文等几所中学一同扬名天下。新中国成立后，大同中学被改名为"二十四中"，在北京市的中学排名处于中上游水平。20世纪60年代，有一个哲学词"一分为二"是很走红的社会学概念，二十四中竟也被一分为二，成为"二十四中学"和"外交部街中学"。再再后来呢，外交部街中学又被更名为"一百二十四中学"。新千禧年里，不知又是哪一片云彩飞来，两校又合二而一，回归"大同中学"旧称——真的是，潮起潮落，云卷云飞，往雅了说，这不叫"折腾"而叫作"分久必合，合久必分"。

一百二十四中，在"文革"中的"就近分配"口令中，成为我的胡同中学。

二

我这个北京话中的"小丫头片子"，居然就在外交部街中学里厮混了两年半时光。那是最宝贵的冰雪聪明的青春年华呀！并非我主观想"混"，而是被强制地"混"着日子：今天到农村拔麦子，接受贫下中农再教育；明天在学校里脱砖坯，说是苏修要打来了，必须深挖防空洞，便烧出许多许多、许许多多的红砖。只有在初三的上学期，突然传来伟大领袖的最新指示"要复课闹革命"，一时，老师们亢奋得腰都挺直了，无须动员，一个个"蠢蠢欲动"，在连课本都没有的荒谬面前，苦口婆心地教我们学会了"狼赖扶柴门毛"（"Long Life Chairman Mao！"，即"毛主席万岁"）。

我还被教会了一元一次方程，那是我这辈子最惊艳绽放的与代数拥抱的蜜月期。小学五年级即遭遇"文革"，我连六年级的功课一点儿也没学，就以"小学毕业"身份被分配进了我的胡同中学。此前那动荡的两年里，我们大院里有一位大医将他的四个孩子关在家里，亲自督学数理化；而我的家长被批斗，整日恓恓惶惶，自顾不暇，我也就"自由化"了两年。这一"复课闹革命"指示来临，我感到自己可就惨了，根本不知道代数为何物。张老师嘴里的"正数""负数"，在我简直是魔法世界的语言，完全听不懂他在说什么。后来换了王老师，是位留用的"旧知识分子"，他的课就像是一把一把钥匙，一点一点打开了同学们心中的锈锁，也教我重新找回了学习的快乐。记得后来学了半学期以后，学校顶着"右倾翻案"的无限大压力，搞了期中语文和数学考试，语文是默写生词，这对于两年来整天以"黑五类子女"身份因在家里"自由化"看书的我来说太不难了，所以我就成为全班唯一的满分；数学就两道题，难得上了九霄云天，我憋到一节半课的时候，终于用一元一次方程给解出来了，班上另一个女生即那位大医的女儿，用三元一次方程解出，我俩的得数一样，老师证实都做对了！班上一共五十来名学生，只有我们两个女生做出了那道题，这件事真给我自信啊，比后来我拿到新闻界最高奖还价值高。从此，我就喜欢上了数学，后来进工厂做工后，还坚持自学完初中三年的六册数学课本，此竟成为我1978年考上大学的一个关键因素，人生真是步步连环啊！一直到现在，我也还没放弃对数学的向往，前些时在微信上看到十道数学测试题还忍不住做了做，结果做出了八道，对了六道！我认为数学和语文其实是并蒂莲，在我们看不到的高空中，它们就合二而一，结成一颗自然果——就像当年吴冠中先生和李政道先生做过的一个有趣的私人小"游戏"：吴先生请李先生用高能物理的科学思维方法写出他读自己绘画的感受，他则把自己对高能物理的理解用一幅画表现出来。最后，两个人都做了出来，发现双方在高处互相"通电"而会心一笑。吴先生讲起那件事时兴致勃勃的，还拿出那幅画给我看，上面画有许多大大小小的行星，在沿着各自的轨迹运行着。当时我的领悟即"世界就是一个'一'"，老子所言"一生二，二生三，三生万物"的"一"，吴先生笑呵呵地颔首。所以，什么语文—数学，什么文科—理科，什么艺术—科学，这全是我们人类愚昧的自我矫情，在"上帝"面前，哪儿有这么多无聊的分野……

话题扯远了，还是回到我的外交部街中学生涯：1970年6月，正当我的学习有点起色时，突然变故又来了，说是由于连年把知识青年都送到广阔天地去了，北京市就严重缺乏劳动力了，就需要把我们七〇届的一半学生提前分配进工厂了。于是，我就黯然告别了外交部街中学——之所以"黯然"，是因为心情极为复杂，一方面庆幸能进工厂，留在京城里不用上山下乡了；又不甘心以这么低级别的学历就终结学生时代；第三，心里总还是存有一个上学梦，自小的理想是考上当时北京市排名第一的女校师大女附中，然后考北大。现在若去了工厂，万一要是下半年恢复高中了呢？虽然我一直对自己被强行塞进的这所胡同中学耿耿于怀，在老长时间里觉得她"委屈"了我，但现在突然要我离开，我心里还是涌起了"念去去千里烟波，暮霭沉沉楚天阔"的惆怅。

非常感念几位老师：第一位是数学王祖容老师，就是我前面提到的"解锁"老师，在那个价值观严重混乱的年代里，他竟然天才地调动起班上每一个学生，包括所谓的"流氓"学生，跟着他对数学感了兴趣，造成了我们全班都很热忱地上代数课的奇观。还有年轻的女教师常老师，她并不教我们班，却对我极为幼稚的少年诗作大加鼓励，简直像明灯一样照亮了我的心……可惜我那时少不更事，并不知学校脚下的土地即寿宁公主的宜园，不然，怎么着也得像黛玉葬花那样，寻寻觅觅一番两番哈。

常老师细眉细眼，扎两根细短辫，有点儿南方口音，比我们大不了几岁。后来我惊讶地发现，她就住在外交部街胡同西口，与我们协和大院斜对门的一个小四合院里。

三

今天那院子已破败不堪，被一间间支出来的小厨房挤得早就变了形，成为一只这儿那儿开了口的馅儿饼。但据考证，就在它的小院西面，曾建有"墨碟林"西餐厅，是北京最早的西餐厅之一，服务的"基本群众"是协和大院当年那些从美国来的洋大夫，商人嘛鼻子最好使，哪儿能赚钱他们就能及时地出现在哪儿。今天，朝西一面的原建筑还在，其西洋的装饰风格尚存，但也仅仅限于这点儿钢筋水泥上的意义，"墨碟林"早消失了，早早变成了为普罗大众填饱肚子的平民饭馆。而且还经常"城头变幻大王旗"，昨天还挂着"云南米线"的招牌，今天就换成"杨国福"了，好在它们的服务对象也换成来协和医院看病的人，不求吃好，只图填饱肚子，加上便宜和快就行啦——有些当下时代不管不顾，只要把钱赚到手的味道？

这是说的胡同西边，而在胡同的尽东口，曾发生过一件特别神的事：那是 1979 年冬天，我从天津放寒假回到北京，某一天的某一刻，走过胡同东口 1 号院的瞬间，刚好邮递员在喊："1 号院里有叫韩小蕙的吗？谁叫韩小蕙？……"我条件反射地答道："我是韩小蕙。"他随即递给我一封信，是我同学写来的，她只知道我住的协和大院是胡同西口的第一个院子，却不知道北京胡同的门牌号均是从东往西排序的，1 号院是胡同东口的第一院，到了胡同西口，我们大院已经排到 59 号了——然而可真是上天佑我，不然怎么会那么寸，就那么几秒钟工夫，我恰巧从那儿路过。也是直到今天寻根到此，我才知道，这外交部街 1 号院，原来竟然是著名京剧艺术大师李少春先生的故居。

李少春先生出身梨园世家，工武生、老生、文武老生，是京剧"李派艺术"的创始人。他自幼在家中受到艺术熏陶与严格的庭训，十分刻苦，终于练就一身硬功夫。1934 年年仅十五岁，就在上海与梅兰芳同台合演《四郎探母》，得到梅大师的称许和观众认可。1937 年在天津演出，声誉大起，一跃成为头牌演员，此时杨小楼已去世，余叔岩已不再登台，他驰骋于京、津、沪舞台上，一时成为一颗耀眼新星。1949年以后，这位文武全才，不可多得的京剧表演艺术家，出任新中国实验京剧团团长、中国京剧院一团团长，并于1958年加入中国共产党。此时他的艺术创作热情达到高峰，与袁世海、翁偶虹结成艺术集体，连续编演新剧，塑造了杨白劳、李玉和、少剑波等角色，成功运用传统京剧表演技巧塑造现代英雄人物，使国粹艺术得以保存并发扬光大。可惜这么一位京剧功臣，却在"文革"中惨遭迫害，于1975年黑暗即将过去时驾鹤西去，年仅五十六岁……唉，唉，唉，哇呀呀！

外交部街住过的名人还有侯德榜、陈雪屏和华南圭。

侯德榜先生是著名科学家、杰出化学家，"侯氏制碱法"创始人，世界制碱业的权威；同时还是中国重化学工业的开拓者，近代化学工业的奠基人之一。他出身于福建闽侯县一个普通农家，青少年时代得姑妈资助在福州英华书院学习。1911年考入北平清华留美预备学堂，曾以十门功课一千分的不可思议的优异成绩誉满清华园。1913年入美国麻省理工学院化工科学习，又陆续进入普拉特专科学院和哥伦比亚大学研究院学习、工作，获得博士学位。由于学习成绩特别优异，在校期间即被接纳为美国科学学会会员和美国化学学会会员，其博士论文《铁盐鞣革》在《美国制革化学师协会会刊》全文发表，并破格予以连载，至今还是世界制革界广为引用的经典文献之一。1921年，侯德榜接受永利制碱公司总经理范旭东的约聘，离美回国，满腔热情承担起续建碱厂的技术重任，并在短短几年间突破氨碱法制碱技术的奥秘，主持建成了亚洲第一座纯碱厂，其主要产品红三角牌纯碱1926年荣获万国博览会金奖。侯德榜一生在化工技术上有三大贡献：第一揭开了索尔维法的秘密；第二创立了中国人自己的制碱工艺——侯氏制碱法；第三为发展小化肥工业做出了贡献。他的一生充满传奇色彩，培养了很多科技人才，桃李满天下，备受敬重。但在"文革"中被冠以"资本家"罪名，一度无法工作。最终，他也没熬过"十年浩劫"，带着疑惑与苦闷死于1974年，享年八十四岁。

陈雪屏先生（1901—1999）生前是台湾大学心理学系的教授。从1930年代起曾于北京师范大学教育系、北大理学院心理系任教，曾代理国民政府教育部长。后出任过中国台湾教育厅长、行政院秘书长等职。

华南圭先生（1877—1961）毕业于法国公益工程大学。归国后，在1928年到1929年担任北平工务局局长期间，制定了《北平河道整理计划》等；提出了整治永定河及修建官厅水库，将景山、中南海辟为公园等意见；还主持辟出沙滩经景山前门至西四丁字街的道路，辟出地安门东大街等为民造福工程。新中国成立后，出任过北京都市计划委员会总工程师、顾问，其间他的许多提案都获得采纳，比如建设煤气工厂，在北京东郊建设工业区，为北京市全部胡同路面铺沥青，继续对永定河的整治并修建官厅水库，开通京密运河并修建密云水库等。老先生于1961年仙逝，享年也是八十四岁。现今，华先生家的二层小洋楼还在，簇拥小洋楼的小院子也还在，大门处还有一株几百年的老香椿树，掐下一朵小叶，凑到鼻尖嗅闻，清香如故。

四

不过，你若以为我们胡同仅仅停留在此高度上，便也未免太小觑外交部街了。为什么它能被称作"街"？是因为它系着数百年甚至是中国近代史的际会风云呢！它与孙中山、袁世凯、傅作义、周恩来、陈毅、黄华……都有过交集呢！

1912年，它亲眼看到图谋称帝的窃国大盗袁世凯，满脸堆着虚伪的奸笑，不得不暂时躬下身来，恭恭敬敬地在这里迎迓孙中山。当时孙为遏制袁妄欲称帝的狼子野心，凛然将自己的第一任民国临时大总统位置让与了袁贼。而袁贼却玩出种种花招，就是不肯到南京履行仪式，并擅自于当年的3月10日，在北京的"总统府"宣誓就任"中华民国"第二任临时大总统，盗取了革命成果。

这"总统府"即今天的外交部街33号院。1907年清政府实行"新政"以后，为准备招待来华访问的德国皇太子，特命外务部在石大人胡同建迎宾馆，并聘请美国土木工程师学会会员詹美生负责将之修建成一座完全西洋式建筑。该馆于1910年建成，成为清末所建最豪华、质量最好也是最地道的西式风格建筑群。整座院子造型宏伟，楼宇全部雅典神庙式屋顶，罗马大柱，维多利亚门、窗、卷帘、花饰……此外还"庭前碧柳垂阴，芳草宜人。浓阴深处，参列铜制鹿马数具，洵佳境也"。但是后来，计划中的德国皇太子访问并未成行，迎宾馆也就没用上，倒是被袁世凯盯上了这块风水宝地，1911年，时任大清国内阁总理大臣的袁贼将内阁设在迎宾馆内，还在这里谋划了南北议和以及逼迫清帝退位等大事件。

袁贼就任民国大总统后，国内反对声浪迭起，尤其政府与国会屡起冲突，内阁不稳。在此情况下，诡计多端的袁世凯多次邀请孙中山入京，想借孙的威望巩固自己的势力。1912年8月18日，孙中山抱着疏通南北意见的良好愿望赴京。袁为表示礼让，将总统府迁往铁狮子胡同的陆军部，腾出迎宾馆作为孙中山的临时居所。孙在北京的二十五天里，共与袁世凯长谈十三次，并在迎宾馆内接见了包括逊清王朝摄政王载沣在内的各界人士以及不少外宾。经过他的努力调解，组阁危机彻底化解，政局得以稳定，一时，社会上呈现出一派安定祥和的景象。

9月18日，孙中山离京后，袁世凯的内阁政府没搬回来，原在东堂子胡同的北洋政府外交部迁入迎宾馆，从此，"石大人胡同"更名为"外交部街"。著名外交家顾维钧曾在这里担任过外交总长。日伪时期，伪"临时政府"、伪"华北政务委员会"设此。抗战胜利后，这里又成为傅作义的北平警备总司令部……

新中国成立后，周恩来总理在几个备选的地点中，拍板将这个大院定为中华人民共和国外交部所在地，时兼任外长的周总理，后来的外交部部长陈毅，都曾在这座大院里办公，直至1966年"文革"浩劫前外交部搬至东四大街新址。可是我又浑浑噩噩、糊里糊涂了，我儿时的记忆里，从没见过威风凛凛的车队、前呼后拥的武警在胡同里出现过。那时的司长局长们，也都是坐公交车，然后步行到33号院上班。胡同里除了上下班时间人流有所增多外，并无异常。我只记得那些外交官们的穿着都比较好，深色西服比较多，也有少量大小格子的浅色西装，还有深色呢子大衣，一个个风度翩翩，尽显儒雅相，跟他们的外交官身份特别般配。以后等外交部搬走之后，33号大院即清寂下来，我们胡同也随之安静了不少。可是后来的某一年某一天，那院子突然发疯了，老吊车、大铲车、渣土车，一片鬼哭狼嚎，一座又一座高大壮美的建筑——礼堂、宾馆、图书馆、花房……统统被拆毁！随之，在胡同居民们的目瞪口呆中，33号院长出了一幢幢丑陋无比的六层居民楼，除了居住功能外什么艺术元素也不见，灰头土脸的，就像晚间被贱卖的廉价菜。胡同传说是为了给外交部那些众多的司长局长们解决住房问题，时任外交部部长的黄华下了这个罪孽的拆迁令，等周恩来总理得悉此事后，大惊，大怒，大叹惋，让黄华做检讨——可是一切都为时已晚，昔日大清帝国的迎宾馆，被拆得只剩下一个双忠祠的中式大屋顶，外加一个欧式的大门楼，连大门外的两座石狮子都不知去向了。多年以后整治北京街区，恢复胡同原貌，有关方面重建了俩石狮子置于原地，可是糟糕啦，过去我从它俩跟前走过时，记得它们特别高大，我得仰着头看；可现在似乎矮了很多，恨不得让我伸手都能摸到它们的脑袋，不知是我长高了还是石狮子变矮了？到现在我都没解开这个谜团。

五

我们外交部街59号院（协和大院）虽然与老外交部33号院差着二十多号，但那只是从门牌编号上说的，实际上，协和大院的东边院落与外交部院仅一墙之隔。据老人们说，这里原是老协和的篮球场，没有那道墙的时候，两个院落是连成一片的，呈现着开放的姿态。哦，这就是了，到现在我们东小院里还有一个罗马柱的残台座，大约有成人的一抱宽，膝盖高，中间有碗大的一个圆孔，还能隐约看到一些雕刻的花纹——我小时可没少在它上面跳来跳去，对不起了，原来你也曾是有温度的历史文物啊！

此番，同样的一个罗马柱残台座，在33号院的大门内不远，孤独地隐身在一群杂草中，今天它的作用，就是被人拍照——左拍！右拍！上拍！下拍！边拍边大呼大喊："太可惜了！"要真如我们胡同老少爷们传说的那样，那黄华也真是历史罪人了，按说他也是出身某某大学，算得上是大知识分子，可连这样的人拆起来都毫不手软，所以你看整座北京城还剩下多少？！33号院虽然远不能与圆明园的规模相比，但它们是同一时代的建筑，其大礼堂的罗马柱，其大屋檐的雕花纹饰，其窗棂、回廊、房间、阳台……都是西洋风的杰作啊。这样的整体大院在北京城内绝无仅有，如今被一座座下里巴人的蘑菇般蜗居取而代之，其象征意义，其历史堂奥，其福祸因果，其自然之思，其人生感慨，尽在思不透亦想不透的兴叹中！

上面说到双忠祠。这双忠祠尽管镶嵌在大清迎宾馆的西洋群体建筑之中，却是典型的中国传统。庙宇式的大屋顶，虽非故宫、祈年殿一般的黄金色，而是黑琉璃瓦的，但这是等级问题，不可僭越。歇山顶，四梁八柱，红窗彩绘，左右各带三间耳房，中式建筑的基本元素都在。别看今天双忠祠已经破落得就剩下一个门楼了，但在乾隆十六年（1751）刚落成时候，还是非常有气势的：有红墙环绕护卫，有大门、左右门、二门，然后是三间正屋，走廊，还有一座碑亭。当初是为纪念乾隆眼中的两位忠烈而建，为都统、一等伯傅清和左都御史、一等伯拉布敦。我专门去查了史书，想弄清"一等伯"是什么官职，这两位有啥"英雄事迹"，可惜清朝的无数官职带有女真部落的特点，竟然像退潮的海滩一样贝壳满地，繁密而复杂，把我弄得都要吐血了还是一头雾水。该书只有几句语焉不详的话还有点儿用，是说初年为了大清国的开疆辟土，有一批骁勇善战的八旗官兵跟着后金部落首领、后来的开国皇帝努尔哈赤，舍身舍命地浴血奋战，打下了大清的江山。想来这两位被树为楷模的"忠烈"，就是这样的贵族忠臣呗？算了吧，反正那两位在后世子孙眼里已经越来越不重要，双忠祠逐渐被大清后世子孙所挤占、挪用，最后连袁世凯的总理衙门都冷落了它，变成北洋外交部的档案保管处——到现在还剩下这么个门楼趴在胡同里，好赖印证着一段历史，就已经算它福大命大造化大啦！

六

还是让我们回到今天吧，今天已然是 21 世纪，买东西都不用出门了，手机点个卯，"唰——"，钞票就无影无踪了，当然不几天，货品也就稳稳地送到家来啦！

在双忠祠对面，是外交部街 46 号，独门独院。大门似也平常，也是一般百姓家的灰瓦屋顶，与周围居民院落的平房自然衔接，既不显得富丽堂皇，也并不鹤立鸡群。但退后几步，踮起脚看，就能看到院落里有一座三四层，也许是四五层的独栋楼房，神秘气息间或从那总是紧闭着的大门里泻出来。这里最早先也是一大户人家的宅子，后来不知从何时开始，变成了赵镕将军家的住宅。赵1923年参加国民革命，1927年加入中国共产党，参加过南昌起义和湘南起义，1930年参加红军，经历过长征、抗日战争、解放战争，在军中担任重要职务，1949年以后任华北军区后勤部副部长，1955年被授予中将军衔。可能就是那时吧，将军一家被安置在北京中心城区这座中西结合的院落中，享受着世外桃源的生活。

赵将军有一男两女三个孩子。其最小女儿赵小妹是我外交部街中学的同班同学，当然也是"文革"中被强行"就近分配"进入这所中学的。她瘦瘦的，黄头发，尖下颏，一副弱不禁风的样子；平时为人很内敛，只是默默地独往独来，跟谁都不说话。对于我们经历过的筛土、脱砖坯、走远路、拔麦子……她也都坚持着熬了下来，既不积极争先，也不拖集体后腿，这对于羸弱的她来说是有很大难度的。更有难度的是她每天顽强地坚持着不吭声，其实她也正处于豆蔻年华，也是很需要友谊的阳光雨露加以滋润的。后来有一段时间，她果然跟我们班上一位个性鲜明又智商超群的女生做了朋友，于是她的上学下学路上，也就终于有了一个伴儿。最后的结局不出窠臼，未等我们毕业，她也和当时的军干子弟一样去当了兵，听说是在一家军队医院当护士，之后就再无消息了……现在时光飞逝，想来她也已是花甲之年的阿姨级人物了，不知她的这半辈子是怎么过来的？我愿她平平顺顺，可别坎坷蹭蹬——可惜今天34号院门更是终日紧闭，连一点点风光也不肯泄露出来了。

在倒海翻江的大时代浪潮中，任何人想要自保，哪怕如中将之家的这位默默不语的小家碧玉，也都几乎是做不到的事。本来人生即艰难，一个人从呱呱坠地到驾鹤西去，很少听说有一帆风顺、事事皆顺的；而吾侪刚好又处于反清—北洋—民国—军阀混战—抗日战争—解放战争—新中国成立—"文革"浩劫—改革开放……的中国社会大剧变、大动荡、大革故鼎新的百年风云激荡中，谁人能不是"雕栏玉砌应犹在，只是朱颜改"呢？

　　普通小百姓不足道，即如挥挥手影响时代进程的历史大人物，亦摆脱不了社会和命运的掌控！过去在我的印象中，模模糊糊的，仿佛我们外交部街中学大门正对面，曾有过一座巨大的影壁墙，得有北海公园九龙壁那么高，至少一半长，不记得其上有什么花饰浮雕，好像只是洋灰抹平之后又涂了一层赭红色而已。它的背后是什么，不清楚，应该只是一两个不起眼的小平房院落吧，因为直到今天也还是这样，变成了几家专门针对中小学生的小门脸零食店。全没想到，民俗学家王兰顺先生语出惊人，说那里曾是李鸿章李氏家族在北京的祠堂，号称"李公祠"！

　　李鸿章何等人物？晚清四大洋务派权臣曾国藩、张之洞、左宗棠之领衔者，曾为清廷平剿太平天国，曾创建中国海军的第一支队伍北洋水师，曾与帝国主义列强签下一系列丧权辱国条约……中国近代史没有他就写不成。但他明明出身安徽合肥肥东，他家的祠堂怎么会修到北京外交部街来了呢？却原来，不管这位李鸿章李中堂李大人有着多么震天响的"卖国贼"骂名，也不管有多少公开的弹劾和暗地的小报告，其对大清的忠心耿耿与累累贡献，慈禧太后还是心知肚明的，所以允许他在北京、天津、上海、南京等多处建立了李家祠堂，是有清一代唯一享此殊荣的汉人官吏。

北京的这座李公祠，正门是在西总布胡同，其宽阔一直绵延到外交部街胡同——却原来我模糊记忆中的那块赭红色大墙，非是影壁墙而是祠堂的后山墙。祠堂内的规格之高令人咋舌，李鸿章挨了多少骂，他就得到了清廷的多少安抚与嘉奖，慈禧太后竟称赞他为"再造玄黄"之人，简直是拿他当作人间无二的救星了。在今天北京天坛公园的"百花园"内，有一座敦敦实实又极为精致的中式亭子，六角攒尖顶、六梁十柱、二层重檐、橙黄色宝顶。双重檐面均为米黄色和橙黄色琉璃瓦镶嵌，蓝色琉璃瓦镶边。檐角上站着一大牛首带三小兽，横梁彩绘，大柱红漆，下面由一圈红色坐栏蜿蜒连接。你道这是天坛亭？非也！这是从我们外交部街李公祠搬去的李家亭，时在20世纪70年代末。

现如今，李鸿章灰飞烟灭，李公祠物非人非，一切都成为历史的下脚料。书写至此，着实令人唏嘘，使我想起古人曾表达过的感慨：怆然天地间，人生一浮萍……

七

"斜阳草树，寻常巷陌，人道寄奴曾住。"影影绰绰的光阴，形形色色的人物，赫赫猎猎的风声，明明灭灭的烟云，"眼看他起朱楼，眼看他宴宾客，眼看他楼塌了！"

屈指，八百年过去了！今天的外交部街胡同，仍然是长不过七百二十一米，宽不过九米，但褪去了"金戈铁马，气吞万里如虎"的英雄气，繁闹出一派"醉里且贪欢笑"的市井碎片。

被路北一侧的收费停车位占去三分之一，胡同一下子显得那么狭小局促了。再杂以野草一般冒出来的小餐馆、小杂货店、小理发店、小按摩店、小洗衣店、小五金店、小手机店、小旅馆、小菜店……所营造出的乡村集市特有的戏谑与喧闹，则昔日老北京胡同的静雅文化风景，已不见踪影。就连交往的语言，也很少听到"北京话"而成为"南腔北调杂弹"。真正的老北京人，胡同里的老街坊，已越来越多选择将自家小平房出租给外地人，然后拿着租金去住几环以外的单元楼。故此，真正的"老北京风"——包括谈吐、着装、吃食、生活习惯、卫生素养、嗓门音高、待人接物礼仪，以及约定俗成的"老理儿"等等，也都加速地"雾失楼台，月迷津渡，桃源望断无寻处"了……窃以为，这些物质的乃至非物质文化遗产，真到了必须加紧实行保护与传承的紧要关头了——在此，特提请东城区非遗保护中心关注此问题哦，不然，若"北京文化"在我们这辈人消失掉，咱们可就成为愧对祖宗的不肖子孙啦！

话说着容易，上嘴皮子对下嘴皮子一碰，齐活。可真要实施起来，就是比让盲人睁眼、让瘫痪者站起来、让老年人返老还童更难的事。在我们这个星球上，这叫作"大城市病"，放眼纽约、巴黎、伦敦、罗马、雅典、马德里、里斯本、布鲁塞尔、阿姆斯特丹、悉尼等等，无论是"超大级"还是"次大级"，哪个城市也没能解决贫穷、困顿、肮脏、混乱、丑陋、喧闹的"城中村"现象。甚至，许多欧美大城市还是穷人越聚越多，贫困区域越滚越大，使得富人和上层人士纷纷举家"胜利大逃亡"，舍城市而遁入小镇、乡村……

这回北京市政府是动真格的了！这几年，不单疏解了大红门、动批、天意、秀水、神路街……的散乱人口，而且步子紧着迈，对积累叠加有年的沉疴，果断全盘医治。甚至不惜采用"人盯人战术"落实到每一条街道和每一个胡同，铁了心也要除去一切病灶——拥护呀拥护！譬如我们外交部街胡同，现在已经面貌大变，褪去了几十年强加在她身上的一块块褴褛补丁，露出了"胜却人间无数"的天然本色。

——哈，你好，多年未见了你这超模般的身材！

——嘿，你好，居然还能还原出你的青春靓笑！

——哇，你好，咱们支持政府的整治大行动，一定要让大北京给地球全体城市们，做出个宇内第一的榜样来！

至此，有关外交部街的变迁故事，还远未说完。比如，还有 7 号院原中央合作银行金库北平分库的故事；有 30 号院元贞观旧有的历史风貌与华北文工团的故事；有 36 号院基督教圣公会道圣堂的故事；有 38 号院仁记洋行及它所起到的历史作用的故事；有今天的西总布小学后门、昔日北京电车公司旧址里，曾发生的京师警察总长与北京电车公司之间的故事；有 44 号院原"墨碟林"西餐厅的变迁故事……恨不能每一扇院门背后，都演绎着神秘莫测的电视连续剧；却原来每一个院落内部，都是一部繁复精彩的非虚构传奇。

而我最最熟悉的 59 号协和大院，更是住过中国近代、现代和当代医学史上，很多位声名显赫的国之大医，他们的故事更是一部长长的连续剧……

2017 年 6 月于协和大院

在北京的心尖儿上

　　青少年时期，我曾在北京酒仙桥的一家工厂做过八年工，因此我是正正经经的产业工人出身，对工厂充满了感情——"工厂"这个词在我的字典里，永远是温暖的、馨香的，表达着旭日喷薄的那种壮丽景象与情绪。

　　2015年五一劳动节前两日，正是牡丹动京城，绿柳拂依依的时节。薄日轻云的一大早，坐在北京东城区"七七文创园"小剧场里，有种置身历史后台的异样感。看着眼前宽宽的舞台，头顶上那些支支棱棱的铁架子舞台灯，以及身后一排排可以自由伸缩移动的座椅，心里正愉快地想象着曾在这里上演的台湾情景剧《台北诗人》，突然听到介绍说，这个小剧场是由以前北京胶印厂的印刷车间改建的，不由得吃了一惊。再度把眼光推及至整个剧场，来来回回地寻觅，企图找到当年旧工厂的些微痕迹。

但早已恍如隔世!

或曰"时光不再,青春不再,人生不再",眼下这些代表着中国早期工业文明的大批街道工厂,却再也没工夫惆怅,而是毅然决然地与21世纪的、大数据时代的、全新格局与观念的"新常态"牵手,向明日黄花做了最后的告别。"我挥一挥衣袖,不带走一片云彩……",这是徐志摩的诗句,此情此景,适时地袭上了我的心头。

"美术馆后街77号",虽然只是个门牌号数,可我觉得它也具有了一种诗歌般的神秘味道,用《学与玩》杂志原主编、老东城人马光复先生的话说:"太熟悉了,是老北京人谁不知道?"这个小院落可以说是镶嵌在北京的心尖儿上:是在一环以里的寸土"尺"金的地界上;是在绿树掩映的皇城根绿化带上;是在金碧辉煌的紫禁城之畔;是在景山公园、北海公园东邻;是王府井大街的终点;是中国美术馆的后院;是天安门城楼的一块进门影壁……而整条"美术馆后街"历史悠久,与古老的北京城一样底蕴深厚:元代为安贞门街的一部分,属蓬莱坊,忽必烈曾在此处为道教正一派传人张留孙建崇真万寿宫;明代为安定门大街的一部分,属保大坊;清代册封给了正白旗,雍正年间建诚亲王府,同治年间为荣安固伦公主府,光绪年间改称"大佛寺西大街";"文革"中一度被红卫兵改称为"首创路",1973年正式更名为"美术馆后街",直至如今……

还说美术馆后街77号:新中国成立以后,这个院落逐步推衍变化,后来在某个东风浩荡的日子里,定格为北京胶印厂。在该厂载歌载舞的青春期,风流过、辉煌过、因印制画像和像章被万众瞩目过，过了一段"唯知跃进，唯知雄飞"（李大钊语）的好日子；但现在早已厂老气衰，且噪声严重超标，异味不符合环保要求，像一只气息奄奄的老衰鹰，连如何站起来的想象力也丧失殆尽了……工厂负责人面对着一台台傻大黑粗、再也救不活的旧机器设备，和几十号要生存要吃饭的工人及他们的老人孩子，愁绪啊，恰似一江春水向东流！

春水年年，抽刀断水水更流……

不过，且慢，既然欣逢盛世，就不应当是一点儿希望也没有的死路一条啊。关键，还是要看看怎么抽刀？如何断水？终于，2012年盛夏，抽刀断水的倒是没来，"腾笼换鸟"的来了！

在东城区政府有关政策的推动下，区国有企业——北京东方文化资产经营公司的代表来了，在东城园管委会副主任韩树凡的操作下，与北京胶印厂达成了二十年的战略合作意向。所谓的"腾笼换鸟"，真是一个要多形象有多形象的比喻，由政府注资入股，把破旧的、没有发展前途的老旧街道工厂旧址，改造成符合今天社会发展形态的文化创意园，从而，让更有生命力的鸟儿，从这里一飞冲天！

仅仅两年多时间，经过专业的北京东方道朴文化资产运营管理公司实施的全面改造，昔日灰头土脸的"村妞"北京胶印厂，变身为今天这副具有国际"范儿"的"大都市女郎"了：楼内、楼外、楼顶，摆放着各种材质、各种风格的大型雕塑；沙龙空间和创作者俱乐部的墙壁上，挂着色彩浓郁、形态夸张的先锋派画作；大型电子工作平台、多种国际风的小型办公室内，文化氛围浓厚，人影憧憧；展览厅的展品是某民间人士收藏的各种篮筐，有些曾做过影视剧的道具；空中阳台变换着各种造型的灯光，还植有绿地和小水塘；最最招摇的，是那根旧工业化时期的大烟囱，原来的傻大黑粗表情已被改画成黄、蓝、红三种颜色的"萌萌哒"图案，"翻身农奴把歌唱"，变成七七文创园的大 logo（标志）了。

在这么好的明星地段，具有这么洋气的工作环境，那不宾客盈门打破头，难道还能有别的局面？但七七文创园可不是什么项目都接纳的，皇帝的女儿不愁嫁，文创园只是打造电影电视主题行业，目前已入驻了多家知名影视公司，包括德国PIXOMONDO 图文制作北京公司（2012 年奥斯卡最佳特效奖得主）、盛大动漫公司、有妖气动漫公司、都市实践、果麦文化传媒、虎嗅网、百道践行文创公司等等，连东方道朴管理公司的办公室都被"占领"了……

真是愧做了东城人，不看不知道，一看吓一跳！莫道一天天斜阳匆匆转瞬去，却原来身边早已风云际会，绿了芭蕉，红了樱桃。类似"七七"这样的文化创意园，东城区已经在交道口、北新桥、雍和宫、方家胡同等地区做成了十九个园区。除了京城里最常见的喜鹊、灰山雀和麻雀，还有啄木鸟、布谷鸟、绿头鸭、天鹅、苍鹰、丹顶鹤等等也试探着入驻进来。甚至，有凤来仪，连孔雀也飞来了，引得欧美一些国家的媒体都前来采访报道了。

一泓春愁水，已汇成一条高歌猛进的大江！

在故垒西边，人民美术印刷厂厂长、党委书记肖福全的脸上，连皱纹都笑开了花。他的厂子位于北新桥板桥南巷，面积、体积跟北京胶印厂差不多大小，也是有楼有院子，家底儿不错。

可惜也是设备老旧，工人年龄偏大，观念偏旧，加上连年开工不足，挣不来钱，熬得肖厂长那一头黑发都花白了……韩树凡主任又带来了东城区政府的"胡同创意工厂游"项目，经过一番文化打造，在旧厂址上建成了"人民美术文化园"。现在，该园除拥有一座薪传昔日辉煌业绩的"人民美术文化博物馆"外，还引进了Raythink藏锐机构、北京金刚游戏科技公司、北京早晨全家福摄影会馆和宝贝优国际儿童摄影连锁机构、己未空间高端会所、在村上糯言酒馆等大小商户入驻。除了笑眯眯坐地吃租金之外，厂子的一些老职工还被安置在园区内就了业，因此，我看到不仅肖厂长在笑，似乎每个人都笑意盈盈的……

我也笑了，从心里往外高兴：

我虽然既非笼，亦非鸟，但我这个老东城人，经历过槐香一胡同，绿树绕红墙的北京时光；也眼见着外地小商贩大军风起云涌，麇集京城的景象，并目瞪口呆于这种景象越演越烈，每天都在不断深重化；我更痛心一条条胡同被拆、被毁灭性租住、被饭馆化商业化、被空气污浊垃圾遍地、被变成日益喧嚣的农贸市场、被退回到农业文明时代……而胡同内几无完整的四合院、越加拥挤不堪脏乱差环境的叠加效应，更使得北京居民们加速"胜利大逃亡"，随之北京的"胡同文化"也在不停地流失……虽然北京市和东城区政府一直在想方设法治理，治理，治理，但治理似乎永远赶不上粗鄙化的下滑速度——当然，这也是横亘在所有世界性大都市面前的一道共同的难题，无论是巴黎、伦敦、纽约，还是罗马、苏黎世、德黑兰，国际化大都市的"中心区域贫困化问题"，至少到目前，均无解。

但愿我们东城区的"文化创意园"项目，能为此提供出卓有成效的经验；期冀古老的北京作为一只吉祥的金凤凰，能早日完成她的涅槃新生，或可成为全世界的领头鸟。说来，古往今来，白云悠悠，世事多难，人生辛艰，天下从没有一条太平路。我们只能披坚执锐，筚路蓝缕，永不放弃，奋勇前行，去争取全体老百姓的幸福生活指数，上涨，上涨，上涨。

　　哦，请把你的右手抚在胸膛上，可以感觉到心脏在有力地跳动。北京是中国的心脏，东城区在北京的心尖儿上，眼见着一天天高楼大厦春笋般生长，眼看着一日日科技创新成果繁花般盛开，旭日东升，钟鼓和鸣，红霞满天，百鸟翔飞，在红墙绿树下奔忙的东城人，加——油！

　　　　　　　　　　　　　2015 年 5 月 15 日于北京东城

这是北京的珍宝

——观"北京百名作家手稿展"

见到了那些手稿，就如同见到熟悉的文友们，我的心立刻温润下来，刚才那股不快的情绪逐渐淡去。其实也不能算不快，而是有点郁闷——在那天天经过这座著名博物馆的 685 路大巴车上，那位三十多岁的售票员，竟说她"不知道有鲁迅博物馆"，"从来也没有人问起过"。这可真是的，北京人，难道这么快就不识这位伟人了吗？尽管那个售票员只是一个普通市民，但我觉得这里面的确有些问题：是谁失职了呢？

也许是政府有关部门？也许是新闻界？也许是作家们自己？历史就是这样，需要不断重复，不断教育，不断温故而知新，不然，很轻易地，就会遗忘和被遗忘。也正因此，才有了金秋中的这个北京文学节，才有了在北京鲁迅博物馆举办的这个"北京百名作家手稿展"，这是北京的文学史，是北京的文化发展史，也是整个北京历史前行的一个组成部分。

"北京文学节"是北京市作家协会主办的，至今已成功举办了两届。今年这第三届恰逢党的十七大胜利召开，应该搞些什么活动呢？为此，北京作协的领导和工作人员们费尽了心思，最后提出动议：用举办作家手稿展览的方式，为今天的文学事业做一个薪火相传的、庄严的承诺。此动议一提出，北京的作家们都连声叫好，马上响应号召行动起来，翻箱的，倒柜的，捡拾历史的，复写今天的，短短时日，老中青几代北京作家们的手稿、照片和资料，就都到齐了，人心也聚齐了。于是，就有了这个充满书香墨迹，也充满过节喜庆的展览——说来，展览的历史意义不平凡，这是新中国首次举办的作家手稿大展。

开幕式一大早，近百人从北京四九城、五郊八县赶了来，一个个笑逐颜开，互相庆祝展览的成功举办。绿树、红墙、黄色琉璃瓦的鲁迅博物馆里，苍松凝碧，翠柏吐绿，一串红和黄菊花竞相绽放，开成了一片烂漫的云锦。在北京秋阳的金色照耀下，北京作协名誉副主席、著名作家赵大年，北京作协驻会作家、著名编剧邹静之，鲁迅博物馆馆长、著名批评家孙郁代表全体参展者致词。北京作协主席、著名作家刘恒为展览撰写了题为《文学之碑》的序言。北京作协驻会副主席李青介绍说："本次展览共展出了一百三十一位北京著名、知名作家的珍贵手稿，这是国内首次集中展示上百位在世作家的手稿。在电脑和网络普及的当下，不仅去世作家的手稿已成为文物，在世作家的手稿也已经极为罕见。我们举办这次展览，就是为了以特殊的展览形式，拉近作家与读者的距离，使读者了解作家们在创作过程中的思想变化，看到作家们创作的艰辛印痕。"

我走进宽敞明亮的展厅，一个一个展柜、一个一个展板，细细地品读着，脑子里不时浮现出它们主人的音容笑貌、脾气秉性、风趣逸事，以及他们或长或短或威武雄壮或沉稳安静的人生轨迹。在中国当代作家队伍的格局中，北京作家协会是一个实力格外强大的大团体，不用细说过去的文学大家老舍、赵树理、汪曾祺等都是北京作协的老前辈；仅以当今数之，王蒙、林斤澜、雷加、邓友梅、张洁、刘心武、浩然、谢冕、严家炎、母国政、凌力、陈祖芬、陈建功、史铁生、食指、张承志、毕淑敏、刘庆邦……都是北京作协集团军中的男将女将，还有周大新、郭雪波、阎连科、海岩、石钟山、徐坤、曾哲、徐小斌、林白、荆永鸣、邱华栋、宁肯、程青等层出不穷的中青年接班人。看着展台上那一页页熟悉的字体，我感到十分亲切，心头的热浪一波一波地翻卷上来——做了二十多年的文化记者和文学编辑，这其中的绝大部分字体，我都早就领略过，而且，我自己也珍存着他们在以往的岁月中给我的手稿和信件。可惜近年来由于电脑的介入，带着体温的手稿和信函越来越少了，逐渐变成了珍稀的"文物"。不过，那我也没有放弃，而是把他们有内容、有价值的"伊麦儿"信件也都保存起来了，我觉得那也同样带着他们的热诚，同样闪烁着他们的才华，更有许多灵光一现的思想是从他们的生命本源喷薄而出的。我舍不得撇下这些珍宝，应该把它们留给后世的研究者。

据介绍，本次参展的最年长者是九十三岁的雷加，看上去像七十多岁的老爷子精神矍铄，一大早就端端正正地坐在轮椅上，让儿女们推着赶来了。当大家请他在开幕式上讲话，他反应灵敏、声音清晰地说："嗓音不好听了，所以就不讲话了。"本次展览的最早手稿，是童话大王孙幼军写于 1961 年的《小布头奇遇记》，现在的年轻人不知道了，那可是我辈一代中年作家当年的精神食粮，那时，我们谁不知道"小布头"呢，谁不是到现在还会唱那里面的一首首儿歌，比如"鼠老五，溜出洞来散散步"等等。从 20 世纪 60 年代到现在，近半个世纪过去了，这本童话创造的单本书发行量最高的纪录还没有被打破，它依然是今天孩子们最喜爱的童话之一。本次手稿中最有特色的，是张承志用蒙文写的诗歌，那是 20 世纪 70 年代他在内蒙古插队时的青春之作，从那略显粗放的字体，可以清楚地感受到"故言之不足，则咏歌之。咏歌之不足，则不知手之舞之，足之蹈之也"的激情喷发。本次手稿中最独特的，也许要算肖复兴送来的一个旧本子，他的小说手稿竟然是写在这个黑皮的小 16 开笔记本里的，在已经发黄的纸页上面，布满了密密麻麻的蝇头小字，只有少许的修改痕迹，可以看出他当时的书写状态是相当流利的，可用"文思泉涌"来形容。

都说是"文如其人"，其实，我更觉得是"字如其人"。你看，林斤澜直到现在还是手写，他老人家的字横平竖直，规矩整齐，像珍珠一样圆润，仿佛能听到"大珠小珠落玉盘"的清朗之声，就像他走到哪儿带到哪儿的"呵，呵"的笑声一样。张洁的字宛若她的为人，认真，清秀，雅致，看上去仿若上等的女红绣片，特别具有知识女性的美丽动人的气质，我甚至感觉比她的真人还老练、从容、成熟。

和我同时代的作家中，陈建功的字我从 20 世纪 70 年代就开始熟悉了，那时他是出身于书香门第的矿工，由于从小的童子功打底，故虽贵为"工人阶级煤黑子"却始终保持了书卷气，不染粗犷，字体小而娟秀，让人想起大学校园，直到今天他依然是这种"大学体"。还有一位作家的字我也是从 20 世纪 70 年代就认识了，即北京作协的刘恒主席，他的电影、电视剧，全国人民很少有没看过的，其中最著名的是《张思德》和《贫嘴张大民的幸福生活》。我还十分清晰地记得三十多年前，有一天和《北京文学》老编辑郭德润先生上他家去的情景，是在西单附近的一间小平房，靠门窗放着一张书桌，上面摆着一个小小的书架，整齐地排列着一排书。我们看见他在本子上认真抄录的警句和文学好句子等等，就是在那一笔一画的学习中，刘恒从一名流水线上的装配工成长为今天的著名小说家和剧作家。女作家毕淑敏的字带有男性的刚劲，这也许和她当了多年兵有关，恐怕再细腻的"小女人"也变得坚硬了，不少评论家认为，毕淑敏迄今最好的作品还是她写西藏题材的《昆仑殇》，那里面存有的最刻骨的生命记忆，恐怕也是她一辈子最重要的财富了。

偌大的展厅里非常安静，人虽然多，但大家都轻手轻脚，竭力屏住呼吸，仿佛是不想打扰作家们的思路。还有很多、很多位作家的熟悉的字体，一笔一画的，一张一页的，勾起了我的工作回忆：某年某月某日，他们给本报副刊写了什么稿子，当时我的欣喜心情，还有发表时的费心斟酌，是头条还是右上，是加花框还是改字体……

谈起作家手稿的种种逸事，老作家邓友梅随口就讲了一个故事：20世纪50年代初《北京文学》杂志创刊时，老舍、赵树理亲自担任主编、副主编，汪曾祺是编辑部主任。有一次上级组织作家们到四川凉山彝族自治州参观，当时还是小字辈的邓友梅写了一篇稿子，题目是《大凉山的云》，其中有一段描写他自己颇为得意，大体意思是清晨走到田野里，看到庄稼上有许多露珠。太阳升起来以后，露珠在太阳的照射下变成了雾，在山间飘荡。待到中午时分，太阳升得更高了，雾在阳光的照射下继续变幻，渐渐变成了天上的白云……全没想到，老舍先生在手稿上批道："露是露，云是云，雾是雾，小邓你别瞎掺和。"一份手稿，一段佳话，传到今天，不仅是供人回味的故事，还可以清楚地看到老作家们是如何手把手地扶植青年作家成长的。可惜这份珍贵的手稿没有保存下来，以前大家都不重视这个问题，时间一长，编辑部也就不存档了，只有一些特别细心的编辑保留了一些，其他大量的都湮灭在岁月的风尘里了，甚为可惜呀！

　　改革开放以后，商品经济大潮迅猛推动了中国的前进步伐，同时也把金钱的概念快速传递到各个高山洼地、城市乡村。交易市场上出现了作家手稿、书信等等的买卖，这当然也不全是坏事，起码从另外方面起到了重视、珍藏和保护作家手稿的作用。恰逢此时复印机的出现，更极大地提高了作家手稿的保存率，我记得从20世纪90年代中期开始，我所收到的季羡林先生的手稿、信函等就是复印件了，听说原件一律被北京大学存档珍藏了。这也让我想起一件憾事：1994年的某一天，吴冠中先生打电话来，说他有一篇极重要的稿子，要亲自送到报社，这就是他的八千字长文《黄金万两付官司》。本报"文荟副刊"全文刊登后，社会反响强烈，对他那场久拖不决的假画官司案的结案，产生了直接的推动作用。可是遗憾的是，当时由于发稿匆忙，我竟没有保留下那份珍贵的手稿。

谈到作家手稿的意义，孙郁馆长说：鲁迅博物馆藏有大量"五四"时期的作家手稿，中外都有学者从这个角度展开研究。比如对鲁迅先生的研究，从他对文章的修改找寻他思想的变化，从他用纸的讲究看出当时社会的很多信息等等。再比如还有学者发现，同是许寿裳的《鲁迅回忆录》一书，台湾的版本和大陆的就有多处不同，两相对照，可以为厘清文学史上的许多争议问题提供原始的可靠依据。

邹静之从书写工具的角度阐述了对作家手稿的理解，他说：《诗经》《论语》时代的文字是刻出来的；汉代蔡伦造纸以后，毛笔使书写扩大了，后来逐步出现了唐传奇、元曲、明清通俗小说等等，使文学越来越大众化了。毛笔时代出现了许多伟大的作家，远的不说，离我们最近的有鲁迅先生等等。而他自己和一大批中老年作家都是圆珠笔时代的作家，从新中国成立后到20世纪90年代初，大家都是靠圆珠笔和复写纸写作，很多人的手指都磨出了茧子。现在又出现了新的网络作家，一天就能"写"成千上万字。这一切说明了写作工具越笨拙，语言文字的讲究程度越高。因此对现在文风的改变、对电脑的快速写作来说，将来没有手稿了，可能也是一个文学时代的结束了。

有一部分作家支持他的观点，比如小说家郭雪波、宁肯、荆永鸣等，他们认为本次作家手稿展是文学书写时代的一曲挽歌，所以是抱着惋惜的心情来作最后的祭奠和告别的；另有一部分作家如解玺璋、徐虹等，虽不这么悲观，但心情也有点酸楚，因为他们一向喜欢从作家们的手稿中体味其音容笑貌、个人性格特点，他们觉得手稿才是有温度的，更能体现出作家的魅力；还有一些作家如徐坤、曾哲认为，随着时代的发展，高科技必然改变我们的生活，旧的时代一定会过去，新的也一定会发展得很好。

电脑写作的方便和高效，一方面是无可抵挡的，另一方面也给今天的文学书写提供了更适合 21 世纪的写作方式，当下的文学实践已经证明了这一点——我们的写作并没有因为不再手写而变得数量减少或质量下降，就连许多老作家如李国文、邓友梅、刘心武、张洁等，如今对电脑也是情有独钟，你让他们再回到圆珠笔写作，无异于让他们回到"鱼传尺素"的时代，已经完全是不可能的了。再说，前面已经提到，没有了手稿，电脑也照样能珍存作家们的印痕。陆文夫先生去世的前半年，我和他有多封"伊麦儿"通信，现在一直保存在我的 D 盘上，并且可以永久保存。而且迄今为止，强大的电子技术已经能够解决来稿的原始文件储存问题，在时间老人的公正、诚实的记录里，作家们的灵魂自由自在地畅翔于网络的天空之中。故此，我一点不觉得互联网是咄咄逼人的侵略者，不，它是一位好帮手，绝对多数的作家们都宁愿"牺牲"手稿而选择它。

走出鲁迅博物馆大屋顶的宫殿式展厅，灿烂的阳光下，一行白鸽正从眼前飞过，留下一串明亮的哨音，在悠悠白云间回响。对，那哨音是明亮的，这当然和心情有关：刚刚胜利闭幕的十七大，给中国的作家们加了高质量的新油，鼓舞了融入时代建设的新的干劲。作家们纷纷表示：将以满腔的热情和激情迎接新的时代、新的生活，与国家和全民族一起，行进在全面建设小康社会的大道上！

2007 年金秋于京南角门

温暖的三月雪

——中法女作家及读者"谈情说爱"现场记

3月14日的北京，突然下了一场三月雪。这是六十年来京城最大的一场三月雪，给人们带来的欣喜，一点儿也不逊于"忽如一夜春风来，千树万树梨花开"！

对于前一晚刚刚抵达北京的卡米耶·洛朗斯女士来说，第一次来到这座神奇的东方大都市，就见到了她银装素裹的丽容，真有如神的恩赐。这位法国当红女作家，是作为正在北京举办的"第15届法语活动节"嘉宾，专程来与中国读者"面对面"的。而来京后她的第一个亮相，即是在洁白雪花的陪伴下，走进东城区图书馆，与中国女作家及普通读者们共同研讨中外爱情小说。

北京东城区有着"中国第一区"的美称，如果说北京是中国的心脏，东城区就是北京的心脏。去年刚刚装修一新的东图大楼，虽然只有六层，但在古城心脏保护区中，已可以用"巍峨"来形容了。重张的一年多以来，在东城区文委的大力支持和肖佐刚馆长的激情努力下，每周六在这里举办的免费文学讲座"作家与读者见面会"，已有上百位名家到馆讲课，为读者解读名篇，推荐好书，赢得了广泛赞誉，也使这里成为享誉京城的一个文化中心——这不，虽然雪飘飞，天大寒，路湿滑，今天还是来了几十位热心读者。

下午三点，会议开始。主席台正中，坐着一身驼色衣裙的卡米耶女士，她的两旁，是中国著名女性文学批评家王绯、徐坤，她们都是认真读了卡米耶的作品，有备而来的。王绯是中国社科院研究员。此徐坤亦即著名女作家徐坤，公众都知道她的小说《八月狂想曲》《狗日的足球》等，殊不知她文学研究也做得相当了得。卡米耶·洛朗斯1957年生于法国第戎，长篇小说《在男人的怀抱中》获法国四大文学奖项之一费米娜奖，并获龚古尔奖提名；其后的长篇小说《非你非我》再获龚古尔奖提名（这两部书的中译本均已面世）。自传体是其小说的重要特点，她在作品中描述了各种形式的爱之情感。

从表面故事看，卡米耶描写了女主人公与父亲、情人、儿子、朋友、同事、路人等等各色男人的纠结，包括童年期的性侵犯、青春期的成长教育、婚姻期的迷乱与迷惘，以及丧子的悲痛和丈夫的不忠等等，对一个女人来说，世界是如此复杂，爱情是如此不可得，因此生活是如此的不堪！由于文化背景的差异，有些读者觉得纷乱芜杂，不知应如何解读这一切乱象，尤其是故事背后隐藏着的哲学的深义。

有读者提问："您是法国文学派别中的自传体小说家，个人经历在作品中占有很大位置，请问为什么要把自己的经历变成小说呢？"

卡米耶答："我以前的写作是有禁忌的，闭口不讲自己，还写过侦探小说。但后来生活中发生了一件大事，我失去了自己的第一个孩子，这令我很长时间无法调整自己，再也不能不把自己放进去而写作了。我要强调的是，对一个女作家来说，不管她写的是什么类型的小说，书中都多少有她的影子。我就想，为什么不把这层面纱揭掉，直接袒露我的内心呢？小说中的我已不是单纯的我，而是双重的——现实中的我和虚构的、想象中的我。"

王绯的解读竟然和卡米耶非常的异曲同工。她认为，卡米耶的作品属于"双声道小说"，一方面是作者型的，站在"全知"的立场上进行第三人称叙述，是社会化的表述；另一方面是个人型的，以第一人称的角度把自己搁进去，袒露内心的每一微澜。这种双声道合一的写作非常艰难，但卡米耶成功了，尽管她的主要描写对象是男性，但我们听到的却是纯女性声音。多年来一直在做女性写作研究的王绯坦率地说，这种"作者型小说的社会化＋个人型小说的叙述化"写法，中国到目前为止，还没有哪位女作家达到如此的高度。

又有读者提问："您的作品体现了女性写作的极大自由度，这为您赢得了艺术创作的广阔空间，请问这样的意识是怎样得到的？"

卡米耶坦率回答："感谢你提到了这个问题，创作自由的获得也是不断探索出来的，每部小说的完成就是自由的完成。写爱情小说有很多禁忌，每一部作品都是面对一场挑战，当我赢了之后，我就成熟了。"

徐坤认为，人类的爱恨情仇全球同样。作家如何获得写作资源，写出爱的痛楚，也是个全球同样的难题。卡米耶运用蒙太奇手法，将男女两性在爱情中的挣扎描写得准确到位，在欢乐中挖掘出了爱的沉痛。此外，去年在巴黎参加过"中法文学论坛"的徐坤还介绍说，法国女作家们擅长个人感情的表达，通过爱情婚姻、通过和男人较劲而描写人性；中国女作家尤其是中年以上的女作家，更关注社会人生，习惯从宏大叙事入笔，跟自己和社会较劲，从而探索社会的命运。

卡米耶显然吃惊于中国的专家、读者们会对她的作品理解得这么深。有点忧郁、话语不多的她，几次在翻译的话还没落地，就显露出心心相印的微笑。她发自内心地说："非常感动地坐在大家中间，这是我从事写作以来的第一个个人作品研讨会，能这样深地被你们所理解，让我受宠若惊！"

主持人充分肯定了这种交流的深远意义："文学是灵魂的一面镜子，也是灵魂的主诉对象。通过文学，我们达到向世界倾诉、了解和认识世界的目的，也吸取其中的营养。无论如何，交流是好事情，通过与陌生人、陌生国度的交流，我们可以开阔眼界，了解到世界上原来还发生过这么多我们不知道的事情，还有这么多人选择着和我们如此不同的生活道路。然而殊途同归，大家都在不懈地寻找人生的幸福，这就是我们这个见面会的积极意义。"

　　是的，面对纷繁世界，面对不同的文化背景，你不能断然说谁的选择是对的或是错的。了解世界不是为了说服世界，交流也不是强加于人。你可以倾听，可以倾诉，还可以互相评判和纠正，但不要期冀在短短一个下午就改变了对方——和而不同，和平共处，可以的情况下再努力互相帮衬一把，生活会因此而明亮许多。

　　外面的天色渐渐黑下来了，舞动了一天的雪姑娘也终于休息了。走出东图大楼，但见万家灯火在皑皑白雪的映衬下，越加璀璨耀眼，动人魂魄，北京真美啊！

2010 年 3 月于莳萋斋

新春的第一声问候

——2013年院士专家新春联谊会

辰龙雄起腾飞去，金蛇狂舞迎春来！

窗外的天安门广场上涌动着三九严冬的寒气，人民大会堂内的会场里，却是热气腾腾，一派春天的欢声笑语。这是中共中央人才工作协调小组举办的"院士专家新春联谊会"现场，年年春节前，中央联系的院士专家都会受邀来到这里，见面，欢聚，交流，互勉，共同迎接崭新一岁的莅临！

大厅正中央，是宽阔的大舞台。此刻的大屏幕背景上，是著名书法家张海的书法"2013院士专家新春联谊会"，红色大字下面开满了绚烂的牡丹，七彩炫目，一派斑斓与祥和，透着喜庆，也催人奋进。两侧的LED屏幕上，是著名书法家沈鹏和李铎的法书"广开进贤之路，广纳天下英才"和"人人皆可成才，人人尽展其才"。舞台下，一百多张圆桌把会场的边边角角都铺满了，一千多位院士专家把每张桌子挤得满满的，举目四望，一百多个欢笑的小世界，一千多张喜悦的笑脸。

这是我第三年来到联谊会，如期看到了文学界的文友们：刘恒、纪宇、何向阳、董葆存、王宏甲、温金海……还有倪萍。对了，倪萍今天是以作家身份坐在我们一桌的，她近年写了大量散文，记述生活中的温暖和感动，2012年她的《青海奶奶》一文，写了她与一位退休女工交往的故事，在我们《光明日报》副刊发表之后，几天之内网上点击量就高达二十九万，说到这些，倪萍美丽的大眼睛里有些湿润了。我问刘恒在写什么，他神秘地笑笑，只说在休息——2012年，我们看到了莫言的新剧《我们的荆轲》，看到了邹静之的新剧《花事如期》，却没看到刘恒有新作品问世，这就是作家的工作特点，虽不至于"两句三年得"，却必须把喧嚣的世界关在窗外，耐着寂寞，清坐冷板凳。

坐在倪萍身旁就是不踏实，谈话不时被要求与她合影留念的"粉丝"们打断。这时，热烈的掌声响起，开场的音乐响起，联谊会开始了——

年年岁岁花相似，首先第一个"节目"，是中共中央政治局委员、中央组织部部长、中央人才工作协调小组组长赵乐际率领着有关领导给院士专家们拜年，对他们做出的突出贡献表示衷心感谢。近年来，中央组织部、中央人才工作协调小组不断加强人才工作的力度，提出"人人皆可成才"的工作思路，喊出"为专家服务，为人才服务"的口号，深入到科研院所、部队、学校乃至边疆、基地，上门联系专家，和人才交朋友，主动为他们排忧解难，把党中央的关怀送到他们心坎上……

今天来演出的名家大腕们当然不少，有的本身就是中央联系的专家，有冯巩、于魁智、李胜素、李羚、郁钧剑、谭晶等。冯巩的"劳动态度"最好，年年来此奉献小品，今年演出的是相声短剧《搭把手不孤独》，讲述了一位出租车司机无私助人的故事，亮点是把2012年全国发生的几件大事，比如北京暴雨救援、彝良地震救援，包括莫言获诺奖都囊括了进来，还不时把"囧""你幸福吗"等流行语穿插其中，诙谐幽默，令人捧腹。于魁智、李胜素表演的是清唱现代京剧《白毛女》选段，名角到底是名角，金声玉振，绕梁不绝。来自西北的草根艺术家王二妮和高保利在2012年大红大紫，二人带来了陕北原汁原味的《东方红》和《山丹丹开花红艳艳》，果然声震屋瓦，一下子就把人们带到了黄土高坡之上。接下来，大提琴艺术家朱亦兵、竖琴艺术家杜雪儿演奏的法国圣·桑《天鹅》，缠绵悱恻，如闻天籁，又倏然营造出一派雅典的欧洲风韵……

给我留下最深印象的，还是由院士专家们自己表演的节目：在一幅幅院士摄影作品的展示中，中国科学院院士刘嘉麒、中国工程院院士王玉明等朗诵了他们创作的诗词。摄影作品美艳绝伦，有大漠里喷薄的红日、大海上喧腾的浪花、瑶家山寨晶莹的水田、科研基地雄浑的外景……经过大屏幕一放大，红色鲜红，绿色碧绿，美得让人心醉！中组部专家局副局长李涛介绍说，这些作品，都是院士们在艰苦环境的工作之余拍摄的，不仅表达了热爱生活的襟怀，也展示出了多方面的艺术才能。"甭看他们整天和冷冰冰的机械打交道，其中好些人的人文和艺术修养，都高着呢！"

李涛一说起他联系的专家们，话语就如滚滚长江东逝水，舌下尽是英雄。2012年秋天，他特意安排我上井冈山，参加院士专家理论研究班并做学习委员，意在"套"住我，让我多多了解中国的优秀人才，为他们树碑立传。感谢李涛，在那个二十位院士、三十位专家的班上，我认识了从美国回来的心血管专家葛均波院士，作为支援边疆的专家，他经常去新疆行医和教学，有时候一天做八九个心脏手术，饿慌了就啃上一个干馕，累极了还乐观得不行，整天笑嘻嘻的；我还认识了从日本回来的焦念志院士，他现在是厦门大学近海洋环境科学国家重点实验室的负责人，我问他在日本已经有了稳定工作和优渥生活，为什么要回国？他说：只有回到祖国，才能做出属于我们中国的近海洋课题。接着，他又笑着补充了一句："我庆幸自己的选择对了，现在我们的课题，已经做得卓有成绩了。"

李涛人高嗓门也高，如数家珍似的，他给我介绍最多的是中南大学校长张尧学院士，说他不仅是发明了路由器的专家，还做过几任教育部的司长，眼下到中南大学刚一年挂零，又有许多惊人想法和做法，不行，你得好好写写他……

今天张尧学校长刚好在北京，也被李涛拉到会场上来了。他作为我们理论研究班的班长，我已经有点了解他并且由衷地钦佩他。别的不说，仅举一小例：谁都知道"南湘雅，北协和"，说来湘雅建院比协和还早，现在湘雅医院归属中南大学，张尧学立誓要在十年之内赶上协和。他说，我不是吹大牛。比如我已开始每年派三十个学生去美国学习，提供全额奖学金，这样十年就能积累几百个好医生。人才是第一位的，有了出众的名医，就绝对能有出众的湘雅！说这话的时候，张校长眼睛直发光，而我们的李涛副局长也跟着得意地大笑，就像是专家局捡了一个大金元宝……

音乐又一次响起，但这回却是低回婉转，如泣如诉，大屏幕上出现了罗阳的一组照片：他在疾步走向歼7飞机，他在厂区视察与工人交谈，他在学术会议上发言，他在办公室熬夜，他在大海上远眺……由著名诗人纪宇创作的长诗《罗阳之歌》响起来了，李羚激情的朗诵感动了全场，也感染了李涛，他不由自主地介绍：痛失罗阳以后，部里领导们一再交代，要求我们在2013年，一定要为院士专家们服务得更贴心、更好，让专家局真正成为专家们温暖的家！

联谊会在歌舞《我的中国梦》中结束了，中国千千万万位院士专家们的"我的梦—中国梦"却还在延续。走出庄严的人民大会堂，寒风吹来，我拉紧围巾，一抬眼，看见中南海红墙外的玉兰和蜡梅，正在寒风中激情招展着，努力孕育着迎春的花蕾！

2013年1月16日于人民大会堂归来

阅兵式上的感动

　　2015 年 9 月 3 日这天，相信全中国十三亿人民，谁都梦想着能站在北京天安门广场上，一睹中国抗战胜利 70 周年的阅兵式盛典。

　　而他们，这些幸运的年轻人，也确实站到了这里——作为志愿者，半夜在黑漆漆的夜幕中就集合了，清早在万紫千红的晨曦还没染红大地时，就站到了自己的岗位上。

　　天气真是无与伦比的好！清亮的启明星渐渐隐进透明的天幕里，当东方一抹惊艳的红光快闪之后，整个天空越来越亮越来越蓝，终于，全国人民盼望了多日的、无比漂亮的北京阅兵蓝，雄壮出场了！此时，广场上还是一片静悄悄，只有天安门城楼和人民大会堂、国家博物馆上面的红旗飘呀飘，将这些年轻志愿者们庄严的面孔映照得更加朝气蓬勃。

　　等我们步入的时候，广场上已经是一片沸腾的海洋了。军乐团、三军合唱团早已齐齐整整就位，各国媒体记者早已抢占好有利地形，就连天空中的燕子也在一圈一圈地盘旋、等待着……此时此刻，最忙的就是那些志愿者了，他们一趟一趟地来回穿梭，把观礼代表送到每个人的座位上，一遍一遍地告之卫生间、取水点的位置，一次一次地推着轮椅上的老人去这儿去那儿，还为所有请求帮助的代表照相留念，等等。当九点钟到来的时候，他们又开始极度耐心地、竭力微笑着，不厌其烦地提请代表们尽快回到座位上，保持安静，等等。

终于，观礼台上，每位代表都就了座，激动地等待着大会开始。可是这时，太阳开始显示她的重要存在了。天气实在是太棒了，高空万里无云，蔚蓝蔚蓝，纯蓝纯蓝，透明透明的蓝，炫目炫目的蓝，光芒四射的蓝，蓝，蓝！金红色的阳光直射下来，目光炯炯，态度饱满，赤胆忠心，情感浓烈，热情似火，与所有人亲密拥抱着！我们所有人坐在椅子上，都熬不住地戴上了遮阳帽，拿着和平鸽造型的扇子扇着风，找一切可以遮阳的东西挡住脸，汗水还是止不住地顺着脸颊往下流。这时，我看见那些年轻的志愿者们，站在大太阳底下，穿着白衬衫、黑西服，没戴帽子，像哨兵一样站在岗位上。大概他们的汗已经流干了，所以脸上衣服上没有汗的痕迹——但我和旁边的北京大学陈平原老师都看见了：一位小伙子的脸上红了一片片、紫了一片片、白了一片片，就像最严重的白癜风患者那样，而早上我们看见他的时候还是一个帅气的白面书生，我还跟他说话来着，他说自己能在天安门前做志愿者，是特别幸运、无上光荣的……

是这样的，比起远在首都各处值守的数以万计的志愿者，能在天安门上岗，是最神圣的了；但是，当大会即将开始之际，他们却静静地撤到了观礼台里面。阅兵开始后，当飞机摆出惊艳的"70"造型，拉出美丽无比的五彩绸带，当三军仪仗队踢出齐得像一条线一样的正步，当坦克方队隆隆驶过，当导弹车队威武地大展军威，当无人机获得一片惊叹时……他们却只能一听声音而过过瘾；而当和平鸽冲天翱翔，万颗气球腾飞成一条中华巨龙时，他们重又精神抖擞地回到岗位上了！

回到驻地，打开 Wi-Fi，第一时间里我看到了这样一个微信：就在阅兵式前夕，在上海虹桥机场候机楼大厅，突然出现了一队穿着红色 T 恤衫的男女青年人，他们用快闪的歌曲，串起了《我的家在松花江上》和《怒吼吧，黄河》等抗战歌曲。他们激情万丈的表达不仅感染了在场的候机乘客，而且在微信上感动了无数国人，几乎所有的网友都在点赞，并且信心满满地留言道："谢谢你们，你们是我们新中国青年的代表！"

啊，我终于明白了自己的激动还有更深一层的意思：无论是阅兵部队的战士，还是默默奉献的志愿者，还是快闪所代表的更广大的一群——我们新中国的年轻人啊，超棒，江山代有后来人！

2015 年 9 月 3 日从天安门广场"纪念中国人民抗日战争暨世界反法西斯战争胜利 70 周年"阅兵式大盛典归来，即就

1996：国庆的北京三日

这几年"文化"这个词走红，沾得上边儿沾不上边儿的，全称"文化"，于是眼见着"茶文化""酒文化""豆腐文化""月饼文化"满大街地喧闹，突然之间觉出自己是太没文化了，就暗暗小心着：你可别再乱赶这个时髦。

可是要概括刚刚过去的第四十七周年国庆，想过来想过去，怎么也躲不开"文化"这个词——真的，这名副其实是一个相当"文化"的节日。

仅就我所遇到的，就有这几件事值得记下来：

一

9月28日，在正式放假的前夜，我在北京饭店出席了世界福州十邑同乡总会举办的"冰心文学奖"比赛成绩发表会。世界福州十邑同乡总会，多么拗口的名称，它是一个什么样的组织呢？简单地说，就是流徙在世界各地的乡亲们自发组织起来的民间社团，以求能用集体的力量共同克服背井离乡、身处异域所面临的困难。那么，这样一个从生活上互相帮助、照顾的乡亲氏族组织，又怎么想起举办一个文学大奖呢？用该会主席、马来西亚丹斯里拿督张晓卿的话说："虽然直接地把一项文学活动接在手中并且以国际性的范围大张旗鼓地开展起来，在乡亲团体中似乎还未曾有过，但是推动和维护中华文化的工作，也是我们应尽的本分。"为此，这些"文化工作的义务劳动者"，心甘情愿地在已经气喘如牛的社会快节奏中，以鲁迅先生"俯首甘为孺子牛"的精神，为"冰心文学奖"做着点点滴滴的贡献。本次大赛，投稿一共来自全世界十九个国家和地区，共计一千二百一十一篇，为体现评选的公正性，每一篇都被掩去姓名，然后通过初选、复选、终选三级选拔，最终评选出了来自包括中国、加拿大、新加坡和马来西亚在内的七篇获奖作品。

　　新闻发布会上，这些端坐在主席台上的"乡亲们"，一个个脸上洋溢着自豪的红光，敬酒时更是激动得泪光闪闪——为他们以"乡族才女冰心老人"为名设立的奖项所取得的圆满成功，为浓浓的乡情；为海外华人经济、文化和社会影响的不断壮大，为已经建立起来的与西方文明对话、交流的勇气和信心，为坚持文化理想，推动人类和平进程的这份脚踏实地的工作。他们如火的真情，灼热了在场所有中外来宾的心。

二

9月29日，放假的第一天，我应邀出席了来自广东从化的诗歌研讨会。本来以为大放假的，不会有多少人到会，及至赶到风景秀丽的文采阁一看，呵，高朋满座，已齐齐整整坐满一大屋子人。诗歌界的重要人物，除远去海外的李瑛和谢冕先生之外，其他如蔡其矫、屠岸、牛汉、杨匡汉、楼肇明、吴思敬、蓝棣之等等，都赶来了；还有来自美国、日本、韩国的四位汉学家。大家面对年轻诗人顾偕的长诗选，从语言、节奏、手法、结构乃至思想观念、社会背景、时代精神、读者的接受心理等等各方面，讨论、研究、探索、分析，直到十二点半了还欲罢不能。我心里暗暗称奇：谁说中国的诗歌界已经溃不成军？谁说中国已经没有人读诗、写诗、谈诗了？这阵容不是还相当可观吗？这劲头不是还带着一股"左牵黄，右擎苍，锦帽貂裘，千骑卷平岗"的英武之气吗？我感到相当的安慰，虽然我放弃了节日的休息，还把女儿一个人丢在家里，弄得我心里好不难受。

三

10月1日这天，细雨霏霏，北京的秋天很少这么缠绵。我路过王府井大街的女子书店，发现里面人很多，就走了进去。这是一家很小规模的严肃文学书店，房间也就二十多平方米的样子，此时竟挤了十几二十多人，大部分是青年人，有新婚的小夫妻，还有三五同来的大学生和中学生。我留意到他们手中的书，有外国文学名著，有现当代著名散文，有名人传记，还有中国古典文学作品，都没有乱七八糟的武打、凶杀、低俗媚俗之类。望着他们生气勃勃的脸上那专注的神情，我心里感到极其欣慰：我们中华民族的伟大的文化瑰宝，就是要靠他们薪尽火传呢。

一位五十多岁的外地人引起我的注意，在一大群年轻人中间，他显得很突出。通过交谈，我了解到他是来自广东某县的一位县委书记。他告诉我："现在人们又开始读书了，在我们县里，一到休息日，图书馆里挤得满满的哇。"我的心又一热，感到很温馨，说实在的也很快乐，就应该是这个样子，经济腾飞到喜马拉雅山那么高，文化发展也应该像雅鲁藏布江一样滚滚滔滔，现代人的素质当然应该随着社会的进步不断飞升！

四

真是奇怪得很，绵绵秋雨竟淅淅沥沥下了一夜，到 2 日早晨，天仍然没有放晴的意思。这一天我的安排是去看望吴冠中先生，他说最近又有了艺术上的新想法，要讲给我听听。

一进门，精神矍铄的吴先生就把我引进画室，指着一幅新作让我看。是一幅油画，长形略方的不太大的空间里，挤着五头神态各异的牛。一时间，我觉得稍微有些陌生的意绪一掠而过，因为过去没看吴先生这样画过，但左左右右端详之，又认定依然是他的笔墨精神。这时，吴先生笑眯眯地拿来一本画册，上面是五代画家韩滉那幅著名的《五牛图》，只见长条的画面上，五头古牛各自怡然地依次排列，与那幅挤在一块儿的五头新牛，竟有着某种相通的神韵。正疑惑间，吴先生神采飞扬地讲起来，原来，这就是他的新尝试，名之曰"古韵新腔"，意在用现代新观念和时代新笔墨，将古代的画作推陈出新，张扬出古人高妙的文化精神，剔除粗伪之处；这不是简单的模仿和改造，而是全新的、艰苦的再创造，由此使民族优秀传统发扬光大，推动中国文化不停顿地向前发展。他兴奋地告诉我，他的几个朋友和学生，都对此很有兴趣，大家相约一起探索。

我望着吴先生脸上灿烂的笑容，心中涌起无限感慨。这位年已七十七岁的绘画大师，刚刚随全国政协视察团从京九铁路归来，一身风尘还未洗去，就又一头扎到他的艺术世界之中。这是他的生命本色——永不满足，永不停顿，生命不息，探索不止，以至于每隔两三个月来看他，必会发现又有一批洋溢着革新精神的新作问世。人啊，有了这颗生气勃勃的进取心，他的内心世界是多么充实！

几天的假期，忙忙碌碌，一倏忽就这么过去了。回头一望，流逝的时间中，留下的凝固永恒是什么？那就是本文开头提到的、非它不能概括的"文化"精神——这是我们民族的灵魂，不管高山为岸，深谷为陵，不论岁月深深，地老天荒，我们承继着这种精神，就感到很踏实很踏实，对前面的路亦不再畏惧！

1996 年 10 月 3 日夜，有感，即就

2002 年夜话

马年大年三十晚，一家人围坐灯下，吃年夜饭，说年夜话。

桌上是满满腾腾的杯盘碗盏碟，大虾、螃蟹、海参、烤鸭、牛排、羊腿……应有尽有，可是谁都叼拎两口就放下了筷子。如今天天过年，谁也满肚子油水直嚷嚷减肥，要搁二十年前，会是怎样一场激情燃烧的战斗啊。

年夜话就由二十年前说起来了。

小外甥讲起一件他认为特可笑的事，是从广播里听来的。说是 80 年代初，一位台湾客商第一次到北京。主人盛情邀请他去前门外全聚德吃烤鸭，他说这北京烤鸭在台湾也有的吃。主人说，我们这里的正宗，比你们的好吃。遂一起去了。居然还可以自己挑要哪一只，现烤。一品尝，果然名不虚传，好吃得没法形容，特别是烤鸭皮，脆的，裹上大葱蘸上酱，别提多美味了。这台客就放开怀，多多裹葱丝，大呼过瘾。就一下子把葱吃光了，乃吩咐服务员再上。服务员答："葱、鸭是配套的，你那一份吃完了就没有了。"台客大为诧异，心想大陆的生意经怎么这样念？横说竖说都没用，只好把经理请了来，说了一车的恭维话。经理绷着脸听完，岿然不动，仍然说："一只烤鸭一份葱，没有了。"台客恼了，问怎么可以再得到一份葱？经理不恼，镇定答曰："再要一只烤鸭。"台客连连摇头，赌气又要了一只烤鸭。等用完餐，付好钱，拔脚正待走，经理突然拦住台客说："同志你还不能走，你得等着把你那只烤鸭拿走……"

"哈……"把大家全逗笑了。中年以上的，马上闪进了记忆的搜索平台，当年的生活可不就这样原汁原味？还不待我们发议论，小外甥又接着讲道：

这台客就拎着烤鸭回饭店了。走到街上，看见有卖北京鸭梨的，黄灿灿的像大佛爷似的，台湾没有，就想买梨。但看见有大梨有小梨，有的金黄有的已经发黑了，他眼珠一转，就和颜悦色跟售货员套磁："小姐你把好的坏的分开卖多好吧，这样客人也满意，你也不少赚钱吧。"售货员一句话就把他噎回去了："我们这儿就这么卖，你不买别买！"台客乖乖掏钱，买了五斤，然后只挑出几个大的好的，转身就逃，一边嘟囔道："怪吧——"

小字辈们一起放声大笑，起哄！笑声里还夹着些半信半疑。他们多半认为这是编造出来的"段子"，要不，人怎么可能这样蠢？

是呀，今天回想起来，连我们这些亲身经历过来的，也个个都觉得怪异不可解了——那时的中国人都集体得了什么病？怎么就能那么荒诞地活着？本该鼓胀的生命怎么被挤压得那么干瘪？水汪汪的心田怎么变成了荒漠？而且还以互相折磨为能事，好像人人都苦难大家就都不苦难了似的。唉，那时人性哪儿去了呢？正常的思维被颠倒到哪儿去了呢？我们一个个，是怎么走过来的呀！……

心里正麻应应地乱想着，忽听得哥、姐纷纷说：

"那时真的就是那样，你到哪个商店买东西，售货员都丧棒你（北京土话，直译大体可为'丧气地棒打你'。'丧'读重音且音长，'棒'读轻音且声短——作者注），买东西就是买气受……"

"投诉他！"

这童声稚气的一声喊，让大人们都一声苦笑。这时，老一辈开口了："也难怪孩子们嗤笑，那时咱们是都够愚蠢的，现在的中国人，从老到少，从城市到乡村，哪儿有那么想的？穷富程度也有关系，现在的商品实在是太丰富了，好东西太多了，你不想买还想方设法追着你死磨硬泡呢，谁还敢丧棒人！"

母亲接上来，讲起再上一个二十年前，也就是 20 世纪 60 年代初的事。这回，连我们这一拨中年的，也都连连摇头，觉得不可思议。

母亲说，那时她是某高校的一名教员，开会时老是遭批评，原因是她爱清洁。母亲的出身有点来历，从小养成整洁的生活习性，不论穿什么衣服，每天都齐整利索，即使有一块补丁，也要装饰成好看的花朵。这就使她成了靶子，什么"资产阶级生活方式"啊等等。而受表扬的是谁呢？是一位不爱讲卫生的男同志，那人穿了的袜子也不洗，每晚往床底下一扔，等所有袜子都穿完了，再从脏袜子里拣出一双往脚上套。幸亏母亲内刚外柔，内心里虽坚定地认为臭袜子就是不可取，可对待批评一言不辩，让人以为态度好，也就没酿成大祸。

　　谁知一祸还没躲过，又出了新问题。她身体瘦小，饭量不大，每天食堂里的清水熬白菜都吃不完，倒掉。这又成了开会时的批评内容，还是说她资产阶级，嫌劳动人民的饭菜不好吃。母亲无奈，只好把剩菜留在碗里，第二天再吃。下次开会，就被表扬了，说是这回思想改造得不错……

　　"哎哟，"已经上了高中的侄子听得半懂不懂的，坏坏地顽皮道，"奶奶，您好不容易'遭到'一次表扬，特受宠若惊吧？"

　　母亲一声叹息："唉，我还是不吭声，心想：咱们这是高等学府呀，你们有这闲工夫，探讨点儿学术问题好不好？"

　　小字辈们又起哄。我，深深地看了母亲一眼，看着她的一头白发，周身血脉上冲，十分地体味到她内心的苦涩！历史说来长得没边，其实也是像过年一样短。特别是人的一生，也就是草根绿了转瞬又黄了，几乎还没做什么事，就眼睁睁看着季节过去了。母亲在学校时，念书是非常好的，我看过她那时的照片，草地上，一群女生穿着白衣黑裙的校服，又洋气又漂亮，自有一种今天无法比拟的神韵，比我们下面这两代都强。

　　人类赋予这个世界以意义，并尽可能地用自己的行动，增加着世界的价值，这叫活得物我两两情愿，都能得到心灵的舒畅。可是如果不能，甚至反其意而强行之，清醒的人就会痛苦不堪，世界也疯狂或者荒诞。然而个人对于历史这架巨大的天平来说，又只是微不足道的一粒尘埃，赶上什么赶不上什么，时代不能由你来定。古今中外，昨天前天，有多少巨擘、才俊、豪杰，不也是空对着大江东去，郁郁终其一生吗！于是，我又一次苦口婆心教育小字辈们说：

"你们今天能赶上这么好的时期，一个个还不赶紧发奋学习？爷爷奶奶那时候不能钻研业务，爸爸妈妈那时候不能学习，连书都没的读，哪儿像你们今天，各种教材、教参，还有电脑、电化教育应有尽有，你们可真是太有福气了……"

是呀，变化，就如同 IT 产业的更新换代，当第一台电脑展示了春的萌动以后，这个激情的巨人就急不可耐地、越来越神速地赶来了。大众的不知不觉之中，花迅速开了，叶加速地长，等到我们有所察觉，蓦然抬望眼，整个世界已是浓绿一大片了——

大虾、海参、烤鸭、牛排；住房、汽车、空调、电脑；鲜花、绿地、蓝天、空气清洁度；旅游、出国、观光、购物；股票、基金、保险、投资；健身、保健、膳食、养生；雕塑、美术、交响乐、芭蕾舞；学乐器、学书画、学科学、学外语；TAXI、ATM、ICIP、WTO、MBA……这些词的迅疾的变化，在越来越绚烂地给我们的生活涂抹着绿色；而我们这些文化人更在乎的，还当属社会心脏部位的变化，使人的心灵家园也变得一片葱绿，从未有过的畅快，敞开，越来越接近正常思维向度的尽情舒展——而这，不能不让人由衷地赞叹："时代可真是进步了！"

中老年俱颔首，默默抚摸着累累的伤口，心中暗自祈祷："过去那梦魇般的鬼日子，应该是一去不复返了！"

不知事的小字辈们不识人间愁滋味，不知天高地厚，相互嘻嘻哈哈地拉着长音，齐齐出力发顽声："这叫'与——时——

俱——进——'哪！"

　　这是当下中国最意味深长的词，且具有一以当十的神奇功效，据说可以解释一切。

　　　　　　　　　　　　　　　　2003 年 2 月 4 日正月初四

2005 过年断想

北京人管过春节不叫"过春节"，而习惯叫"过年"。比方说"再有一（个）礼拜就过年了"，说的即是下个礼拜就该过春节了。顺便介绍一句，那个量词"个"字不发声，在北京话里给省略了，意思依然是明白无误的，没（有）人会产生错觉（哈，这句里面又省略了一个"有"字，此种现象在北京话里还真比比皆是）。

今年的"年"似乎来得特别早，感觉刚过完元旦，人们就开始忙活起年来了。大商小铺，忙忙地就都挂出了大红灯笼；大街小巷，到处贴的都是拜年的一对童男童女；大人小孩，也是一片"春节上哪儿去玩"的过年声。我自己呢，也早早地就约好了一串春节的稿件，从元旦一过就开始发，一直要发到大年初三，这是历年从未有过的，连我自己都有点奇怪：难道真是"金鸡报晓"吗？

"年"，年年过，却千过不厌，这是为什么呢？

"年"，人人过，都兴高采烈，图的是什么呢？

"年"，为什么会是我们中华民族最重要的、永远的节日呢？为什么无论家贫家富，无论美丑媸妍，无论官员平民，无论健康人还是残疾人，个个都从心底里想着"年"，盼着"年"，捧着"年"，亲着"年"，最最重视这个"年"呢？

这个"年"呀，过的到底是什么？

············

腊八节一过，邮局送来的报纸里，就插着超市们琳琅满目的"年货"广告。我仔仔细细挑了一张，就按图去索骥了。女儿远在英伦读书，虽然人家现在入乡随俗，过的尽是什么圣诞节、复活节、万圣节、感恩节等等我怎么也弄不清日子的洋节，但女儿这点好，不忘本，中国的节也都重视都一并认真地过。所以，我直奔超市，是要在春节前给她寄点"好吃的"，权且就当是她的"年货"。

超市里的气象真的与往日不同，流动着一片喜气洋洋的光鲜气。我奋力穿越过亢奋的人群，一找到小食品柜台，就开始像不要钱似的，大包小包地往筐子里装，什么牛肉干、猪肉脯、酱鸭翅、鱿鱼丝、话梅、杏脯、山楂片……尽是女儿爱吃的，那"水深火热的资本主义英国"，怎么可能有咱这"幸福的社会主义中国"这么多好吃的呢！唉，宝贝女儿呀，你受苦了，如今谁都知道"洋插队"的滋味不好受，让你这个从小备受呵护的独生女，能在春节收到盛满了爱意的"年货"，你能欣喜地大叫一声"万岁"，现今就是妈妈最大的心愿了！

"每逢佳节倍思亲"，这句在中国人人都会说、说滥了说轻了的诗，其实有着多么重的内涵！这是我们这个重视集体主义、崇尚家国精神的东方民族，千百年来怎么也掰不开的情结！而且，这"亲"，并不局限于父母、家庭、家族等等直系血缘范畴，我记得小时候一到过年，全院子家家户户成了一个大家庭：你家负责包饺子，我家负责蒸豆包，他家负责红烧肉。就连孩子们的零食、鞭炮、彩纸、风车，也都掏个口袋底儿朝天，堆到一起共享。等到吃饭时，亲情的浓稠度达到最顶峰，每家的大人肩膀挨肩膀，头并头，挤坐在一起，喝酒，猜谜，讲故事，互相说吉利话；孩子们则兴奋得不吃就饱了，麻雀群一样"轰"地飞来了，又"嗡"地飞去了。所以我的印象，"过年"最吸引我的不是吃，而是亲，亲和。

我还特别怀念过去的"拜年"。我上大学前当小青工那会儿，厂里的师傅们文化水平不高，但特别重视"老礼儿"，每到春节，必成群结队挨家"拜年"。每回他们轰轰烈烈到我家，一片大呼小叫的时候，连我文静的父母，也忙不迭地跟着拿糖递果，端茶倒水，开心得像年轻了二十多岁。我父亲也是一位极其重视这种亲和礼仪的老人，直到现在，不管电话、手机、"伊麦儿"诸"列强"怎么横行霸道，大年初一的早上，他必定要在院子里转上一大圈，亲登各家各户，给老首长、老同事们"拜年"；而往往还不等他转回家，回拜的老首长、老同事们，已经坐在我家嘻嘻哈哈地等他了……

哎呀，多好啊！

"过年"过的就是这种亲情：平时忙，平时累，平时陌生冷淡，平时麻木忘情，平时有点小摩擦小矛盾，到了过年一声"拜年啦"，立刻冰消雪化，大地上长起一片暖融融的绿草。

"过年"过的就是这种喜悦：看着亲人们快乐，高兴；看着朋友们快乐，高兴；看着老人孩子们快乐，高兴；就连看着大街上卿卿我我的小恋人和老鸳鸯快乐，也情不自禁地给他们投去一个灿烂的笑容。

"过年"过的就是这种感觉：天儿分外蓝，水儿分外清，风儿和煦地奏乐，鸟儿激情地高歌，花儿、草儿、枝儿、条儿、猫儿、狗儿、鸡儿、鸭儿，都尽情地自由自在地欢笑，让太阳公公眯眯地笑上一整天，让我们人类回到"潘多拉"之前的本真和善良。

"过年"过的就是这种高尚："大其心，容天下之物；虚其心，受天下之善。"把灵魂的高贵与精神的明智、与文化的修养、与脱俗的人格、与律己的自尊和真善美的不断求索等等，永远地浸润和整合在胸中，勉励自己做一个真正的好人。

"过年"过的就是这种理想：天下为公，张扬了清正的社会风气，惩治了所有的贪官污吏，建立起法治的公平社会；天下太平，没有了欺负穷人的不义，没有了掠夺穷国的战争，没有了称霸世界的超级大国，就像老歌中唱的："愿普天下人民都解放。"——当然，我们首先要解放的是自己。

噫！你这么大的人了，怎么越说越幼稚？且慢！"过年"就是过的这种浪漫，"过年"就是过的这种幻想，"过年"就是过的这种期冀，"过年"就是过的这种童话。"过年"，就是要走进这幅心底里最美好的画卷！

过年真好。

2005 年 1 月 30 日于北京协和大院

家长们

　　1996 年 9 月 20 日，下午两点，孩子们正式报到上课还不到一个月，我们几千名初一学生的家长，就齐齐整整地坐在北京中山公园音乐堂内，上课——东城区家长学校的家教课。

　　一眼望过去，这是我在别的场合都没有见到过的、非常特殊的一群人。

　　从服饰上看，无论是西装革履装束得比较讲究的，还是衬衣长裙着寻常上班装的，都没有浓妆艳抹、轻佻浮躁的女子，也不见背心拖鞋、一步三打晃的男士，而这差不多已成为今日城市里几乎每条大街上都可以看到的一道风景。从面容上看，这些已步入中年的家长们，皮肤已经粗糙如冬天的戈壁，皱纹已爬上眼角并且有了些许深度，头发也不再像电视里那些靓妹一样黑亮如瀑、青春激荡。他们的脸上都划动着岁月的沧桑，都肃然地写着"人生"二字，甚至能看出昔日里东北兵团、晋陕插队、云南刀耕火种、南沙守疆卫国的烽烟和火色。

在我前排，一左一右，有两位女士吸引了我。只见她们各自拿着一个小本本，在等待开课的短短几分钟之内，还抓紧时间在默写英语单词，有一位还不时打开一个"快译通"电子字典。我心头一热，很有一种想采访她们的冲动：在这个都说是拼命挣钱、疯狂花钱、痛快玩乐的社会转型期，她们为什么还要这样苦读苦学苦熬呢？是为了评职称吗？是外语的专业人员？是下岗女工为了重新就业？抑或只是为了教育孩子？……看她们的相貌穿戴，都很朴素，很普通，也很自自然然，若淹没在人流中，须臾之间就会无影无踪，可是我觉得她们的生活质量很高，很充实，很不平凡！

台上开讲了。特级教师吴昌顺老师侃侃而谈，在重申"家长是孩子的第一教师"这一教育学经典理念。环视四周，数千名家长都听得极为认真，很多人在做笔记，一边进行着思考。这些来听课的，基本上都是重点中学的学生家长，于是我恍然大悟了：为什么他们的孩子能够考上好学校？那当然是和为父为母的修养、素质、人格境界等等分不开的——这些家长之中，"老三届"居多，还有"77—78级"，现在都是各单位里挑大梁的骨干，可以说我们头上的这片蓝天，就是他们托擎起来的。这些人虽然远远比不上那些"明星""大款""富婆"们有钱有名有利，也许一辈子也达不到后者那般炫目，但我觉得，再华丽再五光十色的舞台形象，也只是演艺时的乔装打扮，像假花一样没有生命没有内容；而真正旋转在社会大舞台上的，实实在在的还是这些埋头苦干的普通人，一如鲁迅先生所说的，他们是"民族的脊梁"！

然而称职的家长，其实不是我们，而是孩子们心中的楷模。

那是今年5月，女儿还在北京史家胡同小学上学，正处于紧张的复习考试阶段。一天晚上，天都黑了，女儿还未归，此时距她放学的时间已过了两三个小时，大街上喧嚣的下班潮流也已寂然流罄。我慌慌张张去寻找，一进校门，远远就见到她的教室里还亮着灯光，不由得松了一口气，同时又怒从心头起：好家伙这么晚了你还不回家？！

及至趴上教室的窗户，我一下子呆住了：只见女儿和几个小女孩儿，小脑袋瓜儿像花瓣一样抵在一起，中间的花蕊则是教数学课的汪尔芙老师，正在给她们批讲卷子。我看见汪老师讲几句话，就手扪胸口长喘一口大气，声音有气无力的，透着极度的疲惫，可是她还勉力支撑着。我倚在教室的门上，眼睛不由得湿润了：孩子们可真是年纪小不懂事啊！汪老师年已快五十，有心脏病，体力很弱，近一个时期以来，学生们每天一张卷子，集到她手里就是五十张，白天照样上课，下班以后才能开始批改，这么大的工作量，她哪里支撑得下来？听说她想了很多办法，最后别人介绍嚼西洋参管用，就立即去药店买回了价格不菲的西洋参。现在，她居然还给自己加码，为了孩子，她真是不要命了！

我快步走过去，哽咽地说："汪老师，天这么晚了，快回家吧。您对孩子，真比我们家长还上心呀。"

汪尔芙老师软软地一笑，说："您别客气，他们不就是我的孩子吗？"

…………

像汪老师这样的妈妈老师或是爸爸老师，还有爷爷奶奶哥哥姐姐老师，在我们身边，其实比比皆是，不过就是他们太普通了，太多了，反倒没有引起我们的注意。一天，女儿参加东城区"十佳教师"表彰会回来，小嘴儿"叽叽喳喳"，抑制不住地给我讲起一位又一位先进教师的事迹。北京二十二中的孙维刚老师，四十六岁上得了膀胱癌，做完手术刚一好转，就奔赴课堂，同时担起三个班的数学，还有两个班的班主任工作，以加大工作量的悲壮方式，和病魔展开殊死斗争。九年来，他已经带出三个数学实验班，把一批批优秀学生送往北大清华等高校，还带出一名尖子生，代表中国参加国际奥林匹克数学竞赛并捧回了金奖。大家向他祝贺，他却说："我还有五年就该退休了，唯一的心愿是争取再带出一个数学班来。"女儿讲到这里，停顿了好长时间，我瞧着她清亮的眸子，问她感想如何，她天真地说："'十佳教师'里，还没有我们汪老师，可见好老师是太多了。"

　　我呢，依稀想起六年前，刚送女儿上小学时的情景：上课的铃声响了，只见这些混沌未开的小儿女们，下位子的、说话的、玩东西的、吃糖的、哭闹的、打架的，"吱吱哇哇""呱呱啦啦"，蛤蟆吵坑似的闹成一片。忽然，就见一个小男孩要求去上厕所，结果"呼啦啦"跟出去一大片，十分钟也不见回来，老师去找，原来孩子们发现房顶上有一只猫……短短六年时间，老师们已把他们培养成有了知识、懂得道理、遵守纪律、青春初绽的初中生了。孩子们是长大了，老师们的脸上也多添了三千条皱纹，他们默默地目送着自己的学生闪进中学的大门，微笑了一下，就又去哺育新的幼苗了……

古语有"一日为师，终身为父"之说，此话不虚！

且慢，社会上还有另一类引人尊重的"家长们"。

20世纪80年代初我刚进光明日报社的时候，资料室有一位矮矮个子的女同志，大家都叫她老陈。每次去借书时，若是老陈值班，大家就享了福，连书号也不用查，只要把书名告诉她，她点点头就径直去取，手到擒来；有时你说不上书名，大体把想要的内容说一下，她也能将你的所需找来；或者你需要看一下某方面的资料，又不知应该去查什么书，老陈也能给你拿来几本参考书，基本上八九不离十。我每次看着老陈变魔术似的为大家借书取书，能看呆了，那真是一种艺术的享受，我曾暗自想：老陈抚摸着手底下的书，真像是在抚摸自己的孩子。

绘画大师吴冠中先生也是自己作品的父母，有一次他给我讲了这样一个故事：

好多年以前，他曾送给我国驻某国大使一幅油画，据说被带到大使馆悬挂起来。后来那位大使年纪大了，离休回国了，之后又换了好几任大使，再没人提起该画作。吴先生的心悬望不安，始终牵挂着那幅画的命运，不知它飘零到了哪里。前年，他终于获得机会去该国访问，临去大使馆的前一晚，他在床上辗转反侧，惴惴不安地想着那幅画究竟还在不在，一夜也不曾安眠。第二天，当他终于看到画作好好地悬挂在大使馆的墙上时，一时竟无语凝噎，激动得不能自持。

我问："您一辈子画了那么多画，怎么单单对这一幅记得这么清？"

吴先生连连摇头，连连强调说："不不不，对每一幅都记得清清楚楚，都是自己的孩子呀。"

　　我进光明日报社已经十四年。一直主要做编辑工作，前两年搞新闻，后十二年搞文学副刊，在文艺部连窝儿都没挪。说实在的，对于整天逗号句号、句号逗号的日子，确已产生了烦腻之心。现在，对比上面的"家长们"，我的脸红到脖子根儿了。

　　以后，我会把手下的每一个字、每一个标点，也都当作自己的孩子，并愿和普天之下所有的"家长们"共勉！

　　　　　　　　　　　1996 年 11 月 16 日于京南西马小区

周日，去上品课堂

一位中年知识女性出现在我眼前。但见她一袭黑底小白花曳地长裙，颈上一串白色的珍珠，身披淡紫色长衫，胸前缀着一朵紫罗兰，满脸光鲜的神采，犹如春风拂面，向来客们露出温婉的笑容。这不是多年前的朋友曹作兰吗？七八年不见了，只听说她随《追求》杂志的改版而又做了《虹》杂志的主编，这些年来越做越火，身边已团聚了一大批铁杆追随者，主力是追求文化与美丽的二十五岁至三十五岁知识女性。

这是在北京东部的林宝坚尼咖啡厅。在曹作兰身后，是墨绿的桌布，紫红的垂幔，米黄色的沙发。2005年的初冬乍寒还暖，今天虽然有点阴冷，但四十多位来自各行各业的粉丝还是兴高采烈地聚在这里，每人面前三个晶莹光亮的高脚杯，前面的讲台上摆着十几瓶已冰得温度适宜的葡萄酒。大家脸上流露出渴望吸吮知识的期待。

今天这里有一堂课，课程是"葡萄酒文化讲座和品尝体验"。空气中，流动着一种令人兴奋的课堂的香味。

我也加入他们之中，老老实实做一名三好学生。今天的主讲老师是深入法国多年的红酒专家康宏利先生，他对红酒的挚爱已达到如醉如痴的地步。当他学成归国后看到影视作品里有关红酒的镜头错漏百出，看到虽然红酒已经进入中国寻常百姓家，但却没有实现酒文化的应有价值，没有喝出红酒所应有的文化品位，康老师便萌生了要让自己的知识和藏酒为北京建成国际化大都市出力、为北京奥运出力的想法。两座大山总会碰头，也不知曹作兰从哪儿就把他发掘出来了，并为之专门营造了今天这个课堂。

面对四十多位放弃周日休憩和玩耍来渴望学习和提高自己的学生，康老师精神倍增。他自费带来三款共几十瓶葡萄酒，提前冰镇，还亲自张罗器皿冰桶。之后，穿上标准的服装，开讲。他由浅入深地讲解葡萄酒的来历、制作过程、最佳饮用温度，怎样倒酒，怎样领略香气和辨别口味，以及葡萄酒与健康养生的关系，与着装礼仪的关系，甚至还讲起做酒与做人。当他说到好酒庄为确保酒的品质，宁可将前三年种植的葡萄全扔掉，直到第四年的成熟葡萄才采来酿酒，在场的人都感到了心灵的震撼，掌声响起。

此时，我发现，曹作兰躲在一边，脸上漾出特别快慰的笑容。我又扭过头去，观察着听众，他们也同样让我感动。他们绝大多数是就职于一些大公司的小白领，有的还相当年轻就担任了业务总监、总会计师等要职。年薪丰厚也不是容易得来的，平时那种忙根本不是我们这些"国"字号同志所能体味到的，可是"国"字号同志们不愿放弃休息娱乐，小白领们却宁愿在紧紧张张中来充电。也许，他们还保持着大学里的学习习惯？也许，他们先声夺人地感到了不学习就要被甩掉的时代危险？也许他们想追求更高境界的生活，把自己塑造至更高的一个个层次？

无论如何，不断学习都是一种最自信的状态。幸好他们——也包括我自己，赶上了一个太平盛世，既没有敌机的狂轰滥炸，也没有内战的滚滚硝烟，亦没有困难时期吃不上饭的艰窘，更没有了政治运动的令人心惊胆战的打压和无限上纲的大批判……今天的社会生活，宁静、安康、富足、悠然、和谐、自在、明亮、开放，给人信心和希望，催人向前和上进。在你周遭不断营造出各种学习的环境和氛围，你不想学还动员你学、鼓励你学，哪儿像"十年浩劫"中你学点儿数理化都要批判你走白专道路……

恍惚中，康老师和学生们的互动答问开始了。老师详细解答了葡萄酒是否年份越长越好，藏酒能否保值，葡萄酒如何配餐，干白、桃红和干红的区别，家庭如何存放葡萄酒，欧洲贵族和平民如何享用葡萄酒，红酒的文化礼仪等问题。男女学生们还走上讲台，手把手学习如何开启红酒瓶，如何晃动高脚酒杯，如何通过观察"挂杯"来判断酒的醇度，问题不断，掌声不断，笑声不断。

学习的快乐是人生一大幸福。知识到手的学生们扬扬得意，又平添出不满足感，因为下课的时间到了。有人喊起来，要求把红酒知识等讲座继续下去，并且讲到机关、学校、基层。曹作兰赶紧拿出了下一阶段的课程表，只见上面写着：扎染艺术与制作、彩色面人制作、晚礼服穿着知识、怎样拍好数码照片、布贴画制作、日本水晶花制作、首饰佩戴的艺术、动物手偶制作……她并且强调说，《虹》杂志的"上品"公益课堂已经坚持举办三年了，一直致力于高雅文化的传播和推广，每月都有三次以上的文化讲座和艺术制作活动。

真好，真好——今天的生活，多么丰富多么享受啊！

2005 年 11 月 27 日于"上品课堂"课后

第二辑

北京人文

美女如云

不知大家发现了没有，中国已进入美女如云的时代。

以我的家乡北京为例：无论是在"满城春色宫墙柳"的紫禁城红墙下，还是在"引车卖浆唱月圆"的胡同风情中，又是在"东风夜放花千树"的璀璨大商城里，一抬眼，一回头，一转身，到处皆可见美女的身姿在婀娜地摇曳。

个子高的个子矮的，年龄大的年龄小的，身体胖的身体瘦的，头发长的头发短的，柳叶眉毛杏核眼的，瓜子脸庞水蛇腰的，穿旗袍的穿牛仔的，莺声燕语的喜鹊喳喳的，本地的外地的，有知识的没知识的，素质高的素质低的……反正是一街的美女一街高高的回头率，直把街人晃得眼花缭乱，直把男人比得没了光彩，直把金的风、银的雨、玛瑙的街道、翡翠的屋舍楼宇……都装点得像好莱坞电影一样没了世俗味儿——"今夜无人入眠"了。

美女如云也是海晏河清、国泰民安的表征。

以前肯定是没有这么多美女的。记得我小时，刚上小学一年级的时候，有一天到同学家里玩，见到她四十七岁的奶奶，一个脸黑且皱纹深的老太太，后脑上梳一个发髻儿，穿一件蓝布大襟褂子，弯腰驼背地走来走去。同学说她是干活干得弯了腰，我则觉得四十七岁已经老到了生命的极限。今天看四十七岁的身边女士，哪个不光鲜得"回头一笑百媚生"？再加上那么一"欧莱雅"，那么一"宝姿"，那么一"SK-Ⅱ"，谁不说她们犹是"梨花一枝春带雨"呢？

话扯远了，还是回头来说年轻的美女们，因为她们才是"当代（女）英雄"。这些小美女们可真是赶上好年代了，不像三十年前，买一件的确良衬衣也要省吃俭用，花去一个多星期的工资（惨不惨呀！）；不像二十年前，满大街男男女女都"西服"，那是各单位一窝蜂地学外国企业的产物（傻不傻呀！）；不像十年前，街上一会儿流行红裙子，一会儿流行黄葵花，一会儿又流行绿格子，弄得女孩子们追风逐月地赶时髦，一个个不中不西，不土不洋，丧失自我，谁都和谁一个样……

甚至，就连五年前也不像了。短短五年时间，我神州大地上如施了超强肥料的蘑菇似的长满了密密麻麻的名牌店，不单全世界的精品都风起云涌地搬到了中国，就连中国自己的各种名牌也雨后彩虹般地异彩纷呈。君不见，大美女小美女们，哪个不是名牌满身，珠光宝气？哪个又不是胭脂、口红、唇膏、眼影、睫毛膏、香水……一应俱全？更有满大街的美容院，让她们像害了相思病一样粘在那里，魂不守舍！

而今更甚，连美女们自己也搞糊涂了——面对着长的、短的、胖的、瘦的、里面的、外面的、五颜六色的、七型八款的、大山崩大海啸一般汹涌而来的时装，怎么选择呢？怎么跟风呢？怎么不落伍呢？"风源"和"队伍"又在哪儿呢？

　　毋庸讳言，就这么一打扮二捯饬三美容，中国的女子们就是变得越来越光鲜、越来越漂亮、越来越光彩照人了。哦，对了，还有两个重要的因素呢：其一是营养，四十年前中国人吃的是什么，现在我们吃的又是什么？那时粗粮是顿顿当家掌柜的，连周六、周日都不休息一次；今天是花大价钱满世界去追"粗茶"、追"淡饭"、追"自然绿"，什么玉米、莜麦、黑米、黑豆、南瓜、红薯等五谷杂粮，什么低油、低糖、低盐、低脂的蔬菜、水果，什么海鱼、海参、海虾、海带、紫菜、虾皮……结果呢，惯得村姑的脾气比小姐的还大了，直叫人感慨"三十年河东，三十年河西"！

　　这么好的营养，培养帅哥美女的概率自然大大地增加了。这就又牵扯出第二个重要的因素——精神面貌。按照西方哲学家的说法，物质美是智性美与道德美的外壳，也就是说，物质美只是美的第一步；但这万里长征的第一步当然也还是相当重要的，整天吃糠咽菜的人只能面黄肌瘦，浑身破衣烂衫的人也不愿意到大庭广众之中去招摇。而今天一街一街的美女们呢，衣着挺拔，环佩叮当，高跟鞋踩得马路"咔咔"地打出一串儿美丽的小火花，浑身满脸的自信，相跟着国家的 GDP 一起成长。

　　经济基础不仅决定上层建筑，也决定着美女们的美丽指数是往下滑落还是往上飙升！

不过，在当下这个奔腾激荡的社会转型期，美丽指数也同样面临着巨变所带来的严峻考验。与幸福感一同来临的，也还伴随着多多的焦虑和深深的郁闷。宝马香车、灯红酒绿自然是兴旺发达的"范儿""派儿"，固然可喜、可意、可心；但不可心的是，往往老有一个叫做"纸醉金迷"的家伙与它如影随形。滚滚红尘，汹汹商海，诱惑太多了，于是成群结队来城里打拼的"嘉莉妹妹"们，各自演绎着德莱塞一百多年前就设计出来的各种悲喜剧，亦不足为奇。

　　而最奇怪的，远远超出伟大德莱塞的想象力的故事，还每天都威武雄壮地上演着。今天是"秀"时代，各种各样的商机在利润这只魔手的强大推动之下，时刻虎视眈眈地盯着美女们，稍有机会就扑上去了，群起而围之、攻之、利用之，不压榨出最后一丝可利用的赚钱"秀"，决不会放手。

　　于是，林暗草惊风，美女们也就面临着黑暗的吞噬和一道道激流险滩。于是，竟然出现了七八岁的小女孩就不好好念书，天天想着一鸣惊人地"超"；竟然出现了十一二岁的孩子去"兼职"，油嘴滑舌地为一对对新人主持婚礼；竟然出现了一轮又一轮的"海选""江选""河选"……唿扇得多少美女茶不思、饭不想、工不做，花容憔悴，身心俱衰，粉身碎骨也要成为利润的牺牲品；而最最让人想不通的是，所有这一切，竟然还得到他们父亲母亲的支持，全家总动员，共同打造出名要赶早的悲剧。难道，他们就不怕孩子再也唤不回了吗？——当年马克思说起"利润"来，说它的每个毛孔都渗透着什么来着？让我们去找来有关著作，好好再读上一读吧！

当然，你也可以说是社会变了，韩小蕙你不要"恶攻"，你自己非要抱着"君子喻于义"的老传统，就傻不唧唧地靠边站吧。你倒是睁眼看看，今天没有名、没有钱、没有地位，谁还肯正眼夹（看）你？我们不趁着年轻貌美去"秀""超""海"，你能保证我这一辈子不受苦、受穷、受世人的白眼气？

哎呀是的，我是不能保证。我只能保证我自己（还有我正青春年华的女儿），在这五光十色的世界上，在这五味杂陈的人生中，坚持恪守"诗书礼仪传家"的老话，扎在书香的清廉和寂寞里，走正路，做自爱、自强、自在的女人！

2007 年 2 月 3 日于协和大院

窗外响锣鼓

　　新搬家，在南城西马厂。小区越建越漂亮，屋舍俨然，米色的墙壁赭红色的阳台，再也不见了那称霸北京多少年的灰耗子墙皮；树绿花红，金色的阳光下，能越过一片片绿荫，望到极远的天边。今年随着居民的增加，又添一项新项目，"咚锵，咚锵，锵！锵！锵！"一到晚上七点半，我家的北窗外，就准时响起锣鼓，大秧歌就扭起来了！

　　近好多年来，北京街头流行扭大秧歌，经年不衰，已成为美丽的"燕京八景"之后的第九景。每晚上七八点钟一到，震人的锣鼓一敲，穿红戴绿、喜气洋洋的老太太们，就排着整齐的队伍，登上各个街区的露天"舞台"了。她们一个个都是精心化了妆才来的，胭脂、口红，都抹得挺到位，俏一点儿的头上还戴着花，脚下蹬着彩鞋。人人一柄大彩扇，蝴蝶似的上下翻飞，人也甭管胖的瘦的，一个个蝴蝶一般轻轻盈盈地飘飞。所有人的脸上都开花一样生动，洋溢着孩童过年的兴奋和欢乐，各自踩着"锵！锵！锵！锵！"的鼓点，热烈地、忘情地、欢快地舞动着。她们全然忘记了自己已过花甲已过古稀的岁数，也根本想不起来孙子孙女们都已长大成人上了大学参加了工作，更不在乎路人的围观和指指点点，只一味随着身体各个部位的舒展，显出极度的陶醉……

看着她们这么舒心，你都替她们幸福。可是曾经有朋友不屑地评论："脸蛋抹得那么红，不好看呀。"还有朋友深恶痛绝："吵得你什么都干不了，太烦人了！"两次，我都给予了激烈的反驳。我替老太太们免费辩护，其辩护词是：

这些老人，老妇女，一辈子围着锅台转，伺候了老的再伺候小的，什么时候有过她们自己的享受？现在，一切的人生重担都已卸下，却已是白发苍苍、老树虬枝、吃不下、穿不美、睡不香、玩不动了，替她们想一想，真是亏呀！

还好，终于有了大秧歌，可以寄情，可以健身，可以尽情地耍它一番，也算是找回心情、找回感觉、找回青春、找回一生吧，这，难道你还能说不好？

再说了，这些一辈子围着锅台转的老太太们，也许从没上过台，有的甚至一辈子没出过远门，没在人面前高声说过话。

可如今，她们竟鼓起这么大勇气，敢在大庭广众之下神采飞扬地展示自己，这，难道你还不觉得美好吗？

"是的，是美好。"朋友嘟嘟囔囔说，"可是实在太吵了！你住在深宅大院里你体会不到。等哪天，锣鼓也敲到你家的窗根底下，你就不美好了……"

现而今，震天的锣鼓真的敲过来了，我体会到了什么呢？

第一天，新鲜，看着那彩绸忽啦忽啦地飘，觉得挺带劲。

第二天、第三天，就渐渐……有点儿……坏了——是吵，真是吵，在那震天撼地的一个小时里，心被敲得乱乱的，什么也没干成。

怎么办？

第四天晚上，七点半准时，"咚锵！咚锵！锵！锵！锵！"锣鼓声又敲过来了！我正在电脑前写作，不由得停下手，起身，在屋子里转起磨来。突然一道闪电划亮脑际：我何不也扭起来呢？写作一天了，腰腿都坐硬了，刚才伸了几个懒腰都不管用，正想来点体育锻炼活动活动，这不正好！

我赶紧找了一把折扇，虽然不是彩绸的，也没有蝴蝶一样美丽的花边，但也顾不得许多了，踩着热烈的鼓点，我就在客厅里舞动起来。"咚锵！咚锵！锵！锵！锵！"右脚，左脚，前脚，后脚。"咚锵！咚锵！锵！锵！锵！"左手，右手，上手，下手。腰肢随着节奏，像风摆杨柳；肩膀自如地耸动，似金蛇狂舞；手臂扬起落下，宛若天鹅嬉水；双腿腾挪跨越，亚赛奔鹿掠野；头颈如意转动着，仿佛仙鹤散步；指尖伸伸展展，俨然天女散花……哎呀呀，痛快！我始知老太太们怎么这么痴迷了，大乐必易，大象无形，从心所欲不逾矩，增益其所不能呀。

接下来的一天，我又在"咚锵！咚锵！锵！锵！锵！"里，找到了杨丽萍孔雀舞的感觉，找到了孩提时期跳过的新疆舞、蒙古舞的动作，找到了汉民族丰收舞、红绸舞、采茶舞的舞姿。后来居然还发现："锵！锵！锵！锵！"也是迪斯科的节奏，可以随意扭腰、摆胯、伸臂、跺脚、点头、拍手，可以随意放纵一切可放纵的关节和神经，当然，还有心情……

　　再接下来的一天，早上就开始下雨，时断时续的，忽而大忽而小，过了中午还不放晴。我内心煎熬，一会儿趴上北窗户看看，一会儿趴在南窗台瞧瞧，焦急地盼着老天爷晴天。可真是天遂人愿，过了晚上六点钟，太阳忽然奇迹般地在西边冒出头来，顿时，半个西天悬挂出一巨幅辉煌璀璨的天宇极乐图，但见彤云染染，红霞烂漫，天光水色，溢彩流光，美得人从心里向外打战战。我赶紧把北窗户、南窗户和东窗户一一都打开，不，是大大敞开，敞到极限，又将折扇取出，摆在客厅的最顺手处，准备待会儿窗外锣鼓响起来之时，美美地享受一番至乐。

1999 年 6 月 21 日于西马小区

秋意绵绵的晚上

那个秋意绵绵的晚上，我从外地出差飞回北京。

乘机场大巴士，风驰电掣，半小时就融入西单那一派璀璨的灯海之中。北京的确是全国仰望的政治、经济、文化中心，其现代派的外观与举止，越来越典雅、高贵、华丽、气派，让人不由得心旷神怡。

我的心情很好。

等候的转乘车来了。这是一家香港公司独资在北京开辟的专线车，车体宽大舒适，车型和颜色也都漂亮得抢眼，刚刚开行的时间不长，就被新闻媒体誉为"京城里一道亮丽的风景"。

由于这是总站，上车的人不多。我拖着行李箱，走在最后。在将两元钱塞进车前门专设的售票箱里之后，我想看看这"亮丽的风景"大巴车票长什么样，便问开车的女司机，能否给我一张车票？

女司机看上去三十七八岁，表情有点阴鸷，一连问了两声，均不作答，却在突然之间，凶巴巴地朝我嚷起来：

"你躲开那儿，挡住我的视线了！"

我躲开了，坐在旁边的椅子上，却极为不悦地批评她不该这样粗暴地对待我。按我的标准，香港老板开行的豪华车，就该提供第一流的优质服务，你司机虽是北京人为人打工，但却再也不能像过去开公共汽车一样，动不动就朝乘客发脾气，不吃大锅饭了，还耍大锅饭的脾气，这怎么行？

何况现在公共汽车的司售人员，还有北京差不多所有国营的、合资的或私营的大小商店服务员，服务态度也都大有改观，很少再有随便呵斥客人的了。

那女司机不知是吃了枪药还是中了邪，不但不认错，还一声比一声高地跟我吵吵。

旁边一位素不相识的男乘客看不过去，开口助我，批评女司机。

后面一位素不相识的女乘客也开了口，批评女司机，还说了诸如"不好好开就别开"等动感情的话。

女司机仍不嘴软，当即甩出话来："我就这态度！就这么开！不爱坐就下去！"

这一来惹起众怒，满车人纷纷说："车上不是有投诉电话吗？打电话，投诉她！"

我虽已怒火中烧，但还算清醒，马上制止说："那别了，现在下岗的这么多，找这么个饭碗也不容易。"

女司机沉默了……

孰料，过了和平门，又过了琉璃厂，女司机竟向我道起歉来！她一个劲儿做检讨，说是刚才她"不知道怎么一急躁，就犯起浑来，真是对不起"云云。我一听此语，也忙说："女同志嘛，都有情绪化的时候，不过一定要控制住自己，要不容易出事。"

车厢里的气氛立刻变了，变成如歌的行板，融入秋意绵绵的北京之夜。为了表示我的亲善，我慢慢告诉女司机，我的家就住在这趟车的总站，那是我们报社新建的宿舍楼，而由于报社就在这条专线上，平时不少回都乘坐这趟车，对这豪华的空调大巴很是赞赏……

至车开到总站，我拖着行李箱下车。女司机对我客气有加，把车停在离路口最近的地方，还连声问我住得远不远，用不用送送。我笑笑，说："咱们可真是不打不相识。"她也笑笑，说："欢迎您以后还坐我的车。"

我们都是由衷的。

踏着皎洁的月光，我向温暖的家走去。楼群之间，不少散步的居民在悠闲地踱着步，谈笑声清晰入耳。一阵晚风习习吹来，像一只温柔的小手在抚摸，心下好一阵舒服。我很感慨：

其实，人与人之间是很容易沟通的，就看我们采用的是不是多为别人着想的向善态度。如果我们刚才和女司机吵翻，大家投诉到有关部门，香港老板可能会碍于一车人的众口一词，再加上我的记者身份，炒了女司机的鱿鱼，但这显然对谁也没有好处——我自己肯定就会因为心不安而蒙上阴影的。而现在，结局多好啊，它就像眼前这如水的月光一样，把人世间的真善美，朦朦胧胧地铺展在我们的身前身后，左左右右，使大家都变得高尚起来。

1998 年 12 月 3 日于西马小区

晚风中，来了一位老警察

　　窗外，阵阵清风拍打着万千叶片，发出快乐的吟唱。各种夜花的浓郁香气，一浪推着一浪涌来。我立于窗前，凝视着幽蓝的天穹，倾听，倾思。心里正倒海翻江，为刚才发生的一幕，为一位老警察和另一位将来的小警察。

　　小的也就二十岁不到，是居民们看着长大的。小杨树似的出落得挺好，高高壮壮，健健康康的。可是功课不太好，没考上高中；品行也出了点儿问题，有点儿出口不逊浑不吝，大概是正处于青春反抗期。为此，焦虑的父母商量来商量去，将他送进了一所警察学校，期望那里威严的管教，能把孩子调教成人。

　　孩子也挺兴奋，一想起来就神气活现的：嘿，将来拿着根电棍，谁敢不听话儿，杵他一家伙，再"呜啦哇"用警车带走——哇，威风死了呲！

　　尤其是在他学会了"拘""押""传票"等一些警务术语以后，那张还没长胡子的嘴巴里，就整天都是这些吓人的词儿了。

传达室新近聘来了一位残疾人，个子低矮，拖着一条腿，人傻傻的，跟谁都称"您"，挺讨人好感的，大家也都对他挺好。这一天值夜班，由于身体不利落，开门的动作慢了些，惹恼了那位未来的小警察。他张口就骂起来，还顺手抄起一个花盆，砸了过去。没砸着人，土洒了一地，可把残疾人吓坏了，浑身抖得像掉进了冰窟窿。刚好我远远地走过来，看到这一幕，就很温和地跟那将来的小警察说：

"孩子你怎么能这样呢？"

谁知他张口就冲我来了："你管得着吗？碍你屁事了！"

我完全没有思想准备，一时竟有点儿张口结舌，半天才说："孩子，我是看着你长大的，我是爱你的。"

他马上就把话给扔回来了："谁用你爱？！"

⋯⋯⋯⋯⋯⋯

有人把居委会主任找来了。还没等主任开口，未来的小警察竟指着主任的鼻子，大声威胁道："我给你下一张传票，把你拘起来，你×信不信！"

一时间竟闹得不可开交了。群情激愤，有人拨打了110。几分钟以后，警车迅疾赶到，从上面跳下来一老、二年轻的三位警察。情况很清楚，不用多了解，老警察一摆手，让两位年轻的回去了。又一招手，把我们这位斗鸡似的主人公叫到跟前。

"立正！"老警察突然喊道。

小斗鸡犹豫了一下，还是"啪！"地乖乖来了个立正。

"哪个学校的？"

"××警官学校。"小斗鸡小声回答，刚才的蛮横劲儿不见了。

"知道什么是警察吗？"

"知道。"

"你知道个糊涂！"老警察给气乐了，训斥道，"警察的第一职责就是保护老百姓，危险的时候，宁愿牺牲自己的性命，也要保护人民群众的利益。你们老师是不是这么给你们讲的？你可倒好，还没当上警察呢，就先耍威风欺负人，你知道他们是谁吗？是你的父母！去，给人家道歉去，听到没有？……"

我可是听到了，听得真真切切！一时间心里"呼"地着起了一把火，热浪直往嗓子眼涌。说实在的，以前我对警察这个职业好感不多，或者准确说是"抽象的尊敬具象的惧怕"，因而一直取敬而远之的态度。像今天这么切近地接触他们，听他们的语言，观察他们处理问题的方式，看他们怎么对后来人传帮带，还是第一次。我感到正气盈盈，我感到非常满足。

记得拿破仑曾经说过："世界上只有两种力量——利剑和精神。从长远说，精神总是能征服利剑。"他说得真是精辟极了。使人高贵的是人的品格，使世界清明的也是人的品格，使执法者产生权威的还是人的品格——身边围观的群众纷纷转怒为喜，纷纷向老警察投以敬重的目光，"哗——哗"，不知是谁带头鼓起掌来……

窗外的清风也有了灵性，拨开黑影幢幢的枝叶，露出了湛蓝天幕的一角。一颗明亮的星星在那里闪耀着，那是任长霞，她是高挂在天堂的星辰。我们的警察队伍，虽然不能人人都成为任长霞，但只要做到今天这位老警察的标准，也足以烧高香了。怕就怕与那位没长成的小斗鸡比肩，那老百姓可真的怕死了。

2004 年 8 月 4 日于协和大院

普通人也不可被忽视

今年是三十多年里未遇的寒冬，整个北京城被冻得像大雪封住的田野一样，僵硬而失语，只"咝咝"地冒着凉气儿。过春节之前，我特地挑出几张写着火热祝词的贺年卡，寄给几位与我不相关而又息息相关的人——他们是我家、我单位附近邮局、银行等的工作人员。在过去一整年里，他们为我的工作和生活提供了非常优秀的服务，我一直心心念念地感激着他们。

上高一的女儿不愿理解，用"新新人类"那种特殊的语言发问："你认识那么多学界巨腕儿，还有那么多酷毙了的文学、艺术、媒体巨星，给他们还寄不过来呢，干吗要给这些普通人寄？"

我解释说："你不知道他们帮了多大的忙，当编辑的整天饕餮邮件大餐，要是没有了他们，或是他们的服务稍稍不到位，我们的日子可就像是被黑客袭击的电脑，整个儿都得瘫痪。"

女儿摇头。我就开始给她举例，期望能感动她：

"有时候我去寄书和稿费，一次就是几十件，连我自己都觉得烦，可是那位叫安娜的小姐，总是耐心地接待我。为了不让我久等，她先整笔收下大宗邮件，等顾客不多时再一件一件地细做，这样她等于给自己添了麻烦。如同普通人也有美丽的名字一样，普通人也有美丽的心灵。"

女儿不语。我又说：

"我每次去银行，最愿意去一位叫梦羽的女营业员的柜台，看她干活真是一种艺术享受，无论是点钞还是敲电脑，她那一双手就像弹钢琴一样，麻利，准确，自信，显示出一种特殊的节奏美和韵律美。每每这时我就会想到，生活中的美真的是无所不在的，梦羽的劳动和钢琴家的演奏，是同等意义的美。"

女儿"哼"了一声，我不知其意，便又举了一例：

"北京下大雪那天晚上，天又黑又冷，一位中年邮递员来敲咱家的门，原来是咱们小区的楼号改了，有几份报纸一直没找到订户，他来一家一家地查找。看到他冻得捂着耳朵直跺脚，我感动得眼眶直发热……"

女儿却突然打断我，断言道："这本来就是他的工作，用不着感激涕零。"我目瞪口呆，女儿又发起攻击："我看你的思维是出了毛病，现在人都推崇名流、巨星、大腕儿……你可倒好，偏把自己往普通人堆儿里扎，这不是水往低处流吗？"

我知道处于青春期的女儿，现在最爱反抗我，所以对她的态度暂不予以追究。但道理必须讲清楚，就很严正地说："你切记，咱们也都是普通人，不是贵族，这是第一。第二，这些普通人把普通的工作做好了，也同样体现价值，社会离不了普通人。"

女儿突然坏笑，斜着眼冷冷刺来一句："那你干吗老说将来你没出息扫大街去？"

我被噎住了。

语塞。片刻尴尬，赶紧走开为上。

这大概就是"世纪末流行病"吧。它夹在传统审美取向与快餐时尚价值中间，忽左忽右地飞翔，轻松快乐地漫游，什么也不问、不想、不深究，不负责任，因而不沉重也不痛苦：当初大家都兴找一个"红五类"做配偶的时期，就连小业主也不要；后来大家时髦吃肯德基、麦当劳的时候，又一起轻视老北京炸酱面；现在大家皆曰电脑成了时代的主宰，就不管用不用得着都紧赶着抱一台 686 回家——这也就是集体形成向孩子们吼叫"扫大街去！"之壮观阵势的社会因素以及心理原因？

让我惭愧的是：自己身为作家和记者，高举着神圣的文学和新闻火把，自以为倾心倾力地助燃，却也未能免俗地得了这种流行病，一方面，心里还珍藏着"君子食无求饱，居无求安，敏于事而慎于言"的传统道德观念；另一方面，也确实整天在对女儿灌输着"劳心者治人，劳力者治于人"云云，告诫她若考不上大学，可就不能回来见我。在关乎她命运前途的问题上，我偏执得像见了红布的西班牙斗牛，绝对没有了"普通人"的商量余地！

难道说，我送上的是一张张虚伪的贺卡？

不是啊，天地良心，我从心底里认为普通人也不可被忽视！

哎呀呀，我的脑子也"咝咝"地冒起了凉气儿，只好求教于同志们吧。

2000 年 2 月 13 日于京南角门

做一只北京的青鸟

　　很久了，我们的眼睛只能看见水泥的森林、钢筋的湖泊和塑料的草原，这是多么可悲的事情！

　　很久了，因为已经适应了人工世界，人类的退化成为一件更为可悲的事情——我们已经忘记了大自然的存在，听不到流云的欢歌，看不到蓝天的舞蹈，闻不到大地的芳香，没有福气享受到生命的盛宴与狂欢！

　　很久了，我们在虚拟的电子网络上，忙忙不休地复制和传播着虚幻的快乐，真实离我们远去，真切离我们远去，真知离我们远去。接下来糟糕的是——真理，亦会随之离我们远去吗？

　　为了寻回宇宙的真谛、自然的真谛、人生的真谛，少数有识之士从城市出发，踏上了寻觅自然之旅。他们跋山涉水，远离人群，去探访雅鲁藏布江的源头，去测量喜马拉雅山的冰层，去观察西双版纳森林的叶片，去养护红河湿地的水草，去拥抱黄果树大瀑布的浪花，去迎迓大小凉山的旭日……他们认识到并向人群发出恳切的呼吁："让城市更美好，让生活更美好，绝对离不开大自然的滋养和润色。"于是，他们身体力行地从城市往"家乡"的路上一步步归去，企望用大自然圣洁的面容和身体，来反观城市的不洁，来提请人们洗脸濯足——当然，保留好地球的一盆清水是悠悠万事的前提。

可以说他们是勇士，行动者，先驱。但他们不是楷模。因为对大多数城市人而言，跟进的可能性非常小，仿效的意义也不大。

更因为，无须如此大悲壮地"上路"，仅在我们身边，就还有多少需要我们去做的事情，需要立即去做！

比如：

当我们看到有人折花、掐草的时候，应当立即劝止啊。

当我们看到有人打鸟、捞鱼的时候，应当立即劝止啊。

当我们看到有人捕杀、滥食野生动物的时候，应当立即劝止啊。

当我们看到有人乱丢垃圾、毁坏绿地的时候，应当立即劝止啊。

当我们看到有人做不利于养护环境的任何事的时候，应当立即劝止啊。

…………

更比如：

当我们看到有人污染河流的时候，应当立即制止和举报。

当我们看到有人滥用化肥的时候，应当立即制止和举报。

当我们看到有人给畜类、鱼类滥喂激素的时候，应当立即制止和举报。

当我们看到有人给粮食掺假、撒药、抛光的时候，应当立即制止和举报。

当我们看到有人泯灭天良制假、贩假的时候，应当立即制止和举报。

⋯⋯⋯⋯⋯

而对有关主管部门来说，我们还要监督他们，批评他们工作的不力，督促他们行政作为，鞭策他们严格执法、杜绝腐败，还清正于人间。我们还应动用舆论的力量，惩恶扬善，鼓励每个公民都往上走，除了把自己逐渐锤炼成为好人、正人、君子和"圣人"外，还要把整个地球都营造成一个花香、草绿、天蓝、水清、空气甜的神圣世界。

但此外，还有一件更为重要的事情，是我们必须做的：

那是今年苦夏的一个中午，我骑车走到北京长安街上的东单路口。红灯，我停下来，下车等待。身边，一位老者推着一辆轮椅，上面坐着他的老伴，也在白色警戒线后面停了下来。这时，在他俩身后，慢慢开来两辆洒水车，车是要开到对面马路去作业的，此时趁红灯的机会转弯到对面是最方便司机的。但老者的轮椅挡住了车子的去路，也没有让开的意思，司机很着急。见此情景，我轻声请老者把轮椅推开一些，给洒水车让开了路。老司机点头朝我示谢微笑，我点头还礼。没想到的是，第二辆洒水车开过时，那毛头小伙子的年轻司机也向我绽放出一个灿烂的笑脸。我的心里一阵舒服，是那种帮助了别人而又得到善意回报的愉悦——那一整天，一颗心都被这人与人之间的温情浸泡着。

　　而还有另一件事已经过去了几年，却也一直还在我心头滴着血：那天也是我骑着车，在自行车道上向前骑行，路过崇文门内一个广告牌所在的小路口时，突然，从广告牌后面的汽车道上逆行冲来一辆电动自行车，幸亏我全神贯注而又反应快，迅速跳下车闪身躲开了。细看时，见是五十多岁一男子，穿得脏兮兮的，在他车的后座上还带着一个两岁左右的男孩，也穿得脏兮兮的。我就跟他说："你带着孩子还逆行，还这么猛，多危险啊！"这本来不是好话吗？谁知，他竟然停下车，破口大骂，骂得那叫歇斯底里那叫难听，真堪比老舍先生笔下的地痞流氓话了！我只好凛然一笑，耐心地说："别忘了你还带着孩子，你就不怕他跟着学吗？"那脏兮兮的男人一点羞耻心也没有，又发疯一样地边诅咒边恶骂起来。看着他那副自轻自贱的丑态，我不再说什么，转身，骑上车离开了。一整天，我都心情沉重，为那素质低下的男人，为那可怜的孩童，他生长在那样的家庭环境里，将来能长成什么样的人，几乎已经注定了……

　　是的，我说到这样两件事，是想说明，要让"城市更美好，生活更美好"，我们确实需要物质水平的极大提高，也需要环保意识的极大增强。可是，更重要的，首要的，还得是人文环境的高升。如果我们能够生活在一个知体知礼，识好识歹，相尊相敬，相慈相仁，互帮互助，互亲互爱，和谐和睦，和平和静的环境中，人人心中都充满了向善向上的进取心，那么，即使日子过得清苦一点，即使离开城市远了一点，即使居住环境已经改变，我们也不怕，也宁愿守住这份温馨的日子——因为，"万

100

众一心"是一个值得信任的词，它能使我们团在一起，排除所有的困难，达到幸福的顶点。

"真没想到它就是我们寻找的青鸟呀。我们跑到老远的地方去寻找，哪知，它原就在这里呢！"（梅特林克《青鸟》）

可惜，这个首要的问题还没有引起人们的广泛注意，在此，我呼吁！

2010 年 9 月 5 日于西马小区

把我的幸福告诉你

今年春节，我过了一个幸福的年初一。

"幸福"是什么？于我人到中年的年龄，于我尝遍人生五味的经历，是早已过了蹦蹦跳跳的童年梦幻阶段，七彩斑斓的少女憧憬阶段，想尽天下好事的青春激情阶段；也过了亦真亦幻的人生自我安慰、自我拔高阶段，冥思苦想同时又是书斋里面哲学意义上的发问、穷究、探索的阶段。"幸福"对于我，早已不是冬日里镶着金边的晨曦，夏季夜空闪闪烁烁的星斗，天宇中步步祥云的天街，一厢情愿但却永远缥缈虚幻的海上仙山，而是稳固的大地，坚挺的高山，和煦的春风，驯服的江河，是风调雨顺的丰收，国泰民安的祥和，琳琅满目的市场，遍地站立的楼房，绿意盎然的环境，是高堂二老的健康长寿，女儿的学习成绩名列前茅，朋友们的发达、欢笑、温馨、忠诚，我自己的工作步步高，还有读书。

是的，读一整天书——在暖洋洋的阳光怀抱里，伏在写字台前，一支红蓝铅笔，一杯香浓的咖啡，捧着一本好书，安安静静地、踏踏实实地、心无旁骛地、不受任何干扰地、什么也不操心什么也不着急什么也不想地读上一整天书。

想一想都心动，这是何等的一种幸福啊！

可惜的是，如今，这幸福已经变得很奢侈，很奢侈。

放寒假的第一天，女儿来跟我要书："妈妈，咱家有世界名著吗？语文老师让我们读世界名著。"

我竟是"腾"地跳起身，带着一种受宠若惊的感觉，拉开书柜门，急急地抽取，转身就给女儿抱来一大摞。抚摸着这一大摞老朋友，我不由得回想起自己的少女时代，那时多有闲暇多有心境多么幸福呀，曾经痴情地，着迷地，自由自在地，一任自己喜好地，放任自己燃烧、痛哭、悲歌、畅笑地读了多少书！

唉！现在这些书上已经落满了灰尘。

也许是现代生活的节奏加快了，也许是电子时代的信息增多了，也许是工作、学习、就业、住房、环保、医疗、治安、孝敬老人、教育子女、亲善友朋、和睦邻里……诸方面的要求越来越高，我们这些职业女性的生存压力，确乎像滚下喜马拉雅山峰的雪球，越滚越大，越来越沉，甚至让人不堪重负了。我常常意识到自己竟是身兼七职：一记者、二编辑、三作家、四朋友们的朋友、五父母的女儿、六女儿的母亲，外加第七女儿的家庭教师。我周围的许许多多女友，也都像我一样肩负着三座大山六条江河九万里云天。上班的时候，忙——像上了弦的机器人，马不停蹄，分分秒秒不拾闲；下班回到家，继续忙——依然是一只抽得团团转的陀螺，手、脚、脑并用，先照拂柴米油盐，后对付孩子的功课，同时兼顾缝补浆洗，好不容易等孩子睡着了，赶紧拿出稿子来编，或打开电脑敲上一小会儿，等挨到夜半自己上床时，浑身的骨头早都散了架儿，即使像模像样地捧起一本书，也还没看上两行，脑子里就弥漫起一片云烟……就这么天天复天天，年年复年年，本来不多的知识积累被迅速掏空，人变得苍白、干瘪、空虚、木讷，丧失目标、忘却激情，像一只抽干了的柚子一样没有了任何灵气……

读书，再回到学校里读两年书，管它是读硕士、读博士，还是进修，我一次次找领导要求道。可是最终，领导只许诺说：将来送你上党校吧……

那么，自己读，不上班不采访不编稿子不写文章不思考问题什么也不干地读上一个礼拜！我痛下决心，我咬牙切齿，我赌咒发誓，我今天期盼明天、明天指望后天、后天安排到下周……可是，当然，这退而求其次地跟自己赌气或者说是给自己谋一份儿幸福的"壮举"，也如同上学一样，成了日复一日的奢望。

不光是我，我敢说百分之九十九点九九的职业女性，都若此。不光是职业女性，我敢说职业男性们也一样"孙悟空逃不出如来佛的手心去"。

这也许是现代人命定要经受的精神渊薮？外面的雷声、电光、云色、霞彩太多太多，大饭店、大商城、娱乐宫、进口大片、CD、VCD……就像旋风般冲杀过来的哥萨克骑兵，不由分说漫天动地滚滚而来；内心里的焦灼、浮躁、寂寞、失落亦太多太多，似乎只有用歌厅、舞场、游艺机、打麻将来填充多余的生命。那一份份古典主义的浪漫情怀呢？那一曲曲月光下的小夜曲呢？那一个个高雅温馨的文艺沙龙呢？那一部部大师们用生命留下的、记录着人类文明脚迹的世界名著呢？

还有人记起吗？

还有人企图找寻回来吗？

这么想问题，也许我已经成为一只过时的古钟了？不意那天与梁晓声谈天，他竟也告诉我，读书，亦是他时时巴望的一种幸福。他慢条斯理地说："有时，我真想告诉那些无所事事的朋友们，去享受一下读书的幸福吧。"

就是这一次谈话，使我下了决心：春节，大年初一，什么也不干，读一整天书！

为了实现这份儿决心，年三十晚上，一吃过年夜饭，我就念叨着"做了也就做了，读了也就读了"，把要读的几本书置放在案头，它们有的是久已准备读的，有的是没读完的，有的是粗翻过还想细品的，书名如下：

《外国人的中国观》（[美]亚瑟·亨·史密斯著）

《中国人》（[全译本]林语堂著）

《中国的崛起》（[美]威廉·奥弗霍尔特著）

《二十世纪文史哲名著精义》（上下卷）

《传统智慧再发现》（[上下卷]王树人等著）

《自私的基因》（[美]道金斯著）

《押沙龙，押沙龙!》（[美]福克纳著）

《霍乱时期的爱情》（[哥伦比亚]马尔克斯著）

…………

哎呀呀，糟了，糟了，糟了，仅仅一天时间，这么多神位，怎么拜得完?!

欠账欠得太多了!

一大早，阳光灿烂，流泻如金。人们都还在熟睡。唯有两只红嘴红颈红脚、黑脑门黑眼圈黑尾巴、全身羽毛如同蓝缎子一样漂亮的鸟儿，一跳一跳地在窗外的树枝上鸣叫。莫非它也知道今天过年? 我一骨碌爬起身，觉得体轻如燕，神清气爽，赶紧洗漱完毕，旋即端坐在书桌前，翻开了第一本书。

心中的感觉竟有些奇特：不光是享受幸福，还好像进入了一个人生新阶段……

2002 年大年初一夜

如今北京的主食

如今北京的主食似乎不是给人吃的，而是仅供观赏的艺术品。

所谓"主食"者，顾名思义，就是吃饭时的主要食物，不外乎米饭、馒头、面条、烙饼、窝头、粥等粮食作物。过去的北京生活贫困，吃饭时以粮食为主，菜很少，主食又叫干粮，是很重要的，有时要占到餐量的百分之九十五、九十八甚至百分之百。其实叫"干粮"并不准确，因为有时干粮们并不"干"，而是稀粥，尤其是一早一晚，为了省粮食，主食只有稀粥。所以，"主食"的叫法还是比较科学而大众，"干粮"的叫法呢，就渐渐湮没于岁月和记忆的流逝之中。主食在南方以及港台地区叫什么名字，不得而知，但我想，肯定也有差不多相同的历史沧桑。

主食又分细粮和粗粮。细粮指米饭、馒头等小麦和水稻作物，由于质地细腻，看起来和吃起来感觉都好些，不像粗粮——

那些窝窝头啦、贴饼子啦等等棒子面做的一系列食品（因为玉米长得像棒子，故北京的老百姓习惯管玉米面叫"棒子面"），咽下去粗粗啦啦的，也没什么香味，让人一看就把眉头皱到天上去了。不过，这都是昨天的老皇历了。90年代末尾的今天，各路报纸刊物，都在反反复复教导我们大家说："多吃粗粮有利于软化心血管、脑血管，有利于消化道、呼吸道的健康，可以驱病强身，益寿延年。"于是，这个道理，就已经像"两点之间直线最短"一样成为公理，弄得家喻户晓，没有人不知道的。于是就兴起了全民的轰轰烈烈的吃粗粮运动。其实说实在的，这个运动的第一推动力，还是因为细粮，包括白得不能再白、细得不能再细的富强粉、面包粉、饺子粉之类，和白得发亮、像打了蜡上了光一样的小站稻、唐山稻、盘锦米等等，早吃得腻腻的了。那么三十年河东，三十年河西，窝头自然又金贵起来，用磨得细细滑滑的上等棒子面加上栗子面，再加上奶油、白糖、桂花做成的"迷你型"小窝头，比稻香村的点心还抢手呢。

我开头所说的"艺术品"，就是指的这些"迷你型"的小主食。

它们的个头儿，大约比一般的水饺略小些，论袋装的话，半斤一袋的大约能装二三十个，吃的时候一口一个，夹得方便吃得也方便，感觉也比较好，能"骗"得你多吃几个。或曰，干吗要"骗"呢？原来，我们成年人其实也是孩子，不好吃的东西是不肯多吃的，比如二两一个的大馒头，光看着就饱了，根本碰都不会去碰，可是要换成"迷你型"，看着它们小巧玲珑的样子，忍不住就会尝个俩仨的。

如今在北京，无论是走入气派豪华的现代大型超市，还是拐进胡同口的小小副食商店；无论是在酒肉飘香的酒楼茶园之内，还是在简单便捷的机关食堂里，到处都可以和"迷你型"小主食磕头碰脸。最普通的品种，有小馒头、小花卷、小丝糕、小窝头、小黑米馒头；稍微带点儿花色的，有小巧克力卷、小山楂卷、小糖包、小豆包、小奶黄包、小芝麻包；再带点儿花样的，有小包子、小饺子、小春卷、小烧卖、小馄饨、小汤圆；若是再想尝尝新鲜解解馋，嗬，那品种可就海了去了（"海了"是北京方言，即言其多，简直就像大海一样无边无沿），有宫廷里的小窝头、小豌豆黄、小芸豆卷，有民间的小艾窝窝、小驴打滚、小蜜麻花、小焦圈，有天津的小狗不理包子、小猫不闻饺子，上海的小萝卜丝饼、小野菜团子，江淮的各色各样小汤团，西北、山西和山东的味道不同的小烧饼……还有西餐的一系列小点心呢，如小蛋糕、小布丁、小三明治、小巧克力派……直看得你眼花缭乱，涎水横流，想吃而又不敢，不吃而又心里痒痒的胃里煎煎的鼻子酸酸的口里空空的不到黄河不死心！逛街的时候，我最感"痛苦"的，就是从饼屋前面走过，差不多每次，都是斜着眼，望着天，疾步过去，要不就干脆绕到马路对面去走，免得忽然一时意志薄弱，跑进去大嚼一顿，然后回家以后，再后悔得大跺其脚，大喝其减肥苦茶！

可是就像你绕得开某些事件，却绕不开命运一样，你绕得开饼屋，却绕不开杯盘碗箸，人总不能不吃饭吧？这"痛苦"就又跟上来了，比较突出的，至少有两个，一是怕去吃宴会，每次酒已酣菜已饱，小小巧巧的"迷你主食"又端上来了，得，你们大家说，我是吃呢还是不吃？科学和理智告诉我，不可以再吃了，要不明天腰围又得多出一大圈不说，吃多了甜食，实在是对身体各方面的机能都无益有害；可是不吃吧，又真馋得慌，尤其是看着那么精美的"艺术品"剩在那里，回头让服务员利利索索一掀盘子，连眼睛都不眨一眨就白白倒掉了，那不是暴殄天物吗？贪污和浪费可是极大的犯罪呀！这么宽慰着自己给自己找着冠冕堂皇的借口，筷子就老是一次又一次往那盘子里伸，可真成了让人耻笑的三岁小娃了！

二是怕去朋友家赴宴，尤其怕朋友家摆的是自助餐。那往往是我放弃油焖大虾，放弃海参鱿鱼，放弃竹笋干贝，放弃椒盐螃蟹，放弃东坡肘子肉，放弃烤鸭、乌鸡、老鳖……总之是放弃一切好吃的肉鱼蛋菜而专门大啖迷你甜点的大好机会——这边就有人出来教育我啦，谆谆教导说："韩小蕙，你至于不至于？你是从困难时期刚来的吧？你八辈子没吃过主食是怎么的？！"

我俯首下心、赔着笑脸回答：

"您说对啦，俺就是刚刚从 60 年代困难时期回来的，别说吃什么'迷你型'啦，就连窝窝头也吃不饱呀！今天好不容易赶上改革开放的好日子，什么好吃的都有啦，想吃什么就有什么，那我还不放开肚皮敞开吃，还等什么呐？"

1998 年 8 月 9 日西马小区

来今雨轩吃茄鲞

　　"鲞"字看着并不算太难写，但要念出它的正确发音，我想可能全中国也没多少人能做到，无他，在于我们根本用不到它。关于这个字，《现代汉语词典》上介绍的是：音 xiǎng，意为"剖开后晾干的鱼"。我们又不是渔夫，这辈子也不打算做渔夫，所以这个字跟我们没关系。

　　但我一提《红楼梦》，就又没有人不知道这个字了。刘姥姥初进荣国府，大观园里陪着贾母、王夫人、凤姐等吃饭。吃到一道异常美味可口的菜，贾母说是茄子，刘姥姥不信，说："别哄我了，茄子跑出这个味儿来，我们也不用种粮食，只种茄子了。"众人皆点头证实真的是茄子，这时，凤姐不无炫耀地介绍了它的做法：

　　　　把才下来的茄子把皮簽了，只要净肉，切成碎钉子，用鸡油炸了。再用鸡脯子肉并香菌、新笋、蘑菇、五香腐干、各色干果子，俱切成钉子，用鸡汤煨干。将香油一收，外加糟油一拌，盛在瓷罐子里封严。要吃时拿出来，用炒的鸡瓜一拌就是。

这一番话，把个村妇盲愚刘姥姥听得摇头吐舌，连连直叫"佛祖"……这道菜，就是"茄鲞"，《红楼梦》里没介绍它的来历出处，不知道是古代中国的传统美食，还是曹雪芹自己编出来的？

我初读《红楼梦》这一段时，还是在70年代，那时全社会还普遍贫穷，整天吃的是窝头、白菜、土豆、雪里蕻。茄子倒也有，大街上的市价是贰分钱一斤，算是最便宜的低档菜。家家差不多都是用清水大锅熬，顶多搁上三五毛钱肉，再搁点宽粉条，就算是好菜了。因而，我对这"茄鲞"垂涎三尺，一下子就过目不忘，当时虽然也念不出"鲞"字来，但我相信它一定是非常非常好吃的东西。

后来多少岁月都过去了，经历的多少大事小事、人生困顿也都给尘封了，奇怪的是，茄鲞却没有，脑子里老模模糊糊记得《红楼梦》里的这道菜，菜名早忘了，只记得是茄子做的。

好玩的是，正应了那句谚语"人是三节草，三穷三富过到老"，编小说都不能想到的是，90年代的突然有一天，我竟然在北京中山公园的来今雨轩，与这出土文物似的茄鲞不期而遇。

谁都知道中山公园始建于辽金时代，原名兴国寺，元代改称万寿兴国寺，明代改建为社稷坛，清代沿用，是皇帝祭祀土地和五谷之神的场所。来今雨轩建于1915年，初为公园董事会俱乐部，以后改为饭庄。"来今雨轩"典出杜甫的"旧雨来今雨不来"，寓故交（旧雨）新友（新雨）欢聚一堂之意。

那天是帮某出版社弄一部书，辛苦完后被酬饭。一落座就听主人说今天有一道名菜，是什么，他没说出来，只说"那个，那个……"（后来我私心猜度，一定是他也念不出"鲞"字来——一笑）这年头，因为已经不缺吃，大家都对山珍海味习以为常了，所以也没人关心没人感兴趣没人打听，无所谓。

不料菜一上来，就有所谓了——先声夺人，先见光彩，"未成曲调先有情"。但见盘子就不同，前面上菜的盘子都是今世的，瓷是细瓷好瓷，可图案无非花卉，一看就知道是今天批量生产的。这一次盘子不同，瓷略发黄发暗，上面画的是明清侍女，线条很洗练，三笔两笔的，就活脱脱一位裙钗，与《红楼梦》以及"三言二拍"里面的插图风格一个模样。再定睛细看，这么多侍女捧在中间的，是一大堆糊状物质，仔细识认，有瓜子仁儿、花生仁儿，还有肉仁儿，余者，就搞不明白了。大家一看这架势，知道是名菜来了，纷纷举箸。味道果然好，说不出是一种什么异香，反正香气扑鼻，到嘴里，软软滑滑，细细腻腻，口感特不同，引逗得你吃了还想吃。大家赞不绝口，主人得意有了面子，遂唤来服务员，叫介绍是什么菜名。

服务员也得意，说是："好吃吧！这就是《红楼梦》里刘姥姥吃的'茄鲞'，叫我们来今雨轩的师父给琢磨出来了，现在是我们这儿的看家名菜，大家吃吃像不像？"

我们上哪儿吃过《红楼梦》的茄鲞去，能知道是什么味儿？要想知道像不像，只能往上回去三百年，问王熙凤去。可是在座

113

的都是厚道人,纷纷乱点头,连称:"像!像!是好吃!是好吃!"

服务员高兴了,感慨说:"到底是有学问的人,说出话来就是有水平,我们来今雨轩最愿意接待文化人了,诸位请看看我们墙上的字画,见不见档次?"

当然见档次了,一溜儿全是名人,启功的、李可染的、黄胄的、崔子范的、爱新觉罗家族的,都是大幅的立轴,密密地挂满了三面墙,给人一种书香满室的愉悦。这些年来老是"食文化""食文化"的,吃点儿什么都说是文化,其实呢,叫我说吃是次要的,而环境、情趣、学识、对话等等这些吃饭时的氛围,应该是非常重要的,记得有篇文章介绍,说台湾有一家"聪明人餐馆",是专门招待文人雅士和各种科学家、学者、高层管理人员等等知识分子的,当时读了拍案叫绝,煞是羡慕,我想象,在那种场合吃饭,肯定是一边果腹,一边长修养、见地、学识的,一不小心,没准就弄成个硕士、博士、博导的也未可知!

这样吧,等我哪天记者当不成了,也干脆下海,在北京开一家"聪明人餐馆",也把"茄鲞"这道名菜请过去看家,也把名人字画密密麻麻挂满墙,也把文人雅士和科学家都请去,还要加上世界名曲、现代民谣、轻声爵士乐。要是老天不负我,真能弄成个硕士、博士后援店之类,不比现在强过一千倍?

1998 年 12 月 13 日于西马小区

第三辑

北京故事

琉璃象奇遇

【电话实录】

　　韩小蕙："不管怎么样，我还是觉得，人与人之间，真诚最重要，信任最重要！"

　　李国文："我支持你。"

　　韩小蕙："所以我跟他说：'就算您先存在我这儿，等什么时候您翻过身来，想它了，您就再来找我。'"

　　李国文："这话说得好！"

　　生活中，有些事情，常常让你措手不及，事后一回想，又有它必然的规律。

一

　　国庆节跟前的一天，上午九点多，我从家出来，骑着自行

117

车往单位走。

　　家在北京的中心区域银街东单，单位在南城虎坊桥，穿过中国第一街长安街，崇文门是必经的路口。这路口可有点儿让人烦，由于车流量太大，又是四个路口一个一个地放行；所以若赶上红灯，一等就是三分钟，十首《七步诗》都写成了！

　　所幸那天天气特好，天空鲜蓝鲜蓝的，纯净得像一首一往情深的诗，使人眩晕而幸福或者幸福而眩晕。阳光金黄金黄的，满铺在大地上，使大街小巷都成了丰收的麦地，处处金光流溢。为贺节日摆放的鲜花，绿的绿，红的红，黄的黄，总之是姹紫嫣红，花叶扶风，不停地撩拨着人的眼神。街上的行人也是一道好风景，穿着都挺帅气，漂亮，而且个性化，在这方面，北京已经多年没流行过什么主题了，北京到底是国际化大都市，大气磅礴，这儿的人不讲究跟风，永远强调的是个人风格……

　　一回头，呀？只见身边停着一辆小三轮，车厢底小心地铺着一块毯子，上面放着一头陶瓷的大象。这头象，太让人爱了，有一尺半高，二尺长，通身绿色，中国古建筑大屋顶的房檐上那种绿琉璃瓦的绿，也像它们那样闪着古往今来的光芒。象背正中，驮着一块厚实的黄垫子，两边各耷拉下来一片黄色基调的装饰花毯，上有菱形花块，有蚯蚓走泥和金钱形花纹，还有线条简洁如儿童画的流苏，中规中矩地下垂着。所有这些黄色，也是大屋顶上那种黄琉璃瓦的黄，也闪着博大深厚的光芒。大象低着头，鼻子卷成一只蜗牛般的花形状，慈善的眼睛极其认真地看着前面的地，四根粗腿像铁铸似的站在那里，显示出好一派王者气概。

　　这造型，洗练中透着一种非比寻常的尊贵气质——古的今的，中国的外国的，石雕的铜刻的，我看过那么多真的假的大象小象，却从没见过这般朴拙而又华美的造像。把我看得爱不释眼，边使劲琢磨着它的美，边抬头去看它的主人。

是一位五十多岁的准老大爷。微胖，穿着一件旧的白色圆领衫，深色长裤，头发也没什么修饰，典型一个京城劳动人民。看我这么盯着他的大象反复看，他挺平静，既没反感也没骄矜。我看他面色挺和善，就用和美的声音问道：

"这是象墩儿吧？您从哪儿买的？"

"不是买的，是自个儿家里的。"他扯着大嗓门说，"我这是拉到红桥去卖去（北京话音读'切'）——"

我一惊。"红桥"指的是红桥旧货大市场，就在前面两站地，里面确实有不少老东西，不单全北京闻名，每天光顾的老外都得按营按团来计算。

"您卖多少钱？"

"给两百块就卖！"

回答得特干脆，可是声音不怎么自然，好像有点儿夸张的成分，就像是在做一件自己并不怎么想做的事情而又一横心做了，在给自己壮胆。

我下意识重复了一句："两百块就卖？"心里就钟摆似的摆动开了。

"是啊，"他仍然是大嗓门，"昨个儿我已经跟红桥的老板说好了，我这么一描述，人家就说给两百块。现在，我给人家送切（去）——"

按说，我平时不是个乱花钱的人，也不是在街上乱跟人搭茌儿的人。偏偏这么个生动漂亮的象墩儿，猛一家伙出现在眼前，一下子就扯住了我的心。说来，还真多亏了这路口的红灯一直高高闪耀着，我听见自己比曹植还果断，吟出一句诗来：

"您卖给我得了？"

就在此时，绿灯亮了，前后左右的自行车海潮似的涌动起来。他朝我做了个手势，我们骑车到马路对面，找了个边上停下来。他让我仔细看看他的"玩意儿"，一边说："您看，这老东西烧得多好，多亮啊，又细，比现在那些个新做的，强多了！"

我于是才想起来问："这是什么时候的？"

"民国的。"说着他叹了一口气，"现在可烧不出这么细乎的琉璃喽。"

我于是又傻乎乎地问："噢，这是琉璃的呀？琉璃是瓷吗？"

"是瓷。"他斩钉截铁地答，比小布什要打伊拉克还坚决。

我怜爱地拍着琉璃象，真心地说："这么好的东西，干吗不留着，卖了多可惜呀？"

他解释说，他们家住东四，平房，现在要拆迁了，搬到北四环以外的楼房去住，就没地方搁它了。这是家里老人留下来的，过去老人就在花市这一带开买卖，家里的老东西多着呢，可惜"文革"中都被砸了。这象墩当时搁在院子里，所以逃过了那一劫。还有两把硬木的公主椅，当时搁在邻居家，也幸存下来，现在没什么用，谁给个一千多块钱，也卖。主要是他已经下岗了，每月就拿三百零五块钱，因为腿有病，也没法儿再找工作，这不到了节跟前了吗？串个亲戚也不能空着手去呀，所以，就不留着它了。

我叹息了一声，真心为他可惜，极其真诚地说："就算您先存在我这儿，等什么时候您翻过身来，想它了，您就再来找我。"

　　他沉默了，停了一会儿，小声说："我看您是真喜欢它，得，我也算是给它找着了一个好下家。"

　　过了一会儿，他又说："象进门，会给您带来吉祥的。"

　　我目送着他骑上小三轮走了，心里还真有点儿酸楚的感觉，一时，牵挂着他一家的日子，竟把琉璃象也抛在了脑后。他还说，他有个读书的儿子，不知书念得怎么样？家贫，孩子挺受委屈的……

二

　　我把琉璃象寄存在宿舍大院传达室，重又飞身上车，往单位骑去。

　　阳光更潇洒了，像一把巨大的射金枪，把全世界喷洒得遍地镏金，到处放光，人置身其中，就像走在无边无际的大金库里。一丝风也没有，自行车不用蹬就自己往前跑，笔直的路在脚下延伸，那种轻快的感觉，别提多惬意了。道路两边，虽然银杏树那些美丽的扇形叶片已经镶上了金边儿，但梧桐树叶毕竟还没落，所有大树小树也基本还葱郁而且浓绿，就一点儿也没有悲秋的凄冷，加上节日的彩旗、气球、鲜花堆出的斑斓色彩，哎呀，北京的金秋十月，"风物向秋潇洒"，是一年里最好的季节。

　　想到已经是属于我的琉璃象，也是黄的绿的属于秋天的色彩，不禁想起车尔尼雪夫斯基说的："任何东西，凡是显示出生活或使我们想起生活的，那就是美的。"还有朱光潜的一句话，"艺术是美的集中表现"，也很到位。

到了单位，拳打脚踢一通忙。等到了休息的间歇，我想起了琉璃象，就把今天买到它的事，原原本本跟男女同事说了一遍。

万料不到我的话音还没落，一位男同事就断然说出两个字——"假的！"

我猛然就僵在那里了，只觉得心"扑通"一下就沉下去了，极像一只正飞得高兴的鸟，突然被流弹迎头击落。当一种美好的感觉遭遇强暴，或是当一种高尚的情感被丢进垃圾箱，这种受伤，一点儿也不亚于双子大楼的突然坍塌。停了好半天，我才缓过劲来，尽量平静地说："不是假的，是真的，因为不是他要卖给我的，是我主动问他的。那下岗工人挺真诚的，他没骗我。"

男同事满脸的不屑："真诚？现在哪儿还有真诚？"

其他同事见状，一个个，赶紧过来安慰我。

甲："咳，又没花多少钱，买了一个自己喜欢的东西，这就行了，管它真的假的呢。"

乙："你看你还得到一个素材呢，把它写出来，你就又有了一篇好文章啊。"

丙讲起他当年犯的一个错误：十多年前，有一次他在胡同里走，被一河南老乡叫住，掏出几件旧瓷器，说是在老家地里挖出来的，请人看了，是清代的。其中有一件什么小玩意儿，上面贴了一片叶子，很是精美，丙喜欢上了，花了几十块钱买下，挺高兴。后来有一位懂行的朋友看了，说是仿得可真有水平，从外面看，全丝毫不差，就是从肚子下面的小眼儿往里看，是新瓷⋯⋯

于是大家纷纷说："小蕙你也回家看看，要是新瓷的话，肯定就不是真的了，不过那你也甭不高兴。"

我脸上的肌肉僵硬地动了一下，机械地挤出一个笑，我是不想拂了同事们的好意。其实，琉璃象是真的假的，我并不在乎，我在乎的，是所有人竟都没有疑义地一致认为我受骗了，而我自己仍然愿意相信那位下岗工人的话，难道，现在真没有可相信的人了吗？

难道我也成了异类？！

下班的路上，我又想起这个问题，没滋没味了一路。

孰料，回到宿舍传达室，请看门的小伙子帮我搬回家，他又言之凿凿地打击了我一下："您肯定上当了，他肯定骗您呢！"

我问："你怎么能这么肯定？"

他说："这不明摆着吗，现在哪儿还有可相信的人？"

我没吭声。等他走后，我再度端详着琉璃象，它慈祥的眼睛依然认真地看着前面的地，一丝不苟地站在那里，一副诚实的态度，不知为什么竟让我想起了安南，就是当今的联合国秘书长，虽然他跟我是八十竿子也打不着。

我忽然想起了同事丙说的话，就找来一块布，垫在琉璃象身下，然后，小心翼翼地把它翻过来，朝它肚子里面望去——

唉，还是不行，不是行家，根本无从分辨。你说那瓷是旧的吧，可看着挺干净；你说它是新的吧，又颜色发暗。我所能看清的，只是琉璃象的肚子里和四条腿里，挂着不少灰尘拉的网，一条一条的，粗的细的都有。我自作聪明地想：要是造假造得连灰尘网都这么神形兼备，那可真能去申报吉尼斯世界纪录了！

我长叹一声，拍着琉璃象的背，问它："能否告诉我，我能否相信你？"

它根本不作答，像是在轻蔑我的蠢话，更像是在轻蔑人类超常的智力。

我感觉很憋屈，胸膛里像被封上了一大块铅布，怎么撕扯也扯不开，就打电话给李国文老师，往常有什么想不明白的事，我都找他请教。

我一口气讲完今天发生的一切，又一口气提出一大串问题：

"是我的思维出毛病了？还是这个社会出毛病了？"

"为什么所有人都说那位下岗工人在骗我？"

"为什么没有一个人愿意想他是个好人？"

"难道这个社会人人说的都不是真话，所以也都不相信别人了？"

"难道我们的人与人之间，连一点儿真诚都没有了？"

"那我们活着还有什么劲？即使有再多的钱、再大的房子，又有什么意思？"

"我不相信这个社会就一点儿都不可信了，就都是你骗我，我骗你，来来回回互相骗，就没有诚实的人了！"

"我也不相信不说假话就活不成了！"

"我还是愿意相信人，愿意相信真诚的力量！"

"不管怎么样，我还是觉得，人与人之间，真诚最重要，信

124

任最重要！”

…………

　　电话里，传来国文老师异常清晰的声音："小蕙，我支持你。"

　　我心里一高兴，又哗啦啦接着说："那下岗工人，真是挺真诚的一个人，干吗一上来就先怀疑人家啊？而且人家那么困难，为了两百块钱，就变卖老人留下的东西，您想啊，不到万不得已，谁愿意这么做呀？他心里得多难受啊！所以我跟他说：'等什么时候您翻过身来，您就再来找我。'"

　　国文老师当即表扬我说："这话说得好！"

三

　　第二天，第三天……就是国庆节的假期了。

　　七天长假里，面对着客人们和朋友们，我一遍又一遍讲述琉璃象的故事，然后，就请我的听众们表态——我是想借此了解这个世界的普遍心态，一个社会，当她的人民普遍明朗开放，而且皆有童心和向善之心的话，这个社会就是健康的，欣欣向荣的，生机无限的；反之呢，肯定是生了病，得治。

　　什么说法都有，比这个今天这儿爆炸、明天那儿出事的世界还热闹。据实说，绝大多数人的第一反应，都是——"假的！"

　　但是女友们一般都站在我的立场上，有的甚至比我走得还远。女友P教授，X医院杰出医生说："要是我，得给他三百块钱。"女友W处长，L机关精明的女强人说："我从来就愿意相信人。

125

有一年，来我们单位办手续的一位外地中学校长，差了一万块钱，急得直跳脚，我就把自己还没到期的钱从银行取出来，借给他了。家里人都说，得了，就算你丢了。结果人家回去就寄还了。哪儿能都是坏人呀？……"

"是呀，要是我们身边全是坏人，没有好人了，这日子还怎么过呀？"我怜爱地拍着琉璃象，问它，"你说是吗？"

"我——说——是。"琉璃象到底开口了。它甩了甩绳子似的粗尾巴，又扬了扬起重机一样的大鼻子，慈善的眼睛里闪着老辈人才有的温和的光芒。我想起那位下岗工人的话，大象果然是吉祥之物，从来的文学作品里，它们都是光辉的正面形象，这绝对不是因为它们的个子像大山，而是它们的善良温厚比海洋还广阔。

琉璃象噏扇了几下大扇子耳，问道：

"为——什——么——你——这——么——在——乎——是——不——是——受——骗——了？"

一句话触到了我的痛处。我顿时沉默了，心上的伤口又猛然崩裂开，汩汩地冒出血来。

我曾用自己的全部真诚和善良救过一个人，在他危难的时候，以我一个女子的孱弱之躯和刚强的正义感。当时他冰冷的心被焐热了，发誓以后永远跟我做贴心的朋友。我是那么真纯，像相信我自己的真诚一样相信了他——我自己从来不说假话，也从不怀疑别人欺骗我；每见到生人，我都首先把对方看成好人，而不像有的人那样先假定对方是坏人。我也愿意帮助别人，却很少向别人讨取，这是生命的一种大快乐，一种大境界。不管他怎么不理解，这些，从来都是我做人的原则。

朋友们却都教导我不要轻信，说我已经承受不了人性之恶。我莞尔一笑，执拗地认定，人心的力量是无与伦比的，在大真、大善、大美的映照下，就算是石头里蹦出来的人，也应该能长出高尚的情操，人活一世很短暂，谁不愿追求做一个好人呢？

可是我错了，大错特错！当他的灾难过去后，话语就变了，所有感激涕零的承诺，都成了渐远的钟声，越来越模糊，直至消失在茫茫苍野。代之而来的，是对我的敷衍，虚与委蛇，不负责任。他的心又恢复到冰冻状态，原来在他眼里，世界上根本就没有好人，所以他谁也不信任，对谁也没有感情，只爱他自己（后来我发现，就连他爱他的妻子孩子，也是因为他们是属于他的东西，就像他的房子、车子、冰箱、彩电、钱袋都是属于他的一样）。他也是个极端自私主义者，拔一毛利天下的事，他是连手都不肯抬的。跟任何人交往，他都在盘算怎么从人家口袋里掏出点什么，正如那句民谚所说"逮谁都咬上一口"。同时，还会佐以巧言令色，"夫谗人似实，巧言如簧，使听之者惑，视之者昏"。这样的一个人，你还能指望他也来主持正义，扶危济困，那不是与虎谋皮吗？果然，不多久，他就化成一股远去的烟，掉头不见了。

"忘恩负义！"我的朋友们个个咬牙切齿，"世间就是有这种人，自古皆然，不然，怎么会生出这么个成语？"

"过河拆桥！甚至河还没过完就已经在预备拆桥了！韩小蕙你怎么那么愚笨，就凭着'真诚'二字，就敢那么轻信人？"

"至少也是太自私了！他从来都只是从一己的立场出发，把你利用到极点，却从不替你着想。现在，把你害成这样子，他却撒丫子溜了。哼，还是男人呢，吃软饭的！"

　　…………

　　我沉默不言，一颗心虽然被恶鹰不断地啄出鲜血，却仍执拗地期盼着：他并不是一个无耻之徒，他有人性善良的一面，他终会良心发现，顶起他应该顶起的那片天空。人皆有廉耻之心，草木、动物、病痴，都还有天良在，何况天天标榜自己的知识分子呢？果若此，我仍会一如既往地善待他、帮助他——在这个世界上，多成全一个好人，多一分宽容的爱心，就少一丝烦恼的阻碍，大家都活得轻松，幸福，快乐，这不才是人生真谛吗！

　　琉璃象睁大眼睛问："你心里没有一点点仇恨？"

　　我由衷答道："我寻求快乐，而不想寻求仇恨。我们曾经走得那么近，一颗心向另一颗心完全敞开，在这乌七八糟的世界上，这种交流上天也难觅。所以，我宁愿记住他所有的好，忘掉他所有的不好。史蒂文森说过：'快乐并不总是幸运的结果，它常常是一种英勇的德行。'德行是要修炼的，人都到了中年，如果还只知道横冲直撞的话，不是白白吃饭了吗？"

　　"那你是否想过，对方根本达不到这个境界，甚至以怨报德呢？"

　　"我呀，曾经仔细看过鸽子的眼睛，它们永远都是友善的，和人亲近的，不像老鹰，总是用阴鸷的心理提防着别人。所以和平鸽比老鹰活得自在轻松，也快乐。"

　　"韩小蕙呀，你又把世界想得太单纯了吧？难道你没看见，

128

现在是那些会说假话的人，能招摇撞骗的人，会表演作秀的人，能把自己掩藏得跟真的似的的人，活得比你滋润！不怪大家都不敢相信人，说真话，做君子，是要付出代价的。"

"一箪食，一瓢饮，在陋巷。人不堪其忧，回也不改其乐。"

琉璃象"扑哧"笑了，龇着大白牙揶揄道："看你的岁数也不小了，这'少女情结'什么时候才能结束呀？"

我轻轻拍着它的背，玩笑道："我申请——到我八十岁生日那天，可乎？"

四

我竟冷落了所有的朋友，缩在家里，音信皆无了。

然而在当今这个后工业社会，一个人想要做避世的陶渊明，除非你上外星去发展。在强大的 IT 军团十八般兵器的围追堵截、轰炸乃至"暗杀"威胁下，我不得不抽空草拟了一份文稿，匆忙向所有至爱亲朋发布了一条独家新闻：

（韩小蕙 2002 年 10 月 10 日北京电）蕙新近得交师友一，名琉璃象。乃民国初年象氏，籍贯北京，无师自通学历，学富五车且饱览人间春秋去来。蕙与其朝夕相守，同食同住同读书同玩乐同忧患，更兼日日听其教诲：天下大事，人情世故，诗书礼义，喜怒哀乐，生老病死，儿女情长……无所不包，不禁茅塞大开也。蕙何德何能，奇遇象师，乃深切体味伯牙摔琴谢子期之至境！

我的报道一点儿也不夸张。

我把琉璃象摆在卧室里，每天早上一起身，就去拍拍它的背，自己先不弄妆，首先擦拭它，每个细小的皱纹处都照拂到了，就像反恐行动一样精心侍候。每晚下班进家，必高呼一声："象师，我回来了！"

有了什么问题，我都向它请教。带回了什么快乐，一进门就转述给它。沾上什么腥臭遇到了什么委屈，一并向它诉苦。它总是默默听着，很少开口，一副沉思冥想状，好像有着更重大的问题要思考，因此对于俺等人类的这些破事儿，高高在上，不感兴趣。

确实，人有人言，兽有兽语，人听不懂兽语而兽不屑于语人。以自我为中心的人类虽智力高超，却缺乏智慧，远不如动物的灵心慧脑。比如，有一次，我给琉璃象讲了一个坊间听来的段子：

有一天阳光明媚，一只小老鼠钻出洞去玩。迎面突然遭遇了一只肥硕的大猫，凶猛地扑过来，小老鼠吓得魂都没了，尖叫着往家里狂逃。

幸亏迎面来了大老鼠博士，一推鼻子上的眼镜，不慌不忙说："你躲到我身后去，看我怎么对付他。"

话音刚落，大猫就"嗖——"地追到眼前，小老鼠吓得"哇"地差点儿翻倒在地。说时迟，那时快，只见大老鼠博士把胸脯一挺，突然把嘴巴张得喇叭一般大，送出"汪汪！"两声狗叫。大猫立时吓傻了，转身仓皇逃窜。

小老鼠高兴得直蹦高。大老鼠博士一推眼镜，教训道：

"我早就跟你们说过：掌握一门外语是多么重要！"

这是讽刺评职称要加试外语的民间故事，讲一次开心一次。不想，这回我还没笑完呢，琉璃象接口就编出了续集：

这一天又阳光明媚，小老鼠和大老鼠博士一起出门。迎面突然出现一只一堵墙似的大狗，多管闲事。"汪，汪汪！"大小老鼠一齐朝它吼叫，可是根本没用，大狗理都不理，照冲过来不误。在这性命攸关的危急关头，老老鼠博导杀了过来，"尔——啊！尔——啊！……"朝大狗三声驴叫，大狗被吓得屁滚尿流，抱头"狗"窜了。

博导老老鼠转身教训徒子徒孙道："现在已经是信息时代了，仅有一门外语，怎么够用！"

我目瞪口呆！当时的第一反应：幸亏动物们（还有植物）识大体，顾大局，面对万恶的人类，采取了一味退避忍让的政策，不然，这个世界还用等希特勒？还用等萨达姆？还用等核武器？恐怕早就被揭竿而起的动物、植物们毁灭了！

琉璃象居高临下地斜睨着我，像老老鼠教训大小老鼠一样教训我道："这个世界有着无边无际的丰富性，不要以为只有你们人类才掌握着真理。从最表面的层次看，话语权似乎是在你们手里，指挥棒也被你们用作利斧，但其实呢，这是以我们的集体缄默为前提的，它的背后遮蔽着一个巨大的事实存在，即蔑视——人类视而不见的是，天地万物早就把你们排除在对话的可能性之外了。"

"为什么？"

"因为你们的愚蠢，因为你们的狭隘，因为你们的贪婪，因为你们的欺骗，因为你们的虚伪，因为你们的自私，因为你们的嫉妒，因为你们的陷害，因为你们的谄上欺下，因为你们的逃避责任，因为你们相互之间永无休止的争斗，因为你们一切于今为烈的恶行！……"

我的天哪，这还是我的温良恭俭让的琉璃象吗？只见它眼睛里射出一串又一串比"飞毛腿"导弹还厉害的光束，两只大耳朵像愤怒的小布什一样不停地唿扇着，大鼻子当成大鞭子，"啪！啪！啪！"，在我身前身后抽出一团又一团火光，好家伙，我成了全体坏人的替罪羊，我们家成巴勒斯坦战场了！我急得大叫：

"象师！象师！你怎么了，有话好好说——"

"阿——嚏！"它强制自己打了一个大喷嚏，抽抽鼻子，好了。等彻底冷静下来，它自己也觉得有点儿过分，眯眯笑了。

我其实是被批判得心里发虚，张着嘴光剩下喘气的分儿，才故意做出生气状，不理它的。它慢慢踱过来，蹭着我的衣袖，自言自语嘟囔道：

"你看，你看，人就是不让说真话不是？不来虚的就是招人不待见不是？愚蠢的琉璃象呀，大傻瓜呀，你也白在人间混了几十年了，怎么到现在，还掰扯不清真真假假的辩证关系？怪不得你老蹲墙根儿啊！"

"唉，教训呀，怎么能把自己坦坦白白全交给别人呢？你想找死呀你？你不知道今天官场奉行的一句至理名言，沉默才是百分之九十九点九九九的金子呀？……"

唉，这个玩笑，开得有点儿大了吧？

五

第二天一大早，我还没睡眼呢，就觉得有一股热气在脸上吹。肯定不是太阳光，阳光照在脸上，是油画一般静止的温暖，而现在这股热气是动态的，像梦一样轻柔。

我以为是梦境，一动不动，连眼皮也没抬，继续享受这难得的愉悦。唉，人生行色匆匆，人人殚精竭虑的，又有多少是有意义的？

又一阵更大的热浪吹来，还有什么在我脸上拂了一下。我懒洋洋睁开双眼，顿时像跳高运动员一样来了个鲤鱼打挺，迅速掠过睡生梦死线——吓死我了，有一只硕大的枪筒，在我眼前挥来挥去！

跳起来我才看清，竟是琉璃象，用它的大鼻子吹我，唤我起床。

"出什么事了？！"我急咻咻问。

"我要跟你说件事。"它变得有点儿严肃，好像要给我上政治课似的，大鼻子一甩，按着我老老实实坐下，好好听。

"昨晚我想了一夜。那天初次见面，你就把心里的秘密坦坦荡荡告诉我，足见你是个内心透明的人，还没被乌七八糟的社会风气熏黑。加上这些天来，你完全不设防地信任我，单纯得像二十岁的孩子。我要报答你，现在，我就把真相全告诉你——"

我生于1914年6月15日，以现在人追逐文物的疯狂眼光，乃真正民国初期的宝贝。我属于三彩家族，内质是陶，表面烧制了一种彩色釉，即琉璃（嗨，我的旧主人说琉璃也是瓷，其实他说错了。陶和瓷也不同，虽然都是黏土烧制的，陶粗而瓷细）。三彩陶器在唐代达到鼎盛高峰，创造了浓艳瑰丽的艺术风格，它是一种低温铅釉陶具，制造时入窑两次，先烧釉，以铅为熔剂，高温下呈可流淌的玻璃状，三彩正是利用这一特点，使不同色釉在高温下交混，从而制造出绮丽的艺术效果（嗨，你看我还给你上了一堂工艺美术课，你花两百块钱买我真是值而又值了！）。

我的主人家是最早的老北京，听说还在旗，过去是领皇粮的。到了把我买回家的老太爷一辈，皇粮没有了，开了买卖，在花市一带开了三家澡堂子。老太爷精明，生意不错，家里有钱，买了不少家什，什么红木桌子公主椅的。可惜后人不太在乎这些老东西，嫌旧，嫌跟不上时代，唉，喜新厌旧本来就是你们人类的本性呗。

但是到了"文化大革命"的时候，就太过分了，几乎把我们家的老物件都砸光了。我呢，一直躲在阴暗的角落里，不敢说不敢动哇。

万也没想到还能有出头之日，而且更没想到，还能

134

走红到人人争抢的今天！又要说到你们人类的劣根性，你们是大自然中最喜怒无常的物种了，标准来回变，全是从功利的角度出发，到了今天就剩下一个字——钱！有一天，我忽然就被抱回家，擦呀，洗呀，我的旧主人从来也没对我这么好过。跟我享受同级待遇的，还有几件老家具。第二天来了几个懂行的，给我们估价来了，那几件老家具命比我好，据说值四位数，它们就被留在屋里了。我呢，说是民国的，不怎么值钱，所以就又被搁在房檐底下，听任"雨打风吹去"了。

这回，倒真是我的旧主人搬家，嫌我没地方搁了，就动了卖我的念头。他也真是下岗了，家里的日子紧巴巴的，手里没闲钱。女主人不同意卖，说是老人就留下这么几件了，得做个纪念。那天是她上班去了，男主人偷偷拉我出来的。我呢，也同意，因为这么多年靠边站，我是什么都不知道了，知识和经验都老掉牙了，早就想出来见见世面。拉着我往红桥去的时候，我高兴着呢，寻思要真有个老外把我带到国外去，我不也就成了留洋大军中的一分子？在中国不宝贝，到了海外，我可也就成了稀世珍宝了。谁想就被你劫持到你家来了……

哎哟，感谢琉璃象，终于给了我一个好的谜底！

我看见自己绷得满弓的心一抖，"嗖——"地就把那支快乐之箭射出去了。它像一颗火种，落到一大堆干柴上，"轰"地爆起了一大团火焰。火光熊熊，火苗婀娜多姿，舞得恣情尽意，美丽得童话一般。经历此番沉沦，"真"对于我来说，几乎成为救命的稻草，我益发坚信：生命的无限高贵性，不会都靠物质法则，有时，人还就得靠主观唯心主义，来支撑起自己承当世界的精神苍穹。物质是有限的，法力有边；而精神是无际无垠无涯的，它予人以永恒。在这个意义上，那些物质主义者，那些只信奉功利拜物教的人，永远也不会明白我们这些"精神人"的"不实际"——好比韩小蕙熊掌也不要，鱼也不要，她要的是生命之轻！

不过，我觉得有点儿对不起琉璃象，没想到它竟然还有着负笈海外的大抱负呢，我这不是耽误它了吗？琉璃象却大度地一笑：

"没关系，我先在你这儿待一段时间也挺好。你愿意把我当朋友吗？"

"当然啦！"

"为什么？"

"信任你呗。"

"韩小蕙你怎么这么不可救药啊？你又以为我说的都是真话了！"

六

那天夜里，我确实没做梦，眼睁睁看到琉璃象离我而去。

临行前，它来跟我告别。

它用大鼻子轻轻吻着我的手，说，它要周游世界去了，看

136

看这个越来越弄不懂的世道。

咳，其实需要出去学习的是我，我才越来越不能适应这个世界了呢！

············

我轻轻拍着它的背。虽然很伤感，但我还是相信它说的一切。

七

一觉醒来，意识刚一恢复的刹那，我"腾"地坐起，向我的琉璃象看去——

阿门。

2002 年 10 月 25 日初稿

2002 年 11 月 26 日定稿于北京西马小区

穿皮大衣的囚徒

从打买了这件皮大衣起，我就不喜欢它。

其实它的质量还是相当好的，式样也很漂亮：两面都可以穿，一面是细细的抛光真皮，黑颜色真显得高雅；另一面是寸长的毛皮，毫锋上闪着缎子一样的光芒，也是纯黑色的。我穿在身上，雍容而不臃肿，长短、肥瘦都恰如其分，没有再合适的了。唯一的不满意，就是它不是真皮毛，而是人造的，显得低档了一些。

但是拉我去买的女友说，这个商家要撤摊位回内蒙古过年去了，便宜甩卖，你就当买一件上班穿的工作服吧。

我说我这辈子都不买工作服了，工作服穿着不舒服。

女友说，就算你帮商家的忙吧，让人家早点儿回家过年。

我说现在天天过年。

这时销售经理说话了："现在都不穿真皮毛了，不是动物保护吗？您穿这个正合适，一点儿不跌价。"

一下子让他说破了，我倒不好意思起来，一时竟哑口无言，掏了钱，回家。

到家以后又后悔，怎么看怎么别扭，扔一边去。

不料，老天竟奇冷起来，一场大雪后，气温"唰"就零下十多度去了，可把人冻惨了。我只好把它找了出来，穿着上了两天班，反响很不错，有人还说："这么高级，貂皮的吧？"我心里很受用，渐渐胆子也大起来，一天文学界聚会，我就穿着去了。

在会场门口，恰巧逢着李国文老师。见了我的模样，他嘴巴翕动了一下，像是要说什么，又咽了回去。直到会议结束，我们一起走出来，他忽然说：

"小蕙，你穿这个，我看不大合适。"

这可碰到我的心尖尖上了。虚荣心使我的脸涨红了，嗫嚅道："这个……确实不怎么……高档……"

国文老师却打断我说："现在可都在提倡保护动物呢。"

我的心一松，但仍藏藏掖掖地说："我这……不是……真毛皮……"

国文老师还不放心，叮嘱说："要是真皮的，我建议你还是不要穿了，影响你的公众形象……"

说来，这还是去年冬天的事。今年，形势更是大变了——

第一天穿着它去上班，刚走出家门口不远，碰到一位熟人，女性，退休干部，招手把我叫住，盯着它说："哎，多不环保啊！"

我一怔，赶紧解释道："不是真皮的。"

她放我走了。

等到了单位门口，碰到一位同事，这回是男的，年轻记者，竟然也瞅着我问："嗬，动物皮？"

我赶紧摇头："不是，不是。"

进电梯时，里面有七八个人，有编辑记者，有行政人员，还有工人。人堆里，又有声音问过来："你这大衣，真皮的？"

我赶紧老老实实说："假的，假的，现在谁还敢穿真皮？"

满电梯的人全笑了。

当我走进文艺部办公室，正有三四位同仁在，他们的目光"唰"地向我射来，吓得我赶紧把大衣脱了，一边不打自招地解释道："人造毛，人造毛……"

以后，无论我走到哪儿，无论人家问与不问，我都先行指着它，把这句口头语重复两遍。虽然很辛苦，但是确有必要，国人的环保意识确确实实大为增强了，谁都很直率地批评你，受得了？我美滋滋地想起几年前，曾看到一则来自英国的报道，说是在公众的批评下，皇室成员都不敢穿真皮服装了。记得当时还感慨了半天，心想人家外国就是先进，若中国也做到如此水平，不知得是哪八百年的事？谁承想，这一天竟然说来就来了。我窃喜道："幸亏你没买真皮，不然，可不真成了穿皮大衣的囚徒？"

2000 年于光明日报社

当年我是"地下工作者"

在北京东郊酒仙桥电子城，仪表林立的车间群中，有一所文雅如办公楼的实验室，其中有一间超级洁净的小屋，一台磨料机日日夜夜大声劲歌，那就是我当年的"高中课堂"。

时光回溯三十年，我梳着两条光滑的小辫子，是那里的一名小青工。

当时，在经历了两年半学工学农、备战备荒之后，我"初中毕业"，走进了北京电子管厂的大门。第一天是兴奋，第二天有点儿惆怅，第三天就开始惴惴不安，因为面对红灯绿灯闪闪烁烁的各种仪表，我发现自己什么也不懂——现在的孩子们已经完全不能理解了，1966年"文革"骤起，我只上到小学五年级，学校就停了课，六年级和整个初中课程缺失，高中迟迟没有恢复，我们"新三届"成千上万孩子，十五六岁，就不得不与学校永远告别，当时那份难过劲儿，至今仍是留在心上的伤痕，隐隐作痛。

没什么别的选择，我开始自学。

起点太低了，自学开始得杂乱而无章。也没有人指导，当时父母都在干校，哥哥姐姐都上山下乡了。车间里的工程师们有学问，但惧怕担上"腐蚀青年"的罪名，问十答一，顾左右而言他。我懵懵懂懂的，东一笊篱西一勺地找书、抓书、借书，然后每天下班师傅们走后，就独自面对着一大桌子书。计有：《共产党宣言》、《费尔巴哈及德国古典哲学的终结》、《政治经济学教科书》（苏联版）、《毛选》、《初中数学》、《化学元素周期表》、《海涅诗选》、《普式庚（普希金）选集》等。后来，又有了《高中数学》、巴尔扎克小说、《简·爱》、《金蔷薇》、《土地》……反正乱七八糟，能找到什么是什么，懂不懂，囫囵吞枣就往下咽。

还挺刻苦的，困了累了抹几把凉水。还学着运用科学的学习方法，前两个小时学政治，再两个小时做数学，等精神不济了就读小说。如果有人来聊天，或者有事耽误了，第二天就想法儿补上。遗憾的是，从此时间就变成了一匹奔马，老是一阵风就疾驶过去了，拽都拽不住。

我们实验室的师傅们都是女的，都挺善良的，不断有人问我学这些干吗？有什么目的吗？是不是不愿意当一辈子工人，要改变自己的地位？

倒真不是。当时"四人帮"肆虐，成天叫嚣"越有知识越反动"，耿耿星河，看不到一点儿曙光，什么恢复高考上大学，当时就是神仙也算不出来呀。之所以这么头悬梁，锥刺股，只不过是从小就爱学习的一种本能。不过……也还真说不好，因为要说不想改变什么，恐怕也不全是实情，虽然当时是一口大黑锅沉沉地罩住了苍天，看不到一点希望之光，可那光亮却像冬天的树枝，看似光秃秃的，剥开一看却藏着碧绿的生机，人人嘴上不说，心里都感觉着早晚会有大变化来临。

何况，书中虽没有黄金屋和颜如玉，但书里真有一只勾魂的手，越读越放不下，心心念念！

记得有一次来了一个实习生，从北大附中拿来了一百道因式分解题，还悄悄告诉我，这可是"文革"前的题，可权威了，也可难了。我们俩就偷偷做起来。果然奇难，开始时两天也解不开一道，把我们绕得脸都绿了，犹豫着去不去问问工程师们。然而一旦做出来了，那个兴奋啊，恨不得告诉所有师傅为我们高兴。后来，一道道越做越快，一百题最终被我们全部攻下，为了庆贺，我们决定再做一遍……

那可真是开心啊——学习的快乐，是最提升人的一种快乐。

可是有一天，祸殃来了！车间书记突然莅临我的小屋，脸色倒还和善，边跟我闲聊着，边把我的书全部翻了一遍。审视完毕，竟然正色跟我说："韩小蕙你要注意了，读书还是要读马列，可不能走白专道路啊！"

就凭我，连二十六个字母都认不全，还白专呐！我心里不服，可是不敢反驳，因为当时的社会氛围太可怕了，随时都可以把人拉出去批斗一番，况且我父亲还在被审查，我属于"黑五类子女"，低人一等，更没有资格乱说乱动。其实现在想来，那位书记也真没什么恶意，他就是观念极左，当真怕我跌进资产阶级的泥坑。

过了几天，团支部书记又来到我的小屋。他是车工，也挺爱学习的，我们平时挺说得来。他笑嘻嘻拿出一本书，包着皮的封面上写着"车工数学"，敢情他是问我数学题来了。我打开一看，"咦"地叫出声，这哪儿是什么车工数学，明明就是初中的数学课本呀。他赶紧把一根手指放到嘴边，示意我别让人听见——你说这叫什么事儿，你说荒唐不荒唐，那年月真是疯了，我们自学那么点儿可怜巴巴的初高中功课，还得当地下工作者！

　　万幸的是，1976 年金色十月，党中央一举粉碎"四人帮"。第二年，邓小平同志就以非凡的大手笔拨开重重阴霾，做出恢复高考的英明决策，不但为今天的国家建设奠定了人才基础，同时也挽救了一代失学青年。我也有幸成为其中的一员，1978年我考上南开大学，数学给我挣了六十多分，这可是决定命运的分数啊，当年很多没考上大学的同龄人，都是因为数学没得分。如果没有那些年的自读高中，哪儿能有我的今天？

2002 年 2 月 10 日于光明日报社

悔不当初没听老师的话

——我的少年写作

　　我小的时候可真傻，不用功读书，光知道疯玩。

　　我住的是一个欧罗巴式的大院，院子里有十几栋小洋楼，有大片大片的青草地和各种奇花异树，还有蜻蜓、蚂蚱、挂大扁儿（一种绿色的跟蚂蚱差不多大的昆虫，头顶上有一对长须，不咬人也不伤人）、刀螂（螳螂）、蛐蛐儿（蟋蟀）、季鸟（蝉）、燕子、麻雀、啄木鸟、喜鹊、布谷鸟、鸽子、鹦鹉、画眉、八哥、鸡、鸭、鹅、猫、狗、兔子、黄鼠狼、松鼠……我那时候可真匪夷所思，有一段时间迷恋上了跳墙头，大院里的墙头都被我跳遍了；还上过房、爬过树，打过桑仁儿和枣，幸亏没出过工伤事故，不然的话，今天很可能就是一位身残志坚的残疾人作家了。

　　但是谢天谢地，我的功课很好，是老师偏爱的好学生。特别是，同学们都说我是语文课郑奠耳老师的心尖子。果然有一次，郑老师给我一人开小灶，说："你若是把语文课本上的每篇课文都背下来，对作文的提高特别有用。我过去教的一个学生就是这么做的，可见效了，作文成绩一路提高，后来人家考上了二中。"我诺诺，心眼儿里特感谢郑老师对我的偏向。可是回家做完作业就管不住自己了，又去大院里疯到天黑——郑老师，我对不起您，始终辜负了您的谆谆教诲！

1966年我上小学五年级，有点儿开窍了，功课越来越好，特别是作文，每次都是全班第一。当时我上的就是一所普通小学，位于我家附近的北京新开路小学，虽然非今天意义上的"重点"，但她也有一百多年历史了，老师们都特尽职尽责，我对他们都很爱戴。我的目标也早就定好了，将来一定要考上师大女附中（今天的北京实验中学，当时是北京排名第一的女校），然后，北京大学！中文系！可是突然，"文革"骤起，大中小学校都停了课，我们被放逐回家，成为老师不管、家长也顾不上管的孩子。那时可真是天下大乱，完全没了规矩，我们整天在大院里疯玩，也不学功课了，顶多是四处借小说看。那时我的最爱是《林海雪原》《平原枪声》《苦牛》《大江风雷》《军队的女儿》《艳阳天》等一批中国当代长篇小说——今天的我很庆幸：什么年龄就要读什么年龄段的书，不然一步跟不上，可就步步跟不上了。

但是很快，我父亲被揪出去批斗了，于是我成了"走资派黑帮子女"，一下子从小宠儿跌落到谁都可以随便欺负的小贱民。当时我母亲是党校教员，她没有被批斗，而且她有一间办公室，有床可以住，于是她就把我带到那里去避难。

办公室成了我静谧的港湾。没有同龄人玩耍，书成了我的同伴。搞党史的母亲有很多革命书籍，如《星火燎原》《红旗飘飘》《联共（布）党史》《长征故事》，还有方志敏烈士的小册子《可爱的中国》等等，这些书在那场浩劫中还算是革命书籍，可以免遭焚烧。我就一本一本地翻读，当然主要是看故事，不好看的部分，比如理论分析什么的，就跳过去不读。

十二岁的小孩子，还不懂得什么叫"学习"，但这样囫囵吞枣地读书也是很有用的。也就这两年的浸润，等到1968年"复课闹革命"重返学校，我再拿起笔写作文时，自己也惊奇地发现，我的文章比起同学们的，明显地水平高出了一大截！他们还停留在小学五年级的水平上，而我，已经进步了一大块，这优势使我的语文和作文成绩继续保持了第一的位置。

"读过好的文学作品的人，等于比没读过的人多活了好些年。"这是一位日本学者早川先生说过的话，信然！

1970年，我刚满十五岁，命运突然就把我抛到了社会上——初中还差半年才毕业，我们却被提前分配了，说是由于连年来知青上山下乡，北京市严重缺乏劳动力。于是，我成了位于北京东郊的电子管厂的一名小青工。

我们厂是一家现代化大型军工企业，保密单位，有代号的那种，当时是极为令人羡慕的高大上。代号是774，在北京市无数工厂中排名第二，即仅排在首钢之后。曾有老工人神神秘秘告诉说，我们厂的正门楼是模仿天安门城楼建造的，第一任老厂长是共和国高级干部，老红军，过去带兵打仗的，所以他有站在门楼上检阅千军万马的打算。厂里全是当时中国一流的高科技设备，工人也全部初中以上学历，属于时代的高素质工人，它使少年的我"哐当"一下子，就跳上了成年的列车。进厂第三天，我就突然良心发现，猛醒自己什么都不懂，遂开始发奋自学。下班后，师傅们都回家了，车间小屋成了我的学习室。文学、历史、哲学、政治经济学、数学、化学、物理……我什么都学；没有人指点迷津，我的学习方法是囫囵吞枣，不分酸的甜的一起往肚子里吞。记得那时我把一百零三个化学元素全背下来了，还去啃过《资本论》，同时还读了《简·爱》《红与黑》《战争与和平》等大量外国小说。

学来学去，文学还是我的最爱。我在本子上抄下大量的"好句子"，有时自己也诌上一篇，就是那种文学青年都写过的"啊，我的祖国！"之类。那时逢年过节，各个车间都要出墙报，我写的诗歌经常在上面"发表"，后来竟然被"伯乐"相中，"脱颖而出"了。

那是 1973 年夏天，命运女神来了！《北京文艺》（现《北京文学》）杂志社资深编辑郭德润老师来到我们厂，组织工人写作组，我被吸收了——这成了我这一生走上文学创作道路的开端。

在老郭的带领下，我们整天挖空心思编"三突出"小说，所谓"三突出"，是江青发明而被强行推广的，即是在文学创作的众多人物中，要突出英雄人物；在英雄人物中，要突出主要英雄人物；在主要英雄人物中，要突出第一号英雄人物。其实，郭德润先生是一位非常有水平又非常敬业的优秀编辑，他读过许多书，编发过许多好作品，"文革"前还曾跟着老舍先生搞过戏剧；从人品上说，他为人善良厚道，爱护人，给我们"灌输"

了不少文学创作的经验和体会，是我的文学道路的领路人。但当时除了"三突出"创作方法，同时还有许多特别可笑的条条框框，比如厂长副厂长里面一定有个反面人物，或破坏生产或保守不前进或被阶级敌人利用，然后正面人物党委书记带领工人群众粉碎敌人的阴谋，使××重大工程取得胜利等等。就这么无聊，就这么明知可笑明知不合情理，却还得一本正经地写了撕，撕了写。瞎编编得我们头都大了，可就是编不成。

后来有一天，实在写不下去了，我"退回"到自己的"文学青年"状态，随意写了篇小散文，不料却一下子成了。那是在听人讲了一位老干部的经历之后编造的，不过虽然情节是编的，心里却有一股似乎是"热浪"的东西在涌动，只想要打开胸腔把它放出来不可。这篇名为《火伯伯》的小文，送到编辑部后，很快就顺利获得通过，在《北京文艺》上发表了，期数是1975年第4期——它虽然幼稚，起点不高，还带着当时极左时代的假和空的文风特点，在今天看来已经完全不能接受，却也曾带给了我"处女作"的欢欣。历史只能回顾，总结经验教训，以警醒来日；却不能重新返回，加以改正，这是辩证唯物主义应有的态度。

2005年7月28日于京南西马小区

暂别北京上学去
——难忘我的高考

我听说恢复高考的消息比绝大多数人都早得多——1976年10月一举粉碎"四人帮",也就在1977年初夏的一天,一位在教育部门工作的叔叔突然跟我说:"要是能恢复考试制度,凭成绩把优秀的青年送去上大学,你觉得怎么样?"

他肯定是听到了什么风声才这样透露给我的,而我当时太愚笨了,以为这简直是天方夜谭,傻傻地说:"这怎么可能呢?"随即就丢在了脑后。

可是仅仅过了一两个月,果然就正式公布了恢复高考的消息。我这个后悔呀,又那个兴奋啊,胸膛里就像装了一架巨大的鼓风机,胀满了欢欣鼓舞的狂风!

当时我已经二十四岁,已经是有了八年工龄的国家二级工。

我的工厂是北京一家著名的军工万人大企业，每天我穿着高级尼龙布的白大褂，在恒温、恒湿的实验室里干上两三个小时，到月底，就能稳稳地领到四十一块七毛工资，这在当时算是不低的数目。同那些正在边疆和农村战天斗地的、极其艰苦的知青们相比，我不啻是生活在皇宫里的王公贵胄了。

所以，师傅们都劝我别去考什么大学，"将来把你分到外地去，你可就再没有这么好的环境了！"

然而我却是一支冲天的火箭，一丝一毫的犹豫都没有。说来这里面还有一个前茬儿，1973年，我们车间分来一个对口工农兵大学生名额，清华大学四川绵阳分校，陶瓷专业。因为没人想去，车间党支部决定落实"可教育好子女政策"，把这个名额给了我。那时我父亲远在江西干校接受审查，母亲下放农村，哥哥姐姐上山下乡，独自留守北京的我，连个商量的人都没有，可我连个磕巴儿都没打，就"不去！"了，因为一想到今后一辈子就得和不喜欢的电子管打交道，心里就腻味得像天天吃忆苦饭。虽然当时"四人帮"当道，乌云遮顶，看不到其他任何出路的曙光，但我心里隐隐地有着第六感觉：自己不会在这里待一辈子的。

眼下的高考，让我一下子就认定了——"机会！命运！就是它！"所以，连赴汤蹈火的心都有了！

不过说来悲哀，当时我虽然号称初中毕业，实际文化程度只有小学五年级水平，因为初中时净挖防空洞了。幸亏我进厂后，乱七八糟读了一些书，初中的数学也摸了一把，不至于把一元一次方程看成天书了。

所以心气还挺高——报考北大中文系！真是年轻气盛，不知天高地厚，无知者无畏！

人说检验一个人聪明不聪明，主要看三个方面：记忆力好，反应敏捷，语言能力强。我天性愚笨，这三方面一样也没占着。但我有一条可以立身的优点，即肯下笨功夫。大学是非上不可的，不为什么，就想学知识，自己实在是太贫乏了。所以，起早贪黑地补习，一点儿也没觉得苦。

有意思的是，通过厂里一个青工，我认识了后来鼎鼎大名的剧作家梁左。有一天，我们三人一起在他家复习功课，他妈妈谌阿姨出来给我们当后勤。你猜这位谌阿姨是谁？就是后来新时期文坛的主将之一、著名作家谌容啊！谌阿姨给我们出作文题，评判批改，还给我们做饭吃。梁左当时高中已毕业，在北京郊区插队，考大学是回城唯一出路，只能背水一战，因此谌阿姨不惜放下自己的长篇小说写作，为儿子全家总动员。

梁左天分极高，极聪明。那天休息时，我讲了陈建功中考的故事。此陈建功即今日中国作协书记处书记的陈建功，当时是木城涧煤矿矿工，业余写小说，在京城已很有名气，是我崇拜的名人。传说陈建功考高中那年，作文题是《我为什么要考高中》，考完试以后，建功回家也没说自己是怎么写的，父母也没在意，那时各家的父母都不怎么管自己的孩子，不似今天这么上心。建功的母亲是北大附中的语文老师，那年刚好参加阅卷，完事以后回到家，以恨铁不成钢的口气教训他说："有一份作文也不知道是哪个学校的，用的是书信体，这个学生的想象力太棒了，所有的老师都赞成给他加分……陈建功，你看看人家！

你怎么就不如人家？"建功一下子愣住了，随即结结巴巴说："这不……就是……我写的吗？……"

这个段子，我曾当面向建功核实过。此番讲给两个伙伴，也是探讨高考作文的写法。谁想梁左果然就用上了，1977年的作文考题是"我在这战斗的一年里"，梁左聪明地用书信体切入，结果语文考了九十四分，顺利考上了北大中文系。

我呢，临场发挥不好，瞎编了一个故事，说自己在这战斗的一年里，如何克服困难，终于写出了一本讲周总理到我们厂视察的书。就凭我？一个文字满是学生腔的小青工？一看就是虚假广告。其他科目更是弱项，数学虽是最简单的一条抛物线，可我哪儿认识它是谁呀？最终，以两分之差败北。当时要是去"活动活动"，也可以上个师院的政教系什么的。但是我还挺牛："不上！重新复习！明年再考！还考北大中文系！"

遗憾的是，我到底与北大无缘，于第二年考入南开中文系。师傅们依依不舍地把我送上火车，个个从心底里祝福我四年毕业后能分回北京。列车呼啸东进，天津成了我的第二故乡。

2001年8月25日于京南西马小区

和孩子一起成长

对于全世界的母亲来说，有一道共通的难题，这就是教育孩子。无论是在欧洲、美洲、非洲，还是亚洲；也无论尊贵如女王、女总统、女首相，富庶如女大亨、女科学家、女学者，抑或普普通通的小康之家、平头百姓，可以说没有哪一位母亲，不是希望把她们的孩子培养成为出色的人。

而对于我们中国人来说，自古就有优秀的教子传统。"子不教，父（母）之过。""孟母教子，三择其邻。""岳母刺字，精忠报国。"这些动人的老话，充分展示了中国母亲崇高正直的思想境界。至于当代生活中的母亲们，因现代化思潮的熏陶和推动，更是越来越懂得把孩子的教育问题，视作生命的大事。有一个动人的街景每每令我鼻子发酸，就是每星期天一大清早，你看吧，一位位母亲背上背着乐器，脚下呼呼生风地猛蹬驮着孩子的自行车，送他们去上各种业余艺术班。这些行色匆匆的母亲们大

154

多面带沧桑之色，但从不闻她们有任何怨言。风猛雨狂也阻不住她们的心劲。岁月就在这么经年累月的操劳中度过了，孩子们渐渐长大。我曾想，就是用刀子逼着她们，她们也绝不会后退的——什么也阻挡不了伟大的母爱！

我自己也曾是这个伟大队伍当中的一员。我的女儿梁思彦今年已十一岁，就读于一所极好的小学——北京史家胡同小学，是区级三好生，班里的中队主席。从她三岁起，我就驮着这只可人的小鸟，去学画画、弹钢琴、上奥林匹克数学班。记得她弹出第一首曲子时，我心里激动得满满的，喉咙发噎，有一股难抑的情感一个劲儿往上冒，我自豪得比自己获得什么成就都高兴……

这就是母亲的心。

可是话又说回来，就好比一棵大树和一棵小树共生共荣一样，在女儿一天一拔节的生长过程中，我也一天不敢懈怠地往前赶着自己的路。女儿是女儿，我是我，我俩各有各的人生，都有意义，亦都有价值。常常是我开始编稿子或写作时，我就要求女儿不能再跟我说话，有时她嬉皮笑脸不甘寂寞，我就正言疾色地捍卫我的工作权利。女儿遂抗议，认为我应该把她放在第一位，我说不对，放在第一位的永远都应该是工作和学习，这是做人的一个原则：人不应该只为自己活着，而应该为这个世界做点什么。退一步说，这也对培养孩子大有好处，母亲的工作越出色，层次越高，孩子所受到的教育水平也越高。我极不赞成有些母亲，二三十岁，年纪轻轻，就把自己这辈子放弃了，一心只为孩子活着。特别是有些"老三届"，自己当年没机会受高等教育，如今就把全部的生活热望，寄予在培养孩子上大学上面，有的母亲宁可自己累死累活，甚至泡病号、提前退休，也要陪着孩子上补习班、请家庭教师、给孩子买各种名牌……这份母爱固然可敬，但手段却也令人叹息——要是你本身学富五车，著作等身，通晓好几国外语，论说起国内外大事头头是道，你的孩子可以随时随地随事得到你的指点，那对他的教育将能产生多么深刻的影响？傅聪成长为著名钢琴家，就离不开傅雷先生深厚的家学渊源。怕就怕你本身就只是二尺高的篱笆，那怎能给孩子攀天的条件？我曾有过一个比喻：母亲好比是孩子的教练，在他很小的时候，教练比孩子跑得快得多，可是随着时间的推移，孩子逐渐赶了上来。这时，母亲面临着三种选择，一是停滞不前，二是和孩子一起跑，三是拼了全力跑在孩子的前面。我选择的是第三种。

今年5月，北京电视台拍摄系列纪实片《中国母亲》，给我和女儿拍了一集，题目就叫做《和女儿一起成长》。片子播出后，引起许多母亲的共鸣，有时我们走在大街上，会有素不相识的母亲和孩子来和我们打招呼，交流教育孩子的感受。初夏的一天，我刚登上一辆公共汽车，就见一位年轻母亲挤过来，对我说："你和你女儿，特别幸福吧？"回到家里，我把这句话告诉女儿，并且由此讨论什么是我们的幸福时刻。结论是：在我们互有交叉之时——女儿有时会问我形形色色的问题，我也间或向女儿请教，对付这些奇奇怪怪的"十万个为什么"，就像我们母女奋力攀登一座大山，虽然有时走得汗流浃背，互相搀扶着蹒蹒跚跚，但最终一定"会当凌绝顶"，尝到"一览众山小"的快乐。

1995年7月28日于北京天安居

女儿长大了

有女友自南国来，不亦乐乎。

女友是天刚过午的一位知识女性，几年不见，仍是一身的书卷之气，且更加清丽。抵掌谈心，问心里最苦之事，女友惨兮兮欲哭，说：

"小女儿今年九岁了，自己觉得长大了，有了独立意识，就起了叛逆之心。而她的首要反抗对象，就是我。你说煤球是黑的，她偏要说是白的；你告诉她往东路平好走些，她就偏偏要绕到西边去踩泥坑。什么都跟你反着来，好像天下最大的乐事就是跟我作对，让我每天气呼呼的，她倒乐此不疲。"

说着眼泪就掉下来，呜咽道："我真是伤心到极点了，也灰心到极点了，真不如不生养她。"

我不由得笑起来，拍着她的肩膀，用一副过来人的轻松。

我也有个女儿，今年已经十四岁，上了初三，个头已然超过我。这个家伙从小不顽劣，但是个性极强，从一尺半长到现在有半棵树高了，我还没有听她说过"我错了"三个字，虽说她犯过的错误垒起来早有电视塔一样高耸入云天了，可是人家就是宁死不认错，任谁也不能叫她开玉口。

亦是她九岁那年，有一晚我下班归来，大包小包拎着肉、蛋、菜、奶、茶，挣扎到楼梯前拿不动了，便仰着头朝二楼叫，我知道女儿在家玩电子游戏机。等了半天，也不闻楼梯响，又叫，还是不应，倒见我养的小猫急得一会儿蹿上去叫她，一会儿跳下来接我，"喵！喵！喵！"地急死了。我无奈，让小猫看着菜、奶、茶，先拎着肉和蛋上楼，又复转来接小猫。小猫瞪着大眼睛忠于职守，紧跟着我的脚跟儿到家，不满地朝女儿"喵——喵——！"大声抗议。

我火气十足地斥女儿说："你看，你还不如小猫懂事。"

女儿无词以对，突然图穷匕首见，大声嚷嚷道："我告诉你，我可是提前进入青春逆反期了啊！"

好一个警告，以后她就真的身体力行起来了！凡事没有不捣蛋的，成心撩你的火，叫你着急、上火，吃不下饭，睡不好觉。你越是发火，她的脖子拧得越歪，不给吃饭也拧不过来。我也跟南国女友似的，灰心到了极点，有时甚至死的心都有了！

这时候，也有过来人劝我："过了这个年龄段就好了……"

可不，正当我盼星星，盼月亮，以为永远盼不到的时候，女儿突然长大了。

到街上购物，身后多了两只帮助拎东西的手；向晚散步，肩旁伴着高出我半头的身条；讨论家居布置，要问女儿咱们都买些什么式样、颜色的家具；时不时地，还要听女儿介绍最近流行什么好书。最醉心的是听那充满着青春旋律的声音，背诵《孟子二章》《愚公移山》《岳阳楼记》《醉翁亭记》，把我羡慕得止不住又说一遍："你们真是赶上好时候了，我们那时'文革'浩劫，根本就没读过这些语文书。"话说出口又顿悟后悔，这话早已说过一百多遍，心想糟了，女儿又该嫌我唠叨，偷眼望过去，晴朗朗的，平安无事，不禁慨然想起：许许多多时日已过去，女儿竟一直没和我吵架了，过去那碰到一处就"嗤、嗤"冒火花的岁月，难道真的一去不复返了？！

冲突当然还会有，但更多的，是这样一些哄人的软话：

"妈妈你今天白天想我了吗？"

"那你想我了吗？"

"想了想极了可想了想得我都快爆炸了我们同学问我怎么了我说想我妈了……"

虽然我知道女儿在跟我耍贫嘴，但我还是被她哄得鼻子发酸。现在，我终于知道了什么叫作"闺女是当妈的小棉袄"。我双手合十，衷心感谢上苍："谢谢你赐给了我一个女儿，她是我最宝贵的珍宝。在今后的人生之路上，不论是雨猛风狂，还是霜刀雪剑，我们都将相依为命地走下去……"

南国女友的泪珠扑簌簌滚落衣襟，她也跟着我双手合十，向苍天仰望。我不知这里面蕴含着怎样的人生哲理，但我切身地感受到，人类生生不已地繁衍、前行，其实不是别的，正是生命的陈陈相因：上一代人的血肉精魂逐渐注入下一代人的身体里，我们虽然慢慢衰落了，但孩子们精精神神地长起来了。他们应该比我们强的，他们也一定会比我们强，所以，我们不能限制他们，不必强迫他们说"我错了"，也不要用我们自己的思维模式去指导他们的发展。我们要做的，是耐下心来等待。

而在等待的过程中，我们这些做母亲的，倒是应该更加努力地修炼自己——孩子们在向前迅跑，我们也得奔跑，不要被过早地落下。

1998 年 11 月 2 日于京南西马小区

北京女孩儿有点怪

我家有女，今年十五岁，是北京二中的初三小女生。

甭言小，女儿已亭亭玉立，个头比我还高了。往她妈妈我的身后一站，已从过去的"小尾巴"，俨然成为左膀右臂。比起小时候的懵懂、顽皮、胡吃浑玩，她今天已变得沉稳、踏实、不急不躁，有时甚至相当"成熟"，对许多事情有了她自己的主见。经常猛不丁的，她会在美伊关系、印巴关系、朝韩关系以及世界各国社会制度的比较等等重大问题上，发表出与全家老少三代迥然不同的见解，令上至高级知识分子又有革命人生履历的我的父母她的姥姥姥爷、中至当作家做记者的我大跌眼镜，互相交换着意味深长的眼色，生出"横空出世"的惊讶。

可是，我的女儿，这个年龄的女儿，又有许多奇奇怪怪的异常之处，令我们思不透、解不开、想不明白，今列其下，求教于大家的智慧：

其一曰：反季节的感觉

大冬天，女儿一定穿得极其单薄，毛裤是坚决不肯穿的，棉衣也只是象征性地从身上过一过。刚刚料峭春寒，就又迫不及待地一件件往下脱。有时看到寒风中衣衫飘逸的她瑟瑟拘挛儿着，忍不住斥责忍不住问罪忍不住感叹："你冷不冷呀？"她却一昂脖子："不冷！"而到了夏天，女儿却又猛往身上捂，一身绵绵密密的牛仔衣裤，一双高腰旅游鞋，加上粗线袜子，又加上白帆布帽子，这一身成了恒久的过夏行头。

其二曰：顾脚不顾脸

无论穿的是白色旅游鞋，还是黑头牛皮鞋，每天晚上临睡前，女儿都一定极耐心极细致极周到地将之擦拭得或雪白或锃亮或一尘不染或能照见人影。而早上起来洗脸呢，你看吧，还没有小猫认真，但见人家伸出两个指头，在水管子下面接点水，往两个眼睛上一摩挲，得，就算完成，所以小脸总是黑黢黢的，差不多就剩下两只眼睛贼亮。你有时忍不住提醒她一句，人家要不根本"没听见"不理你，要不嬉皮笑脸回敬你一句："我们班同学都这样。"

其三曰：反叛的行为方式

你说东边有水坑得绕开走，她却挑衅性地瞅你一眼，非去踩一脚泥巴。你说这次考试很重要，要加小心精心对待，她却非给你犯一大堆低级错误，带着一身稀里哗啦来见你。你说牛奶有钙菠菜有铁胡萝卜富含维生素A对眼睛大有好处，她却非给你一一来个深恶痛绝。你说……破了嘴，她非……把你气个肚皮破，好像不印证"母女是天生的敌人"这句经典就不甘心。

其四曰：颠覆常规的思维

人人都唾弃Y国首脑S君，她却为这个暴君辩护。人人都同情 B 国捍卫自己的主权谴责 Y 国的军事霸权扩张，她却声称对 YB 关系有自己的看法。人人都知道中考是人生最初最严峻的考试，只允许成功不允许失败，我都着急上火口干舌燥吃不下睡不着心里压着泰山、昆仑山、喜马拉雅山，她呢？该唱就唱，该笑就笑，该看电视就看个够，该说笑话就笑个尽情，好像中考一点也不关乎她的前途，倒成了我的命运大事。

其五曰：专跟你唱对台戏

当某件事做得漂亮你表扬她时，她脖子一昂："你不就是想鼓励我吗，哼！"而当某件事她做得糟糕无比时，还不让批评："你不会以鼓励为主啊！"弄得你怎么着都不对，她怎么说都有理。唉，现如今翻开报纸杂志，到处都是优秀育儿法之类飘过掠过，你还没学会呢，她心里早明镜似的了，谁教育谁啊？

其六曰：不知天有多高地有多厚

小事上她跟你唯唯诺诺，大事却真敢乱做主，而且根本就不跟你商量，你连个路人都不如。直到砸锅了，泪眼婆娑地找你来了，还不许你埋怨。比如中考体育，谁都知道那三十分的严重性，计入总分，少得一分就得被排到几十名乃至上百名考生后面去，女儿可好，大清早起来五点多就去了（七点三十分开始考，六点二十分集合，我家离考场还有几十公里路程，这简直是折腾孩子不是，你大人考一个试试？！），当然没吃饭，还晕车了，结果只考了二十分回来，却死活咬着牙不据实以告。等我问出真实分数（到现在也没有问出真实情况），连仅有的一次补考机会也永远地失去了！女儿就得带着这惨痛的二十分，开始她的茫茫人生之旅，这里面的玄机是什么，我心里一直惴惴不安地想啊想！

其七曰：疯狂追星

放学回家，女儿一头扎进她的房间，书本、作业本，摊了一大片，于是你窃喜她可真用功。谁知当你冷不丁推门进去，就见她慌忙往抽屉塞了一件什么。走过去一翻，原来抽屉里面藏了一架黑乎乎的家什，就是我们全体家长都恨透了的收录机——人家是让歌星陪着做枯燥的功课呢。于是一场大战不可避免。某日我不经意打开她写字台最下面的抽屉，吓了一大跳，但见像垒墙似的满满一抽屉录音带，你都没看见她什么时候买回来的，也不知道她哪儿来的钱（可能有许多顿午饭没吃）？！只记得有一天她兴冲冲回来，双手一抖，就要把两张歌星大头像往新装修的墙上贴。你问，这是谁啊？嗬，她可来劲了，如数家珍道："×××，年龄××，血型××，生日××……"我只好及时打断："行了，行了，祝贺你了解他比了解你老妈还清楚……"

其八曰：毛绒玩具情结

女儿从小就喜欢毛绒动物，这不是后天培养的意识而是先天的情结。最初的表现在于她刚有思维、还口不能言，那滴溜溜的一双小眼睛，就总是盯在一只玩具熊上，没有它在枕边是坚决不睡觉的。后来发展到凡出门，手中必定拎着那只玩具熊。熊玩坏了换兔子，兔子坏了换猫咪，猫咪坏了换狗、换鸡、换牛、换马、换老虎、换老鼠、换海豚……于是我们家就得开动物园，最多时，女儿有四十六个孩子，我成为这四十六位的姥姥。最怪异的是随着年龄的增长，这"毛绒情结"也在增长，如今出门当然不会再拎着一只熊或者老鼠，可是睡觉时枕边还必须置放着一只，不摸着、不产生毛茸茸的朦胧意识，她是连觉也睡不成的。这就不对头了是不是？于是我就开始干预，但行政命令是绝对无效的，东掖西藏也没有用，你就是等她睡着了将那"毛绒"拿走，到了半夜她只要摸不着就爬起身来罢睡。窃以为一定是有了心理疾病，忧心忡忡地询问旁的母亲，谁知别家孩子也有这种怪异，有的是摸枕巾，有的是咬被单，不敢说人手一物，但所占比例也相当可观。

其九曰：穷者的富人气度

女儿当然是穷人。我历来崇尚"静以修身，俭以养德"的古训，从来十分注意防范她养成奢侈的习性，所以，她虽然拥有一个钱包，里面却瘪瘪的，并没有多少银子。说来我真是苦心孤诣，在她的智力刚刚萌芽阶段，就开始不断谆谆教导"学习上向高的看齐，生活上同低的比较"的革命大道理，按说应该种瓜得瓜，种豆得豆吧？可是偏偏不，豆荚专爱往瓜秧上去攀爬。女儿天生就具有尚奢倾向（也许人都是这样？），十分喜欢高档用品，买东西不分好坏，但要最贵的，只要价钱高，穿着用着就感觉好。她还喜欢豪华大商城，同样的东西，宁愿以高出数十乃至上百元的价格在那里购买，名之曰"购得一个好心情"。小小年纪，她还信息灵通，居然知道北京城里哪个商场的价格最高，哪个次之等等，也不晓得她是打哪儿知道的，我们家里没这个话题呀？询问我的女友们，她们反倒一迭声地"啧、啧、啧"，大呼小叫感叹道："哎呀呀，韩小蕙，你快知足吧，不跟你要名牌衣服名牌鞋、名牌书包名牌笔，甚至名牌手表名牌自行车……你就得赶快烧香拜佛了！人家学习那么知道用功，这就算当今最好的孩子了。"真——的？

其十曰：群体怪异行为

很长时间里，我以为只有自家女儿怪怪的，全没想到女儿回家讲起同学的怪异，真是比她有过之而无不及。比如同班男生张三，自己并不缺钱花，但为了尝试一下付高利贷的滋味，专门跟同学借了一笔钱，一年后以高于国家银行的利息连本带利归还，多付了钱还美滋滋。又如同窗男孩李四，读武侠"中了邪"，为了探明哪个部位是死穴，专门请同学往他左后背第三根肋骨下猛击，结果疼得差点昏过去。还如王五、赵六、周七、吴八……白天上学竟带着手机、BP机，一下课就"啪啪"乱打（据说有一次上课时电话铃声大作，全班一起大笑不已，弄得老师哭笑不得），我可真不明白，又不做生意，又不联系工作，又没有十万火急的事等待他（她）去处理，小小的孩子要手机干什么？还有更不明白的，眼看这群少男少女在课堂上疯闹——接下茬儿、打飞镖、摆龙门阵、欺负老师……可谓"坏"事做绝，可是晚上回家后却一个个、一个赛一个地卧薪尝胆，每每苦读到凌晨两三点。

以上怪异种种，可气复可笑！还有多种表现，姑且列此十种，余不一一。

我愚钝且学问浅薄，尤其于教育学养极为欠缺，因而常思而不透，简直想不好到底应该如何对待这个年龄的女儿——是包容？是漠视？是斥责？是纠偏？还是干脆佯装不知，不闻不问，会心一笑，等待着青春期风暴自然止息？……

束手无策，百无良计，明月朗朗，专成此文，就教于天下父母及教育专家，可乎？

1999 年 7 月 5 日于西马小区

我学弹钢琴

一

钢琴的大盖启开着，面前坐着我。

心里充溢着幸福感，伸出双手，找到开始的那个C键，略一停顿，便轻快地弹了起来。霎时，小小房间里响起了动听的乐曲，宛如海涛涌浪，宛如啼鸟幽鸣⋯⋯

弹着弹着，我被自己的琴声陶醉了，不由自主地晃动起身子，随着美妙的旋律起伏着。这时，我才懂得，以往看到钢琴家演奏时的起伏晃起，不是故意的造作，而是从心灵深处流溢出来的情感。

这时，我也才体味到，世间还有那么多新鲜的事物，不曾领略过，人生中还有那么多美好的内容，不曾接触到。世界是多么博大啊，前面有着看不完的景走不完的路读不完的书……

二

梦也不曾梦到，孩提时代的钢琴梦，在生命之河已流过一半的年华，竟突然实现了。

其实，家里那架亮得发光的车尔尼钢琴，几年前就买来了。那时女儿刚两岁，全不谙音乐为何物。我痴长她三十年，也窝窝囊囊是一音盲。促使我坚决地买回钢琴的原因，是系于孩提时代的眷恋情结。

儿时，我是一个内心里总涌动着莫名其妙激情的小女孩。看见花儿开了，我能听到它们绽开时的歌声；看见鸟儿来了，我能感觉出它们飞动的鸣响；有时晴朗朗的夜空好端端地挂着月亮，却突然被飞扑而来的乌云搅得乱七八糟，这时候，我心里就必定是一片刀枪剑戟的轰鸣……在我耳朵里，大千世界构成了各种美妙的声响。而所有这些声响之中，我最迷恋的是钢琴的铿锵。

那时我住的是一个高级知识分子聚居的大院，院子里不少人家都有钢琴。其中有一个是我的同学，她妈妈把老师请到家里，教她弹钢琴，教她的哥哥拉小提琴。可是两个孩子都不愿意学，成绩总是不如意，弄得我心里直想说："要是我有条件学，我可一定能学好！"真的，那时我对钢琴的崇拜简直无可言说，别看我不过七八岁，但我觉得钢琴叮叮咚咚奏出的声响，简直就是

168

我的灵魂在诉说。

可惜那时我的家境不好，没有条件买钢琴。也可惜我的父母终日都在忙着他们的工作，舍不得时间陪我去少年宫学习。

我的钢琴梦，一片红一片黄一片烟雨一片迷蒙……

三

于是，轮到我的女儿头上，从四岁半起，就开始"多多""来来"地弹起琴来。老师是一位慈善的严师，一副古典学院派的大家风范，教得一丝不苟。我呢，自然任劳任怨地担起督学的重任。当女儿在那神圣的黑白键上弹出第一首曲子时，我心里激动得满满的，抑制不住的感情，冲得眼眶都湿润了……

说实在话，我并非想把女儿培养成钢琴家，将来也不想让她吃钢琴这碗饭。潜意识里，我只是想找回昔日的梦。或者说，别再让女儿痴痴地把梦做下去……

四

或许有人要说："那你为什么不自己找回那梦呢？"

真的，为什么呢？

其实，我也动过学弹琴的念头。但是马上，众多的阻碍就一起跑来当拦路虎了。首先就是没有时间——你看，上下班之余，柴米油盐、织补浆洗、辅导孩子、迎送亲朋，再加上读书写作……哪天不是已经忙得七窍生烟？其次是没有心情——

弹琴可谓高雅的艺术形式，连听音乐的享受都快挤没了，还上哪儿找琴棋书画的闲情逸致去？再有就是失了勇气——这么大的人了，与女儿一起从 ABC 学起，又学不过女儿，岂不贻笑大方？

所有这些加起来，都还不是最致命的。最致命的是，生活的虹霓、人生的诗意，对于我这颗疲惫的心来说，似乎已经永远地过去了！

虽然我才三十多岁，白发还不曾爬上额头，但很久很久以来，我已有了一种暮秋之感。真的，这一点儿不是为赋新词强说愁，而是却道天凉好个秋。最典型的例子，就是对于学习有了一种潜在的畏缩，不大相信自己还能学会什么新的东西。

对学习的这种疏待，又反过来影响到生理的心态，时不时地就将自己从青春花季赶向中年。我当然不喜欢这种变化，满心恐惧地送走一个个朝霞，满腔怨恨地想把韶光曳住，但是我又觉抗不过命运的安排，再也抖擞不起精神去抗争……

有一天，我去看望一位离休的伯母。一推开门，就是一曲《拜厄钢琴 66 号》迎面扑来。原来是伯母在学弹钢琴。这老太太，白发之人了，去年离休闲在家里，我原以为她会很失落，没想到人家精气神儿十足地学起弹钢琴——这心态多么棒啊！

她说："起初，我也担心学不会了。现在你看，我的进步还不慢呢。可见，人能不断地学到新东西，也可见古人说学不可以已真说得好！"

我很受感动，也自惭形秽。

回到家里，我也开始学习弹琴。出乎意料，我觉得学得很容易，没有多长时间，就攻下了一曲又一曲。

五

伊斯巴哈尼说过："缺乏智慧的灵魂是僵死的灵魂，若以学问来加以充实，它就能恢复生气，犹如雨水浇灌荒芜的土地一样。"

这话说得太有体验了！学弹钢琴给我带来了一种全新的生命感——我感到自己久已缺乏智慧的心扉被启开了，重新生机勃勃地敞向世界。

哦，这真是一种幸福。少年时代的好奇心又回来了，我又恢复了不懂就问的习惯；学生时代的好学劲头又回来了，我又给自己规定了每日必读的古文；青年时代的敏锐又回来了，我又兴致勃勃地关注起国际局势，以及世界最新科技、文化、教育、军事、体育等等动态；人生的诗意又回来了，我又重新看见了大地的辉煌和太阳的微笑……

我好像彻底变了一个人。终日里在心头荡漾的，不再是去日苦多的悲哀和疲惫不堪的烦躁，而是高涨的情绪和生命的快乐。

这一变化，连我六岁的女儿也懵懵懂懂地感觉到了。有一天，她一本正经地对我说："妈妈，我觉得你比从前年轻漂亮了。"

我大笑起来。人生，真像曲曲折折的山涧流水，断了流，却又滚滚而来。

六

我已和女儿商量好了，等今年 6 月份我俩过生日时，将联合举行一场家庭母女钢琴演奏会。到时候，把我的大朋友和她的小朋友们都请来，热热闹闹地玩个痛快！

1991 年 3 月 21 日于北京协和大院

热带鱼昔今

不知您还记得不，反正我记得，那是在 60 年代末，北京人中兴起一股养热带鱼风。其普及率就像今日之呼啦圈，至少凡有孩子的家庭，屋里都摆着一两缸鱼。

说是"缸"，可真有点大言不惭。那时生活还普遍贫困，家家那点工资都是一分钱掰成两半花的，所以所谓"缸"，只不过是不知道从哪寻来的几根铝带，用铆钉一铆，再买一毛钱泥子，把玻璃往上一泥，就完了。那鱼缸的尺寸小得可怜，还没有 16 开杂志大，多亏热带鱼个儿小，不然在里面就转悠不开。最困难的是热带鱼怕冷，必须有加热器，那玩意儿比鱼缸还贵，对于当时每月只领十五元生活费的父亲，我们无论如何也开不了口。还是我十三岁的哥哥有办法，花一块多钱买了一根试管，还有电阻、石英砂什么的，自造了一根土加热器，居然也保护着热带鱼安然过了冬。至于鱼的吃食，全是哥哥走路到护城河边儿上去挖线虫，有一回他生病，我还去过一次，走了将近一个小时才到，腿都酸了。

就这么穷了巴叽的，您想我们能养出什么好鱼？也就是孔雀、黑玛丽、红箭，最普通的、最不值钱的三种。记得当时也听说过神仙、斑马等品种，但是都没见过，只保留了一份美好的神往。

不料前几天到一位朋友家去，迎面一座大鱼缸闯来，有半个书柜大，里面一群群七彩缤纷的小鱼在穿梭，不是热带鱼是什么？可惜我只认识我少年时代的那三位老朋友，余下的，听主人一一报出名字：神仙、红绿灯、斑马、银鲨、白箭、吻嘴、蓝宝石、地图鱼、珍珠鱼……主人每报出一个，我便在心里惊呼一声——没想到，孩提时代视若神明的那些鱼儿，今天竟在这里得见风采。

一个月前来这里，还没有这座小山似的大鱼缸。问起，答曰："上星期刚买回来的。现在开鱼市了，买的人那叫多。回头你也买一缸去？"

我赶紧摆手："我可没时间伺候。"

朋友说："你那观念也太陈旧了。你以为现今养鱼，还跟咱们小时候那么穷折腾哪？"

说着，他按下第一个按钮，缸里立即"嘟嘟"地冒出一串气泡，"这是给鱼加氧气，"又按下第二个按钮，"这是吸脏东西。"第三个按钮是净化自来水，第四个是换水，第五个是恒温……就连鱼吃的线虫也准备好了，一块钱一份，可以喂一个礼拜。朋友说："现在养鱼早现代化了，什么都给你准备好了，差不多你

174

就只管欣赏，何乐而不为呢？"

　　我惊讶得目瞪口呆，心想现在可真是高科技时代了。朋友趁机鼓动我："怎么样，出两百块钱，我陪你鱼市上走一圈儿？"

　　也许真该跟他走一圈儿？

1992 年 5 月于光明日报社

我家的烦恼

俗话说，"家家都有一本难念的经"，我家的可还不止一本。其中最大的烦恼，便是"一少两多"：住房面积少，我的书和女儿的毛绒玩具多。

先说我的书。

我当然不敢跟藏书家们提藏书，因为以我那点可怜的书来说，难望其项背，甚至都不敢曰"藏"，只能说"存"。可这些存书也有近万册，以每个书柜可存三百本计，好家伙，也得装满二三十个书柜。吾辈乃一小小国家公务人员，别说现在了，就是这辈子，也不敢奢望有朝一日，家里能摆上几十个书柜！

然而这些书又实在珍贵，摸摸哪本都好，丢掉哪一本都跟丢了魂儿似的。它们大体分为三大类：

（1）家传的。我的父母新中国成立前参加革命时，都是大学生，高级知识分子，因此我从小就生活在书的氛围里。孩提时代直到青少年，随着年龄的增长，父母曾给我们兄弟姐妹买了许多书，有的一直保存到现在，又传给我女儿看。你说珍贵不珍贵？更兼我母亲是搞党史的，我是学中文的，有些她的用书，比如哲学、历史、政治经济学、社会学什么的，就传给了我。这些书曾给了我极大的帮助，特别是在1977年我复习考大学期间，曾起过中流砥柱的作用，我永远对它们充满感激之心。你说，怎么可能过河拆桥？

（2）我自己买的。现在生活好了，买几本书已不算什么，可是当年，家家户户都还比较贫困的时候，买书也不是可以随心所欲的事。记得有一些书，比如《小布头奇遇记》《刚满15岁》《野妹子》《苦斗》《大江风雷》《中国民间故事选》等等，是我和哥哥姐姐用合起来的压岁钱买的，当时那股兴奋劲儿，至今记忆犹新。后来十六岁，我参加工作了，当学徒工每月挣十六元钱，可以用自己的钱买书了，却正值"横扫一切"时期，无书可买。又过了八年，我上了大学，带工资，每月四百一十七角一分，在同学当中，算是"地主富农"了；又兼新华书店经常到学校卖书，就狠狠地买了一大批。其中有不少具有永久的珍藏价值，可以像我母亲传给我一样地传给我女儿，比如《古代汉语》《说文解字》《论语译注》《史记》《汉书》《左传》《三国志》《古文观止》《唐宋名家词选》《中国历代作品选》《中国历代诗歌选》《中国历代文论选》，以及《外国文学作品选》《简·爱》《红字》《复活》《飘》《邦斯舅舅》《嘉莉妹妹》《巴黎圣母院》等等。这些书记录着我无限美好的大学时代，现在我还经常翻读它们，每每忆起当年的鲜活感受，心头就会浮起那终生不忘的幸福感。你说，我又怎能丢弃了它们？

（3）赠书。这里面有作为记者的工作赠书，有作为编辑的参考赠书，有作为作者的获奖赠书。其中也有不少特别珍贵的好书，比如十三卷本精装《鲁迅全集》、六卷本精装《莎士比亚全集》、八卷本精装《外国长篇小说名著精粹》、八卷本精装《中国现代文学补遗书系》、八卷本精装《冰心全集》、四卷本精装《美术学文库》等等。但其中我最为珍视的，还是文友们的个人作品集，我每次去上班，几乎都能收到几本私人的签名赠书，大部分是认识的，也有素不相识的，有的装帧华美，有的朴素甚而可以说是很简陋，而不管是认识的还是不曾相识的，都能从中得到一份由衷的欣喜。日前听《小说选刊》总编辑柳萌先生说，他从来不丢文友们的私人赠书，我立即引为知己，因为作为一个文人来说，这是最贵重的礼品了，有的甚至凝结了作者一生的心血，你说，又叫人怎能忍心相抛？我常常痴想：要是哪一天我有了书房，第一件要办的，就是将这些个人作品集统统集中在几个书柜里，然后贴上"文友赠书"的小条幅，有人来了就夸耀于人前，无人之时就独自品赏，那该是多么惬意的一件事啊！

只可惜这痴想是黄粱一梦，醒来，面对着狭小得无处落脚的住房，还得苦苦挣扎于现实。于是，除了工具书有幸跻身于仅有的两个书柜、一个窗台、半个柜顶之外，其余的，就只好舍不得地往纸箱子里面放，然后推到床底下，举到柜顶上，摞到楼道里。噫吁兮，哀哉！

说完了我的书，再说我女儿的毛绒玩具。

这也是一块心病，简直无方可医。说来我只有一个女儿，却有着三十四个外孙和外孙女，这都是我女儿的孩子们，也就是她的毛绒玩具们。女儿今年十一岁，从小就显示了我的一个良好的遗传，即我们都无限热爱带毛的小动物。这就又说到了住房的狭小，无法养上一只活猫活狗什么的，只好转而向宠爱毛绒玩具的方面发展。这三十四个孩子，高矮胖瘦媸妍俱不同，最大的一个长达一米，高二尺，浑身毛长三寸许，是为大毛狗，名曰叮凯。最小的是拇指高的小考拉，有小小的身子，大大的耳朵，还穿着宝石蓝色的小衣服，简直漂亮得不得了，充满了异国风采，它叫澳娅，因为它的国籍是澳大利亚。最胖的是一只松鼠，不到三寸高，也差不多有那么宽，一天到晚挺着个大肚子，乐嘻嘻挺满足的样子，逗人发笑，它叫笨笨，这是因为它原来的小主人——我的女友懿翎的宝贝儿子张维重——小名就叫作笨笨，它是鼠随主人，跟着沾光。最瘦的简直没有，现在生活这么好，营养这么丰富，哪儿还有瘦孩子？最漂亮的又是一只尺高的小黄狗，有一个圆圆的大奔头，有黑亮的眼珠和长长的睫毛，有瀑布一样的一拖到地的大耳朵，还系着红色的蝴蝶结，嗬，那个骄顽的小样，真让人心醉。最丑的也没有，这是因为有谚曰："母不嫌儿丑。"哪个妈妈不是看着自己的孩子最漂亮？它们里面，还有一位远道而来的尊贵客人，是一只类猫似熊的圆墩墩的胖家伙，穿着粉颜色的外衣，胸前还有一只Hongkong的商标，一副养尊处优的傻样子。据考证，它祖籍香港，后到福建谋生，是被女作家唐敏强行塞入一只纸盒，邮寄到北京来的，这是因为唐敏听说我女儿爱猫，乃声气相合，心花怒放，无见如故，当即遍寻城中大小商店，欲买一只猫而不可得，就指它为猫，万里迢迢送来，实乃苍天可鉴的一片纯情矣！

请原谅，限于篇幅，这里不能将三十四个孩子一一细说，其实还有好多故事，每一个都有来历，都有名字，都有举世无双、可以传世的奇闻逸事。下面还是说说我的主旨吧，即怎么"养活"这些孩子们的问题。我承认，比起活猫活狗来，它们不吃不喝不食人间烟火，的确省事多了，可是单单把它们摆在一起，铺铺张张，也得占满一张床，这可如何是好？！

只好富有富的过法，穷有穷的活法，所谓"穷人过年——瞎凑合"。大叮凯狗，让它前腿悬空，后腿也悬空，只一个肚皮趴在钢琴上，这样就只占了一尺宽的地方，虽说真有点委屈它，但还不至于达到虐待动物的程度，也算将就了。在它旁边，依次卧着、蹲着、站着毛妹狗、燕莎鸭、猫熊、笨笨和鼠头。其余的孩子们，则主要集中在两个书柜顶上，依大小、高矮、胖瘦、形状、颜色等诸种因素相互搭配，排排整齐，也蛮好看的，再配上下面我的书们，还堪称一景。剩下的小不点们，天地就广阔多了，冰箱上、床头旁、墙角旮旯、台灯底座，随处可以自由自在地摆上一个，于情绪还是一种轻松调剂，于生活还是一种美的点缀，竟成为不可或缺的诗意。只是有一个原则，必须一丝不苟地严法执行，这就是不可多、不可滥、不可满，不然就会泛滥成灾，一发不可收拾；同时呢，也就俗了。为此，我严格地控制着女儿，不准许她再"生儿育女"，其铁面无私的程度，简直超过了我们国策的执法人员，以至有时候我都会想：国家真应该向我颁发一枚"特一级计划生育荣誉勋章"！

当然，这是有代价的，我付出了巨大的牺牲。女儿一天天长大起来，愈来愈有了自己的思想意志，逐渐学会了反抗（哪里有压迫，哪里就有反抗），每当她要求添置毛绒动物的要求被严词拒绝之时，她就恶狠狠地叫：

"那你也别再买书！"

我呢，为了以身作则，也只好很多次地忍痛割爱，有时路过书店时，也恶狠狠地闭上眼睛，以示"菩提本无树，明镜亦非台"。可是这也有极大的副作用，有时一本好书，隔上个一年半载、三年五载、十年八年，终是非买不可，彼时书价倒早涨上去了，多花了好多冤枉钱，真是呜呼哀哉何苦来！

再说了，挡得住自己买书，挡不住文友送书和工作发书；挡得住女儿自己买玩具，挡不住朋友相送，像唐敏那样的殷殷万里情，足以慰藉我平生，求亦难求于上青天，何敢言辞谢？于是，书，一摞摞地抱回家，一层层地码到天花顶，人来我家，第一感觉就是"书可真多"，第二感觉又是"韩小蕙你除了趁书，别的就不趁什么（'趁'：北方土话，'拥有'的意思）。"我心里一边骄傲，一边悲伤，一边祈求，骄傲的是我虽然住房可怜，但书还不算太可怜，这是人类最有价值的财富；悲伤的是，面积太少，心爱的书就受到限制，女儿心爱的毛绒动物也受到限制，这是多么不人道；祈求的是，我的单位光明日报社快快富起来，多盖房子，盖好房子，赶快人人三室一厅、五室二厅、八室三厅，使我赶快实现自己的诺言：

哪一天我有了书房，第一件要办的，就是将这些个人作品集统统集中在几个书柜里，然后贴上"文友赠书"的小条幅，有人来了就夸耀于人前，无人之时就独自品赏……

到了那一天，再给女儿也买几个玩具柜，把她的毛绒动物都摆进去，不使大狗叮凯再前空后悬地受委屈，更使松鼠笨笨乐嘻嘻地开怀畅笑，还要取消"计划生育"的限制，让女儿多子多福多欢喜，小小心眼儿里获得大大满足，享尽人间天伦之乐。

那该是多么惬意的一件事啊！

1995 年 12 月 23 日于北京天安居

做个平民有多难

"平民"，在大革命时期是个褒义词，比如 1789 年的法国大革命。但在太平盛世或纸醉金迷的社会氛围中，则马上就会被涂抹上贬义的色彩，因为这个时期的风向变了，崇尚的是金钱和"贵族"。

"平民"，在有质量的知识分子心目中是个褒义词，比如世界文学史和艺术史中，狄更斯、杰克·伦敦、哈代、高尔基、凡·高、高更、施特劳斯……无数巨擘大师，一直坚持平民化立场，不因为自己为人类创造出了伟大作品而高居于民众之上；而一批本来出身贵族的知识分子，比如俄国十二月党人和他们的妻子，甘愿为民众的解放事业放弃本来属于自己的贵族生活和地位，他们一点也不掩饰自己推崇和张扬平民精神的高贵境界。可是在浅薄的人（包括有些商人、官僚、歌星、影星、成名和不成名的文艺界人士以及其他知识分子）那里，本来离真正的贵族差着九层天十万八千里，他们却给自己虚加了想象的高度，然后就以为自己是贵族了，就处处以"贵族"的眼光傲视众生，唯恐别人再把自己视为平民——当然，这一来，他们是连精神贵族也做不成了。

我出身于平民知识分子家庭，从小受中华文化传统教育（比如诸葛亮"臣本布衣……"），对"平民"一词崇尚有加而且自豪——本来嘛，我们可不都是平民大众中的一员？然而近年来，大概是钱包渐渐鼓起来了，别墅越住越宽大，汽车越换越高档，我发现不少中国人包括知识分子的贵族化火焰越烧越烈，你想做个平民竟越来越难了，岂非咄咄怪事？

那天，我行驶在全中国最笔直、最宽阔、最敞亮、最明朗、最现代的北京长安街上，感觉万万千千豹子一般奔跳的汽车"哇啦！哇啦！"从身旁腾起，越过，心里忽然很乱。2004年底，又有占首都出租车三分之一的两万辆夏利车被淘汰出京城，取代它们的是更为豪华一级的北京现代。有公开报道通知大家，仅存的万把辆夏利也很快都要换完，是为了确保首都的光彩形象。无须说，车价也随之提高了百分之三十三，有众多老百姓提了意见。可是意气洋洋的主管处长局长们不接受，驳难说：

"本来出租车也不是给老百姓坐的。一般老百姓去坐大公共。"

哎哟，那谁是"老百姓"（平民）呢？谁又是"非老百姓"（贵族）呢？现代的消费观念啊，真是动感时尚，出其不意，摇曳多姿，千媚百态！

我真的是越来越困惑了，当然不仅仅是为了夏利或者是北京现代。我是不明白：我们中国不是人口多、底子薄的发展中国家吗？不是还有七千万贫困人口吃饭都成问题吗？我国的自然资源不是已经严重不足了吗？全国数以亿计的失业大军不是到处都在流浪都在嗷嗷待哺吗？……

单是我亲身接触到的，一天用三个馒头果腹的贫困女大学生，就像决了堤似的，救了一大批，又涌来更多的一大批……

然而，也有人以可惜了的口吻批评我说，韩小蕙你这种思维方式早发霉了，应该用北京深圳大上海的灿烂阳光，好好地晒上一晒。

我真是落伍了？

（一）去人民大会堂的最佳方式

我家的地理位置有点特殊：它是坐落在北京的心脏地带——东单银街上，距长安街有一站地，距天安门广场三站地，我自己形容为"一箭之遥"。

要完成这"一箭之遥"的行进，共有五种方式可选择：（1）步行，需四十分钟。（2）骑自行车，需十五分钟。（3）乘公交车，包括步行到车站、等车、塞车等因素，大约需三十到四十分钟。（4）乘地铁，先得花十三分钟走到地铁站，然后下到深深的地下，然后过安检，然后等车、乘三站车，然后再出站、复升到地面上，需要二十到二十五分钟。（5）打的，如果不塞车的话，一去十五到二十分钟。但回来可就困难了，因为第一打不到车，长安街上不允许出租车空驶，更不允许随便停车。第二，东单路口不允许左转弯，必须前行到两公里以外的建国门绕二环路口回来，中间需耐心等待东单、北京站两个大红绿灯，这么一去一来，时间就没谱了，一小时开外也是意料之中的。

聪明的读者早一眼就看出来了，我抵达人民大会堂的最佳方式，肯定是骑自行车了。而且多年来，骑车一直是我上班的交通方式，这可以一直追溯到20世纪70年代我刚参加工作时，那时我就天天骑车二十里地上下班，一来一去两个小时，风雨无阻地骑了八年，于是我的身体就很棒。现在我家离就职的光明日报社仅"半箭之遥"，骑自行车十分钟就到，而若开小车，单是过崇文门路口就得二十分钟，所以我也没买私家车，非不能也，实不需也。

就这么着，当记者二十多年来，无数次去人民大会堂开会，每次我都是骑车去，一直很自在。可是近三四年来，我发现出问题了——社会财富使社会的精神环境发生了根本性变化（马克思主义政治经济学的最基本观点：经济基础决定上层建筑、意识形态），以至，它对我竟产生了一种几乎是不可抗拒的挤压！

用建筑界的话说，北京这张"城市大饼"越摊越大，居住在城里的人逐渐都迁到城外三环、四环、五环乃至六环，私家车当然就顺理成章地越来越普及。加上国家经济腾飞的大好形势，公家车也变得越来越多越豪华，与六万辆出租车汇合在一起，就形成了北京大街小巷上极为壮观的汽车长龙。

世上凡事，有因就有果。于是理所当然的，北京人也就变得更懒了（"北京大爷"一向就有"懒"的恶名），能坐车就绝不走路，能坐小车就绝不坐大公共。到人民大会堂开会的各色人等，包括我们这越来越庞大的记者群，也渐渐地都变成了先富起来的小车阶级。有一次，我又骑车到了人民大会堂东门，发现竟只有我一辆自行车了，警卫因此拉长了脸，竟不让我把车放在以往一直放自行车的小树林内。我心里不服，一直等着不进去，想看看是不是就我一个人还骑自行车？结果真是大出意外，果然是"孤家寡人"了，于是我感叹自己真是"不知有汉，无论魏晋"了！

此时再一留心，才发现我一向是太粗心大意了，还只蒙着眼睛活在自己的主观内心里，全没看到金利来、银利来、钻石利来、超级财富利来……所裹挟而至的时尚消费主义大潮，早就使社会思潮的风向扭转，更使周围人们的心态发生了"核裂变"。同事们、同仁们、朋友们见我骑着车来，往往都是冲口而出：

"怎么还骑车呐？你！"

我就笑笑。只好笑笑。因为此时，即使我自己再在我的蚕茧小窝里活得主观幸福，我也听出了"大雪满弓刀"的弦外之音。这里面的潜台词颇多，有"你该买辆小车了"，有"至少也应该打辆车"，还有"掉价儿""离谱儿""穷酸儿""抠门儿"等等，等等。以前我听了全不往心里去，笑答一句，也就抛在脑后了。可现在，一次两次八次十次、二十次……我意识到坏了，自己简直成了新闻界的贫下中农了，因而渐渐地，竟也觉得脸上有些挂不住了。

说实在的，我这人虽然外表文弱，但却是个主观意志很坚强的女性，认准了的道理，敢于坚持，一般不是轻易就妥协的。比如我从小就被打下了坚实基础的一些优秀传统观念——节俭、本色、不贪钱财、不慕虚荣、实事求是、平民立场等等，多年来我一直理想主义地坚持着。作为一个有着精神追求的知识女性，我最看不起蒙起一层华丽外皮的、虚荣又虚假的男子女子（此处女子比较多），哪怕他或她蒙的是一张金子做的皮呢。

可是现在，我自己竟也虚荣起来了！车一骑到人民大会堂附近，就会下意识地左右看看，是在看有没有熟人？最好是没有。我就迅速闪身到小树林中间，把自行车放好。然后，长出一口气，将胳膊在阳光下画出一个潇洒的圆圈，"哗"地掏出大红烫金请柬，就昂起头，"哐当，哐当"往里走。唉，平心而论，我是热爱我的自行车的，而且从身体到心理、从形而下到形而上，都觉得舒服——尤其是在清风、白云、红日、蓝天、鸽哨、鲜花之下，更尤其是在宽敞整洁、大气磅礴的天安门广场。可是，我也真的越来越惧怕熟人的目光了，它们闪闪烁烁，犹如一把把利剑，不是暖暖的垂怜就是冷冷的鄙夷，都让我浑身长刺。终于，有一天，我的一位好友结结巴巴对我说：

"下次，你从单位，要个车吧？你们光明日报，不至于穷到，这——份上吧！"

哎哟，麻烦了，骑车已经不是我个人的行为，而是关系到我们光明日报社的形象和声誉了！这真是鸡年出门得戴顶红帽子，最好，再在翅膀上插几根华贵的孔雀毛！

（二）和女儿一代的金钱冲突

由此我想到，这么小的一件事，就能颠覆了我这个够坚强的知识女性对社会的成熟认知，那么可想而知，当下光怪陆离的、滚滚滔滔的社会时尚社会风气社会思潮，对孩子们一代产生了多么强大的挤压！

我的密友 W 的女儿，今年是大三计算机专业优等生，肯吃苦发奋读书，是个"传统"意义上的好女孩。但她在生活的滚滚逝水中可一点也不"传统"，专捡名牌往身上武装，否则就宁死不出门。W 像一位心理学家一样严肃地看着我，拧着眉头对我说，我只能满足她，要不她在同学中就抬不起头来，影响她的自信心，久而久之就会产生心理问题。我像弱智者似的望着空洞的虚无，疑惑地反问："能有这么严重？现在的孩子竟然是这样的！"W 的眉疙瘩忽然"哗——"地散开了，兴奋地、颤颤悠悠地提高声音道：

"韩小蕙你不知道，现在，这就是最好的孩子了！"

我知道，我知道。吾家也有女，亭亭已玉立。前些年，女儿十四五岁时，还未长成，懵懵懂懂，我曾连哄带蒙，从她嘴里挖出了他们少男少女的一些细节，总结出了女儿和她同学的十大怪。有其一曰"穷者的富人气度"，是说这些孩子明明没钱，却个个都要争创"多花钱少办事"的业绩，比如同样的东西非要到多费钞票的大商场去买，打的非要坐收费高的车（可惜那时还没有北京现代），跟小商贩买东西非要多给他们两块钱什么的，他们管这叫"感觉好"。现在，女儿已经是二十岁的大姑娘了，且成为留学英伦的大学生，又且自己还能打工挣钱，当然花起"曼妮"（money）来，就已经完全是个有主见的"成年人"了。

第一年暑假女儿回国时，流行在我舌间的口头语是"看着你花钱我都眼晕！"说来我也一直在京城长大，自小家庭环境也不错，至少不是老土吧。可是女儿一回到家，就法官似的裁定我"土"。她拎出了个亮闪闪的小皮包，有书本那么大，很精致，我认不出是哪国货什么名品牌。女儿嘴一撇，眼珠往下一转，张嘴朗诵了一句外文，我猜就是那品牌的名字了。然后，还没等我把那几个字母拼出来，女儿就宣布了它的价格——合人民币四千多元！我就惊呼起来。而女儿不慌不忙，心闲气定，又从里面掏出个同样风格的小钱包，大将风度地说别忙，还包括这个钱包呢。我还是呼叫，那也贵得太邪乎了，这根本不应该是你用的东西，你的任务是好好学习，生活上要向低标准看齐，学习上要向高标准看齐，你怎么没把社会主义的好作风保持好，倒沾染上了资本主义的奢侈……女儿就恼了，说你可真土！又说，这是我自己打工挣的钱。我也恼了，疾言厉色说：

"我也不是没有这份钱，但我绝不会花得这么奢侈，我更愿意把钱花在有意义的地方……"

自此以后，我和女儿冲突不断，打打停停，停停打打。最让我受不了的还有一次，她非要买晚礼服，说是在英国参加 party（聚会），英国和别的国家的学生都穿得很正式，只有中国的孩子们什么衣服都穿着就去了，她觉得让人很看不起。对此我执异议，说我怎么不相信呀？你不是学生吗？学生的关键不是功课吗？只要学习成绩好，谁敢小看你？要是成绩不好，穿得再高级又怎么样？……女儿又恼了，去向姥姥姥爷申诉。于是，我的"隔代亲"的父母一边摩挲着女儿的头顶，一边连"原则"也不坚持了，反过来做我的思想工作，督我陪女儿前往王府井购买。

好家伙，一比三，我除了乖乖举手投降，没有别的选择，就赶紧动身了。当然，心下还是疑惑，也还别扭。结果到了百货大楼一看，那些晚礼服确实华贵确实漂亮确实光彩照人，可是挺胸束腰露着肩裸着背，是给工作以后的成年女性预备的，哪儿是小小学生年纪的女儿穿的？女儿可不这么想，大为兴奋地、不厌其烦地试穿着，最后还蹬鼻子上脸，说要买一红一黑两件。我的火一点一点从胸膛升到嗓子眼，压了又压，再压，最终还是火山爆发了，拉下脸来，一言不发地还家了，把女儿一个人丢在中国时尚最前沿的、眨着欲望怪眼的、差不多已被全世界名牌大洪水淹没的王府井大街。

回家以后，我又有点后悔，主要是听了父母的批评以后，产生了深刻的疑惑。父母批评我说，女儿已经是世界人了，英国有英国的文化礼仪，你不能按照中国的传统观点去"以不变应万变"。女儿回来以后也黑着脸，说我"僵化""保守""封建主义"，跟不上时代发展的大好形势了。她最后一句话尤其刺激我，简直把我轰炸碎了：

"哼，你还是著名的大报记者呢，你还敢号称有名的作家呢，你就这么代表中国知识分子呀！"

我干瞪着眼，干张着嘴，双手干比画着，就是说不出话来。因为我的心确实哆嗦起来了，我确实对自己产生了疑问：难道真的是我错了？

难道真的是我僵化——哇，都照我这样，满大街的商品都卖给谁去？国民经济还发展不发展了？GDP还增长不增长了？

难道真的是我保守——哇，满世界的中国人都在狂热地消费，有钱没钱都没关系，有强大的银行盯贼一样地随时盯着你消费贷款呢!

难道真的是我封建主义——哇，社会主义也好，资本主义也罢，不都是为了让老百姓过上丰衣足食、穿裘戴珠宝打高尔夫球的好日子吗？

············

可是，另一个声音也不示弱地在我心中高叫着：我们怎么能够忘记从小刻在心上的那些圣贤之语呢？比如："一粥一饭，当思来之不易；半丝半缕，恒念物力维艰。""财有限，费用无穷，当量入为出。""强本而节用，则天不能贫。""静以修身，俭以养德。"……

说实在的，这些疑惑，到今天也还盘旋在我心间，没有乘鹤飞去。烟波江上，芳草萋萋，社会也没能提供出一个标准的答案，反倒是乱哄哄你方唱罢我登场，前天宣传说应该消费，鼓动大家穿金戴银再去买一个大钻戒；昨天又宣传说得让钱币增值，鼓励大家都去投资股票投资期货投资基金；今天又是甚嚣尘上的买房买车大比拼，争着赛着抢着甚至死扛着一掷千金。那么明天呢？还有后天呢？……

罢罢罢，好在今天我的宝贝女儿的理财观念，已经自己在改变了，在向好的方向转变，在确确实实向我的方向靠拢。我心花怒放地读着她给我发来的 E-mail："现在打工挣的钱，已经不乱花了，而是存了起来，将来用作创业基金。"仁慈的上帝啊！

看来，用不着担心——我们优秀的文化传统，我们精深的理财观念，是我们民族的基因，早就种在我们子子孙孙的血脉里了！

中华民族一辈辈，一代代，数千年绵延不绝，并且还能老树新芽，枝繁叶茂，就是这么走过来的呀！

（三）我所珍惜的，我所追求的

在我讲述了上面两件事以后，大家已经能够判断出我是一个什么样的人了，也可以大体判断出我的财富观了。

不讳言，我的确有着许多的优秀品质，借此机会，总结如下：

一、节约，懂得珍惜东西。比如到现在也不能容忍浪费粮食，每次在饭店吃罢饭，都会要求主宾把剩下的打包。前几年，在有人鼓吹中国的粮食吃不完的时候，我依然坚持这样做，以至于有一次一位熟稔的朋友笑话我说："你不知道现在粮食是最便宜的东西呀？"我想也没想，就厉声说："凡中国人，就连七岁小孩子也知道，中国最大的问题就是粮食问题。中国的粮食永远都不会多，这是一个中国人的基本常识！"

二、节俭，从不愿意乱花钱。一般女人的缺点，都是爱买一堆没用的东西，回家以后就丢在一旁，直到搁得满是灰尘了再扔出去。还有一大毛病就是爱随手买衣服，回家一看不喜欢了，就塞进衣柜高高挂起。我时时警告自己，尽量别犯这些毛病。当然我也不是清教徒，有好衣服我也买，有好珠宝我也戴，有好去处我也玩。但是，我要求自己不浪费，衣服买了就要穿，物件买了就得用，玩就玩个痛快。

三、坚持自己的审美立场，不随波逐流，更不赶时髦。什么是一个女人的美？是品味。而什么是高雅的品味呢？我认为，装扮必须尽可能求其本真，自然得体，最是恰如其分。上千元上万元的衣服首饰，不适合你的身材、你的肤色、你的风格、你的气质、你的社会背景和社会环境的话，也显不出光彩，或许还能露出雕琢的痕迹；而一件自自然然的 T 恤衫，一条水洗布裤子，加上一双旅游鞋，也许就能表现出你窈窕淑女的万种风情。东施效颦的教训，凡天下女人，永世永代也不能忘记。

四、不慕虚荣，这是女人最要紧的原则。我从年轻时代在工厂当小青工起，就惊喜地发现，自己身上具备着一点也不虚荣的优秀品质。当时我们车间有一百多青工，我算是家庭经济条件上好的，可是我不讲吃不讲穿只爱看书学习。每天，我一边自己补习着初中高中语文代数，一边笑看着有的小男工小女工，宁愿回家吃窝头就咸菜，也要玩命攒出钱来买一件的确良衬衫；或者是家里穷得一间屋子半张炕，也要戴着墨镜拖着喇叭裤，在厂区里招摇。当然，我只是觉得好玩，并不蔑视他（她）们，我深知，他（她）们对此看得很重，目的是吸引别人的眼球，增加自身价值，因为除此之外，他（她）们再无其他可以炫耀的东西了。谁不都得活着？谁不都想活得滋润、潇洒和有尊严？况且他（她）们有的人，确实想通过此招，实现一桩美好的婚姻呢。

可是我对自己不宽容。我不允许自己爱慕这些外在的物质的东西。不，它们远远不是我所追求的人生。后来，在划时代的1978 年，全国恢复了高考，我果然考入南开大学中文系，永远地告别了我的工厂，结束了流水线上的单调的劳作。

现在，我在光明日报社已经做了二十三年记者编辑，还成为全国知名的作家，不用说，我的经济状况比起昔日的小工友们，当然好多了——有一次我在大街上撞上当年车间里的一个小伴儿，她大着嗓门告诉我，四十二岁就退休（下岗）了，现在帮人看自行车。她穿得很普通，一眼就可看出所在的生活阶层。相形之下，我身上的穿戴当然也表达着我所在的社会位置。可是我依然没有高高在上的"贵族"的优越感，虽然我今天确实没有经济之忧，但在我的内心里，依然是平民本色，依然主张量入为出，有多少钱就消费什么标准，还要有储蓄。所以，即使银行再喊破大天，我也绝不会像那些年轻的小白领一样接受借贷，拿明天的钱满足今天的"好感觉"。

五、廉洁自好，不占不贪，这一点最重要。前几年我们大学同学聚会，当一位同在报界的同学听说我每月的工资是两千元时，当即评价："这说明你没混好。"我很意外，问"混好"的概念是什么？他脱口答道："在北京新闻界，要是每月还混不出一万块，就算……"我愕然，不相信地追问道："你们报社每月能发你一万块？"他笑了，不加掩饰地说："韩小蕙你是真傻假傻呀，你有那么一个大报副刊在手里……"

哦，我明白了！可是，我不能接受！虽说人都是欲望动物，我也不例外，虽说我到朋友家晃来晃去，看着人家住楼上楼下的大房子，也觉得舒服和羡慕，虽说我也喜欢珠宝香水、文房四宝、名人字画、瓷器砚台、高档工艺品，也喜欢逛豪华大商场，也喜欢坐在五星级饭店里用餐，可是这一切都是有前提的——必须是花自己挣来的问心无愧的钱！

说真心话，两千元工资确实不高（现在工资已经涨了好几次了，已经不止这个数了），但我可以通过自己的写作再挣点稿费，有时还能挣点讲课费、评审费什么的，加上我的生活很本真很简单，没有什么高消费的欲望，也没时间没念想儿没心情去泡吧泡商场什么的，所以我一点儿也没觉得钱紧。以我"不大"的又"无限大"的追求来说，吃得再好，不也就是一天三顿；穿得再好，不也就是七尺之躯；住得再好，不也就是一张床？而我个人觉得最享受的快乐，是坐在电脑桌前，写我自己想写的散文，那时，心中满涨着做宗教仪式一般的幸福感，全身的血液都在欢唱着，把"无限大"的追求抛洒向朗朗青天。

公元 2003 年，我有一次美国之行。所到之处，和上百位新老华人朋友倾心交谈。我向他们如实叙述了我平民知识分子的生活状况（也算是当下中国知识分子生活状况的一个侧影）：每日的三餐，有鱼有肉有青菜有水果有零食小吃，但努力克制着吃，怕胖怕引起"三高症"，每天的运动，或上公园即景山北海香山天坛地坛，或骑车游泳耍太极拳练剑，每晚的四十分钟快走更是风雨无阻；每天的工作，编辑采访写作开会打电话，永远做不完的事；每天的业余生活，读书看报听广播听高人侃侃而谈；至于休息、娱乐和消费，看见喜欢的衣服可以掏钱就买，闻见喜欢的香水无须计较价钱，春夏秋冬都有旅游的机会，更时时跟文友们无主题变奏地高谈阔论……所有这些加起来，忙忙碌碌，紧紧张张，有时也烦也急躁，可是就整体而言，充充实实，快快乐乐，是我挺满足的一个状态。

把他们听得"啧啧"直感叹。然后，我就反问他们："那你们呢？你们比我们多了些什么？又少了些什么呢？"

196

他们一起动用集体的智慧，想过来想过去，最后说的是："我们这儿的空气好一些，吃的东西干净些，此外也想不出什么多的了。而我们最缺少的是交流，大家都为生活所累，整天忙于赚钱，没时间为亲情和友情再额外支出了……"

他们客气，没说他们的钱比我们多（也有为数不少的人也是穷人，整天愁于生计——天地良心，不是我故意要贬低别人，那的确是我亲眼看见的）。可是钱多不等于高质量的生活，这是大家早就了然的、放之四海而皆准的普遍真理。

（四）我的财富观：五条金原则

是的，这就是我的财富观，五条金原则：

（1）富贵不能淫，贫贱不能移。

（2）君子爱财，取之有道。

（3）能挣会花，视金钱如粪土。

（4）成由勤俭败由奢。

（5）平民立场，简单生活，奉献人类。

2005 年 2 月 19 日于北京西马小区

第四辑

北京感悟

我的大院，我昔日的梦

——协和大院故事之一

　　我小的时候，家住在北京东单附近。

　　稍微熟悉北京地理环境的人都知道，东单距天安门仅一箭之遥，过去有牌楼一座，是进入皇城的标志，因此得名东单牌楼。新中国成立前，东单牌楼一带居住的多为有钱、有身份的人，房舍地貌因而得以俨然些。若从高空俯瞰，紫禁城那一大片黄瓦红墙的宫殿外围，便是横平竖直街道上的四合院群落。这些四合院，一般都是硬山式建筑，青砖灰瓦，大屋顶的房檐下盘着一座爬满青青叶的葡萄架。高级一点儿的，还有一扇红漆绿楣的大木门。门里是迎面一座石影壁，门外蹲着两只把门的小石狮。这小石狮子似狮而又非狮，头部、四腿、爪子、尾巴全部嵌进石中，造型之洗练，令人想起远古的墓刻。

然而我住的那座院子，却是一个迥然的例外。

　　这是一座深宅大院，深到占据了两条胡同之中的全部空间，大到差不多有天安门广场那般大。院内没有大雄宝殿一类的大屋顶庙宇，也没有雕梁画栋的中国式楼阁亭台，更看不见假山、影壁、小桥流水的东方风光，而是一个典型的欧洲小世界——绿草如茵，中间高耸着巨型花坛。树影婆娑之间，是一条翠柏簇拥着的石板路，通往若隐若现的一座座二层小楼。小楼全部为西式建筑，平台尖顶，米黄色大落地门窗，楼内诸陈设如壁炉、吊灯、百叶窗等全部来自欧美，墙外爬满茂盛的爬墙虎……

　　在东单牌楼一片宁静的四合院群落中，突然出现了这么一座西方园林，不由得令人想起黄山的"飞来峰"，那是大自然的造化，这一个却是人工玉成。都如此说，大院是美国人1917年始造，属协和医院建筑群落的一部分，连各个小楼的编号也是与整个协和楼群排在一起的。也有人说，这是用清政府丧权辱国的"庚子赔款"建造起来的；不过查史书记载则不是，那上面的文字写着用的是洛克菲勒财团的慈善投资。还有庶民说，新中国成立以前，这个院叫"两旗杆大院"，说是门口常年飘着中国和美国两杆国旗，里面住的都是洋人和中国的高级知识分子。这一说未免带了点"洋奴"的嫌疑，我因此想考证是否确凿。按说年代并不久远，本应不难考，可是因了老人们的缄默，我也就至今没有弄清究竟。

　　不过住高级知识分子一说是不错的。新中国成立前，能够跻身大院并住进小洋楼的华人，全部为协和医院的专家教授。我国著名的外科专家黄家驷教授，就住在第41号楼，我小时听说他是英国皇家医学会唯一的中国会员。还有我国著名的妇产科专家林巧稚大夫，住在第 28 号楼。有故事，说是新中国成立前，凡有病人找到林府上，即使是衣衫褴褛的穷人，林大夫也一律不让门卫挡驾，而是免费诊治，有时还施以钱财，致使京城遍传林巧稚美名。

大概是因了这些因素，老北京的平民百姓，过去从这院门口走过时，都是怀了敬畏之心的。久而久之，百姓们的嘴上便约定俗成了对它的称谓——"协和大院"。

这称谓一直沿袭到现今。

新中国成立后，黄、林二位仍住在这里，其他教授们也仍住在他们各自的小楼中。那时的等级依然是森严的，正教授，即一二三级教授者，可以住一座一座的带有木顶凉台的独楼，这样的独楼共有七座。副教授，即四五六级教授者，则只能住连成一片的有凉台而无木顶的联楼，虽然叫联楼，其实也是各个独自成一统的小楼，不过外在建筑结构连在一起罢了。

我有幸住进这样一座大院中，托福于我父亲。那时我父亲是中国人民解放军中的一个军官，他所在的部队恰巧是北平解放后接管协和医院的部队。1955 年，这批军队干部全部脱下军装，留在了协和医院和中国医学科学院系统。

当时的这批干部也逐渐变得拖家带口，住房成了问题。但这支纪律严明的部队于教授们的洋楼秋毫无犯，只在大院后边辟出一片荒地，盖了一座四层的宿舍楼和三排平房。这些砖木结构的新建筑自然远远比不上泰国优种稻米灌浆、菲律宾上等木板铺地的小洋楼舒适高级，但军队干部们从军政委到小排长，没有一个人抢占教授小楼，这种状况差不多一直保持至"文化大革命"。

我家住的是三排平房中的两间，门前也盘着一个葡萄架。父亲那时在做医科院的组织人事工作，经常出入各个小楼的教授家门，我有时也跟着，便得以窥见小洋楼内的高级陈设。其实小楼们对父亲来说并不陌生，新中国成立前夕，父亲和他的共产党员同学们，就曾接受地下党的指派，以进步学生身份进入一座座小楼内，做教授们的争取工作。有一回，他当年的一位同学来家，还感慨地说起某次到××教授家去，教授请他们吃草莓冰激凌的情景。我的父亲却从未说起过那段辉煌的历史，他始终对教授们彬彬有礼。

他的迁居大院的部队战友们也都始终对教授们彬彬有礼。虽然他们之中有的人文化水平不算高，但他们都用严明的纪律约束着自己和家属，尽量遵从着这座学者大院的文明传统。我还清楚地记得，一次从幼儿园归来，我和小朋友们站在林巧稚大夫家门前的花圃看花，有一个小女孩忍不住想去掐一朵极美丽的蔷薇，恰巧被林大夫看到。一生酷爱鲜花的林大夫生气地制止了她，我代那个小女孩认了错。那一年，我也就六岁，以后，我们一群孩子再没有伤过大院的一花一叶。

我上小学那一年，我们家突然成为全院最受瞩目的家庭。那是1961年，我哥哥以优异成绩考取了在北京排第一的男四中，这在大院众多的孩子中是绝无仅有的，这很使我父亲光彩了一阵子。后来我的学习成绩也很好，大院里有十个男孩女孩与我同班，我的成绩总是稳稳地排在前一二名之位，令那些教授的孩子们自叹弗如。我的小心眼里便也存了一个愿望，希望到我考中学时，能考入在北京排第一的女校师大女附中，使我们家庭再度光彩一次。可惜后来碰上了"文革"，使那愿望成了泡影。

不过坦白地说，我那时可真不用功，只知道疯玩。

大院的花草树木最令我着迷。每年春天，阳历3月中旬开始，我们一群孩子便天天跑到大院门口去盼望杏花。那里有一棵一抱粗的老杏树，不知是地气还是天光缘故，年年都是它最早抖擞起密密匝匝的花骨朵，在寒风中便绽出淡粉色的小花。每年每年，当我们一连企盼数日，终于发现老杏树的花枝上出现一朵、两朵小花时，便一个个惊喜得大叫大跳，在大院里飞奔开，告诉每一个碰见的大人和小孩：

"老杏树开花啦，春天啰！"

记得每个大人，不管是教授们还是干部们，全都冲我们点头微笑，仿佛我们就是那杏花，就是那春天。等如今我已长大成人，重新揣度从前那些大人们的心态时，益发体味出成人的那种对不曾留意的春天猛然莅临的欣喜。

那棵老杏树，一定是协和大院众花树的精神领袖。从它的花朵绽开之日起，我们大院便一年鲜花不断了。第二棵开花的是黄家驷教授楼前的那棵"中年"杏树，而第三棵则必定是29号楼旁边的那棵"青年"杏树。这三棵杏树罢了，就是雪白的梨花了。大院里只有一棵梨树，每年结不结梨印象不深了，但那随风飘曳的冰清玉洁的梨花，却永远地刻在了我的记忆里。谢了梨花，大院的花事就纷繁起来了：大门口的迎春花迎客始罢，甬道两旁就走来一棵棵白丁香紫丁香。不几日，桃花也伴着嫩叶开了出来。还有我最喜欢的灌木榆叶梅，一团一团的粉红色像人工造出的大花球，远远地就让人看醉了眼。这时候，草地上的绿草，也早已染绿了那一方方土地。柳条依依，白色的柳絮迷蒙了天地空气。最给人以喜悦的是生命力极强的杨树叶，等它们唱歌似的一齐摆动着新绿时，不要说从它们之下穿行，你就是看着它们竞长，也痴痴地觉得自己正在长大似的——那时候，我是多么盼望自己快快长大！

　　而大院里的人们，不论是教授们还是干部们，一个赛着一个地"贪婪"，对周围这么多奇花异草仍嫌不够多，还一起动起手来栽花弄草。于是，看罢了绿树，再回头来看鲜花，便更加眼花缭乱了——粉白相间的海棠花，红的、黄的、紫色的月季，重瓣的芍药，甜香的槐花，火红的石榴花，五颜六色的蝴蝶花，小太阳似的蒲公英，小红灯似的倒挂金钟，名贵的花之王君子兰，还有奇异的令箭荷花和仙人掌花，一现的昙花和千年铁树花，浓香的晚香玉和夜来香，娇嫩的含笑和美人蕉，挺拔的大丽花和菊花，以及红云似的一品红，婀娜多娇的仙客来……还有许许多多我叫不上名字来的各色花卉，直开得将春延长到夏，将秋延长至冬……

　　前面说过，我们大院离天安门不远，这便占尽了地利之优。我们这群孩子们，一年之中最欢乐的两个夜晚就是五一和国庆节。一俟那轰鸣的礼花腾空，院子里就被划过的雷霆灼照得红腾绿舞，亮如白昼。如果风向对头，还会有一顶顶白色的降落伞从天空飘下，把我们撩拨得哇哇大叫……

　　呵，如今想起这一切，真是旧梦依稀，止不住的女儿情呀！

而这一切，至"文革"罹祸，一夜之间便被破坏殆尽了。

那个血雨腥风的 1966 年，先是花草树木被砍、被烧，又是抄家的书籍旧物被砸、被焚，冲天大火一连烧了数日。后来，便是医院里的造反派携家带口搬进来"占领牛鬼蛇神大院"。理由是："你们这些走资派（指干部们）和反动权威（指专家们），住着这么好的房子，是对广大工农兵的蔑视和欺侮！"于是，教授们被勒令腾出一间又一间住房，由洗衣工、清洁工、门房、厨师、花匠……组成的无产阶级住房大军，住进了一座座小洋楼。

唯一幸免的，是 28 号楼。当时按照周恩来总理指示，北京市公安局派人保护了林巧稚大夫一家，使大院得以保留下唯一一座教授楼。

十年不短，大院当然发生了一系列大小事变。因其重提引人心酸不已，干脆跳过不提。只有两件事不可忽略过去。

第一件，是工人阶级进住不久，院里召开居民批判大会。为的是新搬进来的一个厨师，走路有望天的毛病，院子里的孩子淘气，给起了"望天儿"的绰号，还跟在他背后学他走路。嗬，这可是犯了滔天大罪！一位当时被造反派结合的、红得发紫的小干部慷慨激昂地发言，激动得声音都走了板："这／是／阶／级／斗／争／新／动／向！这／是／走／资／派／和／反／动／权／威／们／在／发／泄／对／工／人／阶／级／进／住／大／院／的／不／满！……"

第二件，是 1972 年某日清晨发生在大院的一幕：那正值美国尼克松总统来华访问期间。那一天，晨练的人们刚刚归至家中，大院里走进四位金发碧眼的外国人。只见他们随处走着，拍照着，最后停在 44 号小楼前。这座小楼自从六年前一位清洁工住进后，在半个木顶凉台上垒了一间有门有窗的小平房，还留了一个烟囱通道，使西式风格融入了某种中国的建筑文化。四位洋人大概被这种神奇的"洋为中用"能力惊呆了，半晌才如梦醒来似的举起了照相机……后来，从当时的最高权力机关——"革命委员会"传来消息，这四个洋人是跟着尼克松来访的美国人，其中有一位当年曾在这大院里住过，大概是寻故地来了。"革委会"认为那位工人严重地丢了中国的脸，措辞严厉地限令他于××日内将小平房拆除，恢复西式原貌。而那位工人全家拼死拼活地"捍卫"不拆，又让"革委会"丢了一次脸，那小平房也就一直保留了下来，屹立至今。

如今，每当我看到那"中西合璧"的 44 号小楼时，心里都涌出一丝惆怅。物非人非，今日的协和大院里，已住进两百多家，除了教授、干部们之外，还有工人们以及他们的家属儿女，几乎百业俱全。最有意思的是那家有着两辆外国小轿车的个体户，昔日是大院里最贫穷的一家，全家六口人就靠当家的四十来块钱吃饭。如今，已成为大院里食最精细、衣最美艳的首富。

真是世事沧桑啊！我的大院，也是一面历史的镜子哟！

所幸的是，改革十年，大院又发生了相当大的变化——草坪又重新植上了，柏树又重新栽上了，花坛又重新砌上了。还于一片绿意鲜花之中，新添了两座历史上也不曾有过的白色的藤萝架。一株盆粗的银杏树和五株两人搂抱不过来的老槐树，也被挂上"古树×××号"的标记，被铁栅栏保护起来。大院又重新恢复了四时鲜花不断的面貌。在今日高楼林立、喧闹拥挤的北京城中，这一座花园式的院落，更显示出幽深的宝贵，便于一早一晚，吸引来大批的附近居民。清晨来打太极拳和跳迪斯科的老年人居多，傍晚是牵了孩子来散步的中青年夫妇们，与红花绿树交相辉映在一起，又构成了一幅幅颇动人心弦的画卷……

那三株报春的杏树，竟还都幸存着。虽然其中的两株各被劈去一半枝杈，但两株半残的树都还在开花、长叶、结果。只是这一切亦是物非人非了——我早已不再是二十多年前那个梳辫子的小姑娘。那在寒风中天天企盼开花，然后惊喜地向大院里的人们报春的小姑娘，该是我的女儿了！这满院神奇的花草树木，也该是属于她的了。

只有这悠远的旧梦，依然属于我……

1988 年 8 月 15 日于北京协和大院

人与人
——协和大院故事之二

　　满院子的语录、标语被尽皆洗掉了。被铲除的花草又重新植上。十六座熏黑的西式小楼，也被全部粉刷一新。从外表上，大院在一点一点地找回昔日雍容华贵的风韵。

　　虽然说起来仍似昨天的事，但细细想过，那场血雨腥风的"无产阶级文化大革命"，已过去二十年了。

　　蓦然回首，这二十年来，我们的协和大院发生了多么巨大的变化！

　　而变化最大的还是人。老人们有几位相继走了，像曾给大院引来极大荣耀的大医学家黄家驷教授、林巧稚教授等等。但人去楼不空，大院也同整个国家的人口形势一样，离去的很少，增长的繁多，现在已从昔日的一二百户人家，猛增到六七百户之多。形象一点儿说，面对大院数千株树木，若过去每人能拥有三株五株的话，今天则只能分到一株半株了。

这"过去"，是形成了习惯的说法，指的是"文革"以前。一场"文革"，把中国当代历史分为截然不同的两个阶段，也历史地把大院住户分为"老住户"与"新住户"。

老住户即过去按"资格"住进来的教授们和干部们。新住户就不同了，什么情况都有。因为西式小楼的入住"资格"，早已随着当年"造反派"的进住而被彻底推翻，永远成为烟消云散的一条历史陈规。今日的一座座小楼里，除了少数几户尚是昔日的教授外，新搬进去了医生、护士、干部、工人、售货员、花匠、门房、个体户、农民等各色人。从衣着服饰上，已越来越难看出人们的身份；从餐桌上的质量，也再难以分清什么。这些年来，我在大院看到的唯一一位穿补丁布鞋的人，竟是著名的儿科专家周华康教授。

然而，说到底这些还是表面上的变化。真正内心深处的东西，还要耐人寻味得多。

每当夕阳西下，上班人暮归之后，循着大院的石板甬道走上一圈儿，便能依各色人的各种层次的文化教养，看到小楼外的地域环境显示着不同风格。有植竹种兰的，有栽瓜点豆的，有养猫养狗养鸟的，有养鸡养鸭养兔的，真是天马行空，各享各的人生之乐。侧耳听，从周遭的声音环境中，也能品味出很大的差异。飘向院中青草地的，有悠扬的钢琴、小提琴曲，也有急骤高亢的摇滚乐、迪斯科；有英语、日语的会话声，还有打麻将的吆五喝六声……

昔日象牙之塔的大院，是越来越脱下了它雍容华贵的外衣，向着平民化的方向发展。如果说它过去是一片欧洲小世界的话，那么今天，它可说已是一个地地道道的北京四合院了。

不知道这是一种进步呢抑或是什么，反正人总得随着潮流走。过去一座小洋楼住一家两家，如今却住着五户七户，人的居住空间越来越小，麻烦便也越来越多。关起门来自家还好克服，开开门的碰撞便时有发生了。

就拿我住的小楼来说，建筑之始，是按一家一户的格局设计的：楼下是一间书房、一间客厅，楼上是三间卧室外加一间花房。"文革"前，也只是楼上楼下各住一个教授之家，多年相安无事。但"文革"中，这五间正房竟住过六户人家（其中一间客厅一分为二住了两家），于是厨房和厕所的使用就成了问题，有限的楼道也成为寸土必争的空间。而到打扫卫生时，又有人与占地时的劲头形成极大反差，自家关起门来洁净得一尘不染，推门出来即使天天从垃圾堆上走过也无动于衷。时间一长，便终于酿成"战争"，不光工人、职员、医生、家属卷了进去，连教授也不可避免地被卷入——这在过去，简直是不可想象的事情！

记得在过去，从我住进大院直至"文革"突起，大院里从未有过"吵架"一说。人与人之间的交谈，态度上和蔼可亲不说，连声音也沉浸在低柔轻曼的频率里，令人领略到文明之馨。就是我们孩子也都懂得，大声嚷嚷、吵架、骂人都是不文明的行为，为有文化的人所不耻。

大院里吵架的滥觞是"文革"期间。比较有名的一次，是"深挖洞"时，有一个星期天命令大家都不要休息，自带工具来挖防空洞。人们不敢怠慢，基本上都按时报到，令那位被造反派结合的、临时负责管理大院事务的科员级小干部很是得意。然而得意之际，他又好像有一丝惆怅在胸：人们都这般老实，如何显示出他的威风呢？恰在此时，天遂人意，有一位大夫前来请假，说是自己患植物神经紊乱，不能来挖洞了……那位科员级小干部立时来了精气神儿，没等人家说完，便用挖苦的口吻高声嚷道：

"你们'老九'肚里的花花肠子就是多！你要是不想来'备战'，直说出来就得了，何必蒙人呢！都是在医院工作的，谁不知道'动物神经'！听起来还像那么回子事，还编出个什么'植物神经'！我告诉你，群众的眼睛是雪亮的，无产阶级专政的铁拳也是有力的，谁不老老实实的，就让他尝尝群众批斗大会的滋味儿！……"

这么毫不顾忌地把一个人的尊严，尤其是一位讲究人格脸面的知识分子的尊严踩在脚底下，任意地加以践踏；这么连起码的常识都不懂，愚不可教而又因自己有权力攥住别人的命运随便捏弄，因而不但毫无一丝羞耻感反而洋洋自鸣得意的丑态，真是把那位文质彬彬的大夫激怒了。他终于在众人眼神的鼓励之下，与那位得志小人大吵了一架……

今天，换了人间之后，再忆及当年的那回事，恍然已有隔世之感。那位温良恭俭让的大夫，和那位骄横一时的科员级小干部，都已上了二十年岁数，变为年近花甲的老人。我不知道他们出入大院不期而遇时，是否仍冷目而视。还是早已恢复了礼貌的招呼？抬头不见低头见，共处于这座具有七十多年文明历史的大院中，人们是应该悟出点儿什么来了！

其实，大院人并非一点儿什么也悟不出来。那种书本里经常出现的不食人间烟火的"书呆子"形象，与大院的高级知识分子们无一有缘。人的智能本是与文化知识水平成正比的，大院里的教授们怎么可能是毫无悟性的糊涂虫呢？新中国成立后，他们一直是追随中国共产党、追随进步而一步一步走过来的，随着时代的巨变，他们的思想观念也发生了极大的变化。这充分显示在他们做人的良知上。

那一年，大院里爆发了一场几乎是全院人都参与其中的群体行动，我想就是在这种良知的基础上发生的。

那是由一桩欺压保姆的事件引起的。当事一家，夫妇双方都是教授，早年由上海迁京，属大院的老住户了。"文革"以前，尽管大院里有着不干涉别人家事的文明传统，但这一家的生活方式，一向被人非议颇多。主要是这家待人十分苛刻，尤其是对自家的老保姆，更是刻薄吝啬，詈骂无常；又加上这家主妇穿着比较"海派"，在学者大院里显得十分妖冶，经常引起旁人侧目而视。

有一天，这家又欺侮保姆，逼得那位老实巴交的老妇到街道居民委员会哭诉。先是居委会的家属干部们看不下去了，纷纷嚷道："都解放这么多年了，还敢这么欺负人，这太不像话了！"

"就是，他还想骑在咱们劳动人民头上作威作福呀！"

人们越说越气，街道居委会当即就派一行人，上门去找这对夫妇说理。消息传出，先是孩子们跟了一大群，又有一些大人也跟了去，最后竟形成一支浩浩荡荡的"讨伐"大军。

这支队伍开去以后的现场如何，我没有亲眼看见。不过事后，我看到大院人都对这家人采取了嗤之以鼻的态度。只要这家人一出来，不论大人孩子，都对他们或冷或嘲或"嘘"，直到这家人再也住不下去，逃走似的搬走为止……

今天再回过头来看待这件事，有读者可能觉得这是极左思

214

潮影响下的一件荒唐事。然而我每与当年参与过此事的人们谈起来，发现他们的心态还是没有改变，依然在蔑视那被轰走的一家。从人们那依然很激烈的情绪上，我想到：历史的写就，其实往往并不是没有道理的。不好事的大院人居然能够"同仇敌忾"地投诸这件事之中，说明了文明传统的另一个侧面，即它并不是毫无原则的装饰品，而包蕴着惩恶扬善的内涵。一个人生活在我们中国，就必须遵从整个民族的向善的基本道德。超过了这个起码的"度"，人们就会遗弃他。是糟粕总会遭到遗弃的。

我们人类，相濡以沫地生活在这个世界上。人与人之间，可以显示出极大的做人的不同，但首先是共处一隅的缘分，互取互助的需要。粉碎"四人帮"以后，痛定思痛，人人进行过无数次深刻的反思。有对国家和民族命运的严肃思考，有对个人行为的自责与后悔，当然，也有一味抱怨和指责别人的……但无论个人想法如何，大的社会政治环境变了，人们的心态也都在跟着发生变化，向着安定团结的方向倾心倾力。

一天夜里，我被门外一阵急促的响动惊起，推门一看，是年已古稀的教授犯病了。无须多说，只见几分钟之内，各家的男人都披衣出来，抬着行军床上的教授向医院疾去。第二天早起，人们再度相见时，我看见每个人的脸上都洋溢着一种因帮助了别人而感到欣慰的光彩——这若是在过去，也是不可想象的！

呵，我们大院人与大院人之间，或者干脆说，我们中国人与中国人之间，向善的力量终归还是做人的主导。尽管人的居住空间确实在一天天减少，人所拥有的树木确实在一天天减少，人类面临的生存环境确实越来越严峻，然而只要人们团结互助，共同奋斗，而不是像"文革"时那样乌眼鸡似的斗来斗去，互相仇视和伤害，我坚信，人类所面临的各种困难都将被克服。

何况，还有文明的力量呢！

由世世代代的科学文化所凝聚起来的文明的力量，是人类战胜自然和自身怯懦的源泉。它虽是潜移默化的，虽屡遭暴政的践踏或被人为地鄙夷（如欧洲中世纪反动教会的统治时期，又如中国的"文革"时期），但它柔而不弯，顽强进取，终是历史发展的推动力量。我们人类要走向繁荣进步，非凭借它的羽翼不可。这个道理，人人心里都明镜似的，只不过依社会形势的变化，或言之于表，或藏之于心罢了。

虽然比起有教养的专家教授们，那些"文革"后搬来的住户存在着先天的教育程度上的不足，但无可否认的是，住上三年五年之后，他们也已越来越多地被大院文明所熏陶，所感化，所约束。大院的花木，很少有人折枝了；大院的卫生，大家都在尽量保洁；倘有矛盾发生，解决问题的方式也很少再用"战争"了——有一次，谁家新娶进来的儿媳妇与家人吵架，骂得极难听低级。这在她原来居住的环境中也许很常见，在大院里却引起众口一致的谴责，以至于后来她再也不敢这么做了⋯⋯

呵，我的大院，并不只是昔日的旧梦了。那历尽沧桑的石板路上，迎着春花走来的，迎着夏风走来的，迎着秋果走来的，迎着冬雪走来的，不再只是和蔼可亲、温文尔雅的黄家驷教授、林巧稚教授，还有越来越多的文明传统的继承人！

1988 年于北京协和大院

216

永久的悟

——协和大院故事之三

　　人生，是一本最难悟透的书。尽管前面早已有了可与喜马拉雅比高的卷帙浩繁的书山，有了无数古今中外先哲圣人给予我们的各种人生警语、处世哲学。可是摆在我们每个人面前的，却还永远是新的斯芬克斯人生之谜。

　　因为世界在变。简单的大自然还循着四时的韵律而嬗变呢，更何况最为复杂纷纭、变幻莫测的社会人生？

　　人生永远是一本新书，需要永久的悟。

　　我家东窗外，面对着的是大院的开阔地。倘推窗望去，大院的世态风景图便可尽收眼底：

　　绿绒毯一样的草坪上，天真烂漫的孩子们终日在快快乐乐地嬉笑。白绿相间的藤萝架下，每有退休的老人在悠闲地聊天。

甬道中央的巨型花坛中，繁花灿若一片云霞。十六座西式小楼，爬墙虎绿满墙壁，又凋黄在秋风中……

而待月亮升起来之后，这一切，又被蒙上一层神秘的银白色，令人遐想无穷。

月儿升起又落下，圆了几次，又缺了几次。

东窗外的大院风俗图，染下一层色彩，又一层色彩。

可是有一天，我推开东窗，忽然发现这色彩竟纷乱了起来。

从某一幢楼房里，先是传来一个刺耳的女人的尖叫声，接着便传来"砰砰！""咣咣！"砸摔东西的声音。不一会儿，一个额头上淌着半尺来长殷红血迹的小伙子，像只受伤的兔子一般逃出大院，又见后面呐喊着追赶出两三个壮汉……

这是七十多年以来，这座文明大院里爆发的第一场大打出手的战事。红与绿错位，黑与白溅杂，宁静的大院文明图，就此终于被打破了。

其实，后来大院人发现，这场战事的双方——一个嫁到大院时间不长的、在某饭店当服务员的年轻媳妇，与她的邻居、一位教授的女儿之间，根本就没有什么不共戴天的仇恨。我听了半天，她们絮絮叨叨说出来的，无非是甲家的自行车胎被莫名其妙地撒了气，乙家的拖布把儿又蹊跷地被折断了……这类恶作剧，既无聊又低级，简直就是大字不识的陋妇才有的行为。可是她们就真的打起来了，两家的男人也参与了进去，打得头破血流，还欲罢不能！

于是，只好把派出所的民警请来了——这是多么丢脸的事！

当戴着大壳帽的民警一脸严肃地登上小楼时，那女服务员可一点儿不嫌丢脸。许是在她原来居住的生存环境中是很自然的行为，她一下子就躺在地上，"妈呀""爹呀"地叫了起来，竟叫得一点儿心理障碍也没有。

而那教授之女，到底囿于文化教养和大院文明传统，缄默下来，把主持公道的希望寄托在民警身上。

可是一个民警又能怎样呢？北京有一句土话，叫做"软的怕硬的，硬的怕横的，横的怕不要命的"。何况，女服务员扬言"局子里有铁哥们"。结果，尽管大院舆论一边倒地谴责女服务员，教授的儿子还是被从重课以拘留十五天的处罚。

当教授的儿子被铐走的时候，大院人全都围在大门口，先是哗啦哗啦地议论，然后默默地目送着他们远去。警车呼啸着开得没了影儿，人们还默默地站立了许久许久。

在人群中，我望着花事葳蕤的大院，心里涌上无限悲哀：

人们啊，你们怎么这么不知道自爱，怎么就不能好好地珍惜一下这美丽的文明环境呢？！我可还清楚地记得，"文革"劫难之时，这两家父辈的关系好得就像一家人。当教授被批斗后，大院里有谁敢欺负他的儿女，乙家的大人孩子就一齐上阵保护他们；而当乙家的女主人惨死干校之后，教授的老伴又把她的儿子当成自己的孩子抚养……这种人与人之间的亲情，如果说在昔日那么压抑那么难耐的政治环境中都能生存的话，那么在今天清明的社会气候下，怎么就轻易地被抛诸脑后了呢？……

晚上，月上东窗之后，我看见教授在甬道上独自徘徊，听得见他在一声声长叹。

他也只有悲风吹泪、空自叹息的"本事"。除了在他的学科上卓有成绩之外，在社会生活中，教授是个连自己都保护不了的"低能儿"，总是陷在"秀才遇见兵，有理讲不清"的境地，因而近年来，竟被那些"高能儿"们骂作"废物"！

教授，你是在重新回顾自己的这一生吗？你是想悟出什么新的道理来吗？你是考虑改变自己的人生道路吗？

在社会人生这部大书里，渗透的悟往往来之多么不易！就说"文革"结束以来，人们的生存意识已发生过几多变化啊！一会儿信奉"吃亏是福"，一会儿换成"凡事必打而后生"，一会儿又流行"永远不要得罪人"等等。我发现，人们竟是越来越不知道该如何活着了。

尤其是那些大教授们，竟在新的"高能"与"低能"的价值标准面前，越来越难找寻到自己的位置了。

世界真的变得太快，以前令人敬畏的大教授们，那些曾在世界医坛上声名显赫的大医学家们，如今好像也不过是普普通通的人了。有时，当他们风尘仆仆地从一个重要的国际学术会议归来，把世界上最新的学术思想整理研究之时，常常会有人来把门敲得震天响。

"×大夫，我家小孩发烧了，请您给去看看！"

"×教授，街道明天打扫卫生，你们家赶紧打扫一下！"

而当他们在来去匆匆的上下班路上沉吟某一个问题时，连扫街的工人都会毫不客气地打断他，与之聊几句物价天气之类的话。

若不是有非常重要的事情，我发现教授们竟也很乐意驻足，与人们闲聊几句。这在过去是没有的事。这究竟缘于何种心态，我没有搞清楚，但有一次，我听到一位知名教授在对人说：

"我解放初时的工资是两百九十元，现在还是两百九十元。"

他的谈话对象，有一位是行政干部，还有一位是勤杂工。那勤杂工是"文革"时迫教授腾房子而搬进大院的，那时他只挣四十元钱，养活六口人，于是按月向楼内两位教授各索要五元钱"救济款"。如今，这么多年过去，勤杂工的孩子们都已长大挣钱了，他自己的工资加奖金等等也已和教授差不多，所以听到教授如是说，也没吭声。

人的价值，的确跟经济基础的雄厚与否有直接的关系，此外也与"高能""低能"很有关系。"四体不勤，五谷不分"的新诠释就是只会啃书本，在社会上一点儿也"闯荡"不开。这种"低能"的书呆子是越来越被人看不起了，也是越来越混不下去了。

也许正是源于这一点，教授们才放下"架子"，驻足与人们闲聊？抑或宁愿中断手里的重要工作，也要积极参加街道组织的活动？而在他们内心深处，到底是怎么想的呢？

特别是，作为大院最老的住户，他们眼见着月缺月圆，人去人来，"去年天气旧亭台"，"小园香径独徘徊"，什么是他们心中的无限感慨呢？

这一天归来时，已是深夜。

东窗外，花草树木都已进入梦乡，只剩下一弯冷月孤凄凄地挂在天上。我久久地坐在窗前，想着刚才到医院探望C教授时的情景。

我的邻居C教授，新中国成立前留洋归来，创立了我国×

医学学科。我孩提时，跟他的女儿很要好，时常去他家里玩。在我眼里，他是一位有点令人畏惧的长辈，整天忙着，很少过来跟我们说话。只是有一次他带领全家去北戴河度假回来，给我带回一只美丽的大海星，笑眯眯地给我讲解有关海星的知识，给我留下极深的印象。

现在，当年风度翩翩的 C 教授，早已变得树根般苍老。眼前这场突发的心脏病，更是使他变成了一个老翁。只见他疲惫地躺在雪白的病榻上，眼睛睁也不睁，对周遭的外界环境睬也不睬。

听见我来了，他竟一骨碌爬起身，把心里话一股脑儿倾倒出来：

"现在的生活真是难呵！年纪大了，病也多了，著作要写，家务事也要做，社会风气又不好，好多事都难办得很。比如申请个项目，不知得经过多少关口、耽误多长时间才能批下来。就连买菜烧饭，换个煤气什么的，也事必躬亲。而我们医院有的勤杂人员，会搞关系学的，拿医院的工作做交换，比我们活得轻松多了……"

他说得如此坦率，如此动情，悲哀的声音里充满了一种怅惘的意绪，使我想起一句古话：

"鸟之将死，其鸣也哀。"

我感到极度震惊。因为我完全没有想到，眼前这位德高望重的大教授，如今也会注意起关系学之类的俗事。而且，他的情绪分明是带着不无羡慕的悲哀！

社会生活竟有着如此巨大的力量，能够把一个人改造得面目全非。而在强大的生存环境的压迫下，人的可塑性也是可以达到无限的程度吗？我不由自主地作如是想。

于是，我内心中也被一种无可排遣的悲哀塞满了。只觉得有个声音在不住地叫着：当教授们的价值逐渐减轻之时，但愿知识和文明的砝码，不要同时在他们以及人们心中越减越轻！

在世上一切事物面前，文明之馨——对知识不倦的追寻，对文化不懈的积累，对社会不卸的责任，对人类不断的贡献，以及对迄今为止世界上一切美好东西的发扬光大等等——这是人世间最美丽的东西，是万万不能丢弃的。而且越是在困难的情况下，越应该葆有坚定的自尊与自信。俄罗斯 19 世纪启蒙运动作家拉季谢夫曾说过："在知识的山峰上登得越高，眼前展现的景色就越壮阔。"人类，是应该永远走向高峰的。

所幸的是，我们的大院毕竟是一座有着文明传统的大院，尊崇知识已成为一种化在人们血液之中的心理定势，已不是那么轻而易举就能被摧毁的。

推开东窗向外看，那位拥有两辆外国轿车的个体户，就是抖不起来。清贫的教授们，总是那么清高。而其他医生、职员、干部和工人们，又总是习而惯之地把教授们视为大院的"灵魂"。

连孩子们，像我六岁的女儿一代，其心灵也正如我小时候一样，对衣着普通但气质不凡的教授们最是崇敬。有一天夕阳西下，我拉着女儿在大院里散步，女儿忽然指着远远近近正在聊天、散步的人们，很认真地对我说：

"妈妈，我最喜欢这几个奶奶和爷爷。"

她仰着明丽的小脸，在人群中一个个地寻找着，然后一一指给我看。有的是她很熟稔的，也有的她并不认识。但我发现，她认定的几位，都是著名的教授。

　　我的心不能不怦然有所动。

　　那一晚，东窗外的月亮又圆又大。银光倾泻在美丽的大院里，把西式小楼以及草地、花坛、树丛、石板甬道都点染得闪闪发光。这样的大院夜景，是我最迷醉的，因为它总能引我浮想联翩，想起音乐，想起诗歌，想起美。

　　人生不能缺少美。一如我的大院，花草树木尽管曾被全部拔光，但又终归一棵一棵地被重新植上。一如我的女儿，小小年龄，未经教化，便知道什么人是她应该尊崇的人。花木无情人有情。美是从人类生命中射出的动人光芒。何况，谁说花木就真的无情呢？红花为何年年开，绿叶为何年年碧，难道不是为了眷恋蓝蓝天空的一片深情？人生为何需要美，人类为何追求美，不是正如马克思所说：“社会的进步就是人类对美的追求的结晶。”

　　那么，怎样才能使我们的生活变得更美一些呢？怎样使我们每个人自己变得更美一些呢？

　　倒退是没有出路的，人只能一股劲地向前走。如果说花草树木是大自然的美之外形，那么音乐、诗歌和文明传统可视作社会人生的美的魂灵，爱花草树木是人的天性，诗意地生活也是人的天性。人的文明需要在文化中实现。普洛丁曾在《九卷书》中说：“眼睛如果还没有变得像太阳，它就看不见太阳；心灵也是如此，本身如果不美也就看不见美。”他说得多么动人多么好！

　　女儿在小床上翻了个身，呢喃了一句什么又睡着了。清朗

224

的月光下，她的小脸呈现出一副圣洁的童贞，看上去那么美丽。望着东窗外大院安谧的夜景，作为大院第三代人，我希望她能生活得比上两代人都更好。

当然，这一方面也需要她自己的努力。我打算明天一早就把普洛丁的这段话念给她听。人生之路上，但愿她能早早地悟。

1990 年于北京协和大院

绝唱

——协和大院故事之四

　　不知是世风不古，还是世风太古，中国人现在兴起了种菜的热潮。有中国媒体唯恐天下不乱地挑事说：都种到美国的耶鲁、哈佛等著名校园里去啦，从未见过如此"东洋景"的老美一时尚未反应过来，还点头颔首地支持哪。同时，这股风也刮到了欧洲大陆、大洋洲、非洲、拉美以及英伦三岛。大家知道英国的民居都是有前后花园的，过去只住过玫瑰、蔷薇、百合、薰衣草什么的花卉家族，现在改成茄子、韭菜、香菜、辣椒、黄瓜、西红柿、老倭瓜等全蔬菜科住户，惹得白肤、棕肤、黑肤等各色英国人民脑洞大开，连呼"稀奇"！

　　这股"破草立菜"的罡风，也刮到了我们大院。望着它们一派绿叶蓬勃的景象，让我时时想起当年"破旧立新"的"席卷"。

一

我们大院是北京三十个著名景点之一，"你若不知道这三十个景点，就不能算北京人"，这是有人在微信上说的。20世纪80年代我初学写作时，就曾在获得广泛好评的散文习作《我的大院，我昔日的梦》中，描述过我们非凡的大院（见本书《协和大院故事之一》，此处不赘）。

2003年我初次踏访美利坚。一日，到达最北方城市波士顿，刚下汽车一抬头，不由得一阵恍惚，以为我到家了呢！一切怎么都这么熟悉啊？一栋栋别墅式小楼绵延开去，赭红色的墙砖，复杂多变的斜坡大屋顶，小巧的白木条花块玻璃窗，积木兵似的高矮错落的烟囱，开放式的大阳台，细碎灰白点的花岗石台阶……波士顿的这些楼房，跟我们大院里的十六栋小洋楼长得一模一样，就像是从我们大院搬来的——哦不，当然是我们院的小洋楼是从这里搬去的哈。我一下子就知道了这些房子的大体年代，它们肯定是诞生在人类生活的19世纪末到20世纪初的几十年间。

当时，经过第一次世界大战，美利坚的羽翼已经丰满，正阔步走向世界老大的宝座，所以此一时期所有的美式建筑，都留下了信心满满的印迹。我们大院的这批小洋楼，后来被建筑学家们定名为"美式乡间别墅"，属早期北美别墅模式，其建筑理念依据欧洲古代、中世纪、文艺复兴和工业革命四个时期、一千多年形成的建筑风格，混搭出的以"立体式＋伊丽莎白式"为主的造型，又称美国新英格兰地区"殖民地复兴式建筑"的缩小和简化版，在 20 世纪初期颇为流行。我的感觉，它们虽然脱胎于英国古老的民居，但又比那些已经屹立了几百年的民居有了革新，变得更加现代、更加讲究、更加享受了一些。内部格局没有大的突破，基本上依然是一层有客厅、书房，外加厨房、小储物间和卫生间；二层三间卧室加一卫生间，再加一间瓷砖地、不带暖气的花房；三层是阁楼，有两间斜坡顶的房间，过去是给仆人值班时候用的；还有地下室，是给厨师及仆人居住的。美国人主要是增加了铺着瓷砖、带顶和不带顶的开放式大阳台，可以惬意地把感官享受直接联动到绿树、香花、阳光、雨露和飞禽。另外就是把各个房间的面积都扩大了一些，用料也讲究了不少，比如一寸多宽的细格地板是上等菲律宾木的，打上蜡，再用沾着煤油的拖布反复擦拭，就会像上等老黄玉一样油光润亮，闪出贵族范儿的厚重幽光；墙砖是泰国大米灌浆的，据说结实得赛过城墙，完全可以扛得住九级地震；内墙壁上涂的是蜂蜜一样细腻的清漆，显现出一派柔和、温暖甚至体贴的气息……所有这些，充分表达出新暴发户美国佬的财大气粗，还有他们把昔日"日不落帝国"甩在后面的"老子今天比你阔了"的洋洋自得的心理。

当然，这种叫咱们中国人看着是带着霸气的"宽敞"，也不都是出自政治原因，客观说，还跟美国的自然环境以及人口密度有关。在美国的时候，你看着一马平川的肥田沃土，不可能不想到中国西部北部的冰山、寸草不生的沙漠和只能长芨芨草的茫茫戈壁；你眼瞅着像大山小山一样压过来的密西西比等四条大河、苏必利尔等五大湖区，以及到处都见到的大河小河，水流是那么宽，那么厚，汹汹汩汩，滚滚滔滔，似乎永远永远也流不竭，永远永远都用不完，此时你不可能不想到中国西海固地区滴水贵如油，甚至贵如生命的惨烈！美国是九百五十二万平方公里优质水土养活三亿人，中国是九百六十万平方公里面积（三分之二贫瘠山地加三分之一良田）养活十三亿人，所以美国人和中国人对于人类的居住概念是截然不同的……

跟上海和天津不同，北京没有列强的租界，到底显示出她作为昔日的"帝都"，顽强维持着打肿脸充胖子的面子尊严。而能在这森严的防护网中杀出一条血路，在市中心最热闹的地区建起这么一座西洋风的大院，要托福于协和医学院的建立。马路对面，仅一街之隔，强大的洛克菲勒家族"盘"下了更宽阔、更金贵的一大块风水宝地——豫王府，建起了绿琉璃瓦大屋顶、汉白玉雕栏的一大片中西合璧建筑群，即名满中外的北平协和医学院。古老顽固而又尝试着突破樊篱的北京，曾有多少精彩故事跟这家美国人硬楔进来的现代医学院有关，比如著名革命党人梁启超，就是在协和医学院做的切肾手术，负责主刀的刘瑞恒医生错把他健康的右肾当作病灶切了下去，致使梁公病情加重，三年后驾鹤西去。而梁启超为了力挺西医，宁愿玉碎也不追究，甚至还写文章为协和洗刷，真乃可歌可泣的中华志士也！

话说北平协和医学院虽然是一员勇毅冲锋到中华大地内部的骁将，但它想在这块土地上安营扎寨，长久地生存下来，还不得不在它全盘西式的医院上，加盖了绿琉璃瓦的中式大屋顶；而我们大院作为它给自己聘用的美国医生提供的"宿舍"，则就没有了这种顾虑，所以整座院落完全是一片西方乐土，就像把欧洲的某个公园搬到了北平。十六栋尖顶小洋楼，一派幸福地卧在葳蕤绿树的浓荫里，树种多而繁茂：高大蔽日的有杨树、椿树、桑树、泡桐，美丽婀娜的有塔松、红枫、丁香、合欢，尽显贵族范儿的有银杏和翠柏，飘香三里地的有洋槐和国槐，闹喳喳果实缀满枝头的有苹果、山楂、柿子、黑枣、桃、李、杏、梨、红枣……同时还有花，每年3月末从迎春花踏响冲锋的枪声开始，热火朝天的花事接力赛就一轮接一轮地展开了：白玉兰—紫玉兰—粉色偏白的山桃—白色点粉的杏花—霜雪的梨花—大花球榆叶梅—幽幽吐馨的丁香—粉染白雪的海棠—富贵的月季—雍容的芍药—华丽的牡丹—节节高的一串红—满墙满地满天的蔷薇—傲世独立的红掌—神仙似的仙客来—杨丽萍式的造型兰花……

然而，最显欧洲范儿而又最摄人心魄的，还属绿草地。你走到欧洲，到处都会看到羊绒毯一样绵软的绿草地，起起伏伏，起承转合，铺到了天之涯海之角。你走进我们大院，也会看到这赏心悦目的景象：甬道旁，大树下，花丛边，脚起脚落之间，全铺着修剪得整整齐齐的绿草。它们最初来自欧洲，已没有了铁蹄的霸气，百年来一直静静地伸展着，不喧哗，不张扬，不高调，不炫耀，不争得头破血流，不打个你死我活，不贪权钱利，不占虚名荣誉功勋，不惮权贵豪门，不惧人生压力，只是内心纯正地做好自己……

乖谬，我就有了一个乖谬的发现：爱花与爱草，分属于形而下与形而上两个境界，并且有相当比例是由人的经济状况和文化层级所决定的。爱花者，只要不是疯子、神经病者和政治

230

狂人，凡属正常人类皆爱之；爱草者，则更小众地属于经济相对富裕、文化相对高雅的圈子。很遗憾我小时候就只喜欢花，一点也不喜欢草，觉得它们太过平凡，普通得像满地到处乱跑的孩子，却完全没有看到普通里面深藏着的神圣。及至年纪渐长，阅人渐多，慢慢地对绿草越来越珍爱起来了，无论是双目还是灵魂都已觉得离不开。私心分析何以故？"细草摇头忽报侬，披襟拦得一西风"，大概是绿草与自己的脾气、个性、认知、价值观乃至心灵追求，有很多的相同之处吧？

著名作家徐刚先生曾有过这样一句话，说一朵小花也是有生命的，一片绿叶也是有生命的。当年我读到此时一下子被定住，一颗心被拴在上面，下不来了。从此我再也没有掐断或伤害过一片绿叶一枚小草，我怕折断了它们的血管，怕害死了它们的性命！但罪孽的是，我们大院的花草遭受过三次灭顶之灾，第一次即20世纪60年代到70年代的"十年浩劫"，一阵飞沙走石过后，花花草草就都变成了十恶不赦的资产阶级，被剪、折、拔、刨、挖、砍、剁、泼脏水、火烧等等，腾出来的地方竖起了领袖像、语录牌。后来终于"文化大革命"结束，"野火烧不尽，春风吹又生"，我们大院又恢复了花团锦簇、绿草连天的景象，幸矣哉！

（第二次是唐山大地震波及北京，大院草地上建满贫民窟一样的地震棚，因为是自然力不可违，不提。）

当时，本以为"文革"毁损已至最深的谷底，可谁知，底线之下无底线，第三次灭顶之灾竟然又来了！而且出其不意，破坏性却是更致命的——上回是剪、折、拔、刨、挖、砍、剁、泼脏水、火烧，虽然手段个个残虐，但尚属打断了骨头连着筋，剃掉了青丝还有根，所谓"留得青山在，不怕没柴烧"；所谓"根还在，心不死"；所谓"树欲静而风不止"；所谓"他年我若为青帝，报与桃花一处开"。但这回可彻底完了，强悍的韭菜、辣椒、茄子、黄瓜、西红柿、豆角、老倭瓜……彻底切断了孱弱的果岭草、黑麦草等欧洲引进草的命脉，使它们一万年也别想再复辟了——你道圆明园是怎么变成今天这副瘦骨嶙峋空架子的？主要的罪恶当然是英法帝国主义联军的烧杀抢掠，今天我们怎么清算这些人间禽兽的罪行都不为过；但还有一个无可回避的事实是，那些蓝眼珠、大鼻子的魔鬼刚刚撤离、尚未走远之际，就有无数黑头发、黄皮肤的中国人蜂拥而至，忙不迭地"捡漏儿"，没完没了地往自己家里搬！于是没过多久，偌大一座"万园之园"就被拆得只剩下了这一小块骨头架子，如果不是后来有关方面的干预和保护，就连这副残存的骨头架子也早被拆光了……

二

这场"破草立菜"的鸠占鹊巢，令我想起了十六座小洋楼的几次易"主"。

前面说过，当初洛克菲勒财团建起这座西方欧式大花园，是为协和医学院的美国洋医生们安家乐业，1949年以前，基本住的都是金发碧眼，按照等级，分别居住在独栋或联排的洋楼中。那时院子里的规矩大了，不准骑着自行车满院子乱窜，不准大声喧哗，不准摘花折草等是最基本的；此外还有不许佣人随意在大院甬道上大摇大摆，洋楼后面有专门让他们行走的通道等等。新中国成立后，这些规矩作为帝国主义压迫中国劳动人民的罪行，在历次政治运动中被一而再，再而三地声讨之批判之……

新中国成立以后，美国人撤走了，小洋楼第一次换了新主人，都是协和医院的著名专家、教授。由于很大比例都是吃过洋面包的"海归"，所以有些"残渣余孽"的规矩还是被延续下来了，直到"文革"前还在执行着。比如下面五条：

1. 为了午睡时安静，小孩子下午一到三点钟不许在院子里玩耍。

2. 各楼的前院不许晾晒衣物（这规矩一看就是从欧洲带过来的，英国到现在也不能在室外晾晒衣物）。

3. 院内不许骑自行车，门口有一个"禁止骑车"的牌子。

4. 给各家送煤的车必须走两边过道，去各家后门。

5. 不可以踩草地。

彼时的大院里，全国乃至世界知名的大医生多多矣！比如住41号楼的黄家驷教授，是著名的胸外科专家，新中国成立之前就在上海建立了中国最早的胸外科病房，四十一岁当选为中华外科学会会长，是英国皇家医学会的唯一中国会员，是美国胸外科专家委员会的创始委员之一，是由周恩来总理调任的中国医学科学院第一任院长，并且是任期最长的院长，共在位二十六年。

这么大的官儿，这么逼人的范儿，可老头和蔼可亲，整天笑眯眯的，看到院子里的各色人等都点点头，有时还童心大发，兴致勃勃地和孩子们玩上一会儿……大院里还有另一位大腕，甚至比黄家驷院长还显赫，因为年年国庆盛典他都是登上天安门城楼的贵宾，这就是住在 36 号楼的张均教授。这老爷子是解剖学家，身材瘦长，不苟言笑，不怎么出现在大院里，出现了也不与别人搭腔，兀自走他自己的路。我孩提时代不明白他的地位为什么有那么高。及至成人以后才了解到，20 世纪 40 年代，他曾以中国人脑沟回模式的科学事实，回击了帝国主义分子污蔑中国人种"低劣"的谬论。新中国成立以后，他出任全国人大常委会委员，官至中国医学科学院副院长。

除了这两位超一流大神，住在 33 号楼的王世真院士和他的母亲也是引人注目的"人物"。王院士中等个儿，白白净净，戴一副细丝眼镜，文文弱弱，却是著名生命科学专家、中国核医学事业的创始人和掌舵人。他的两位本家兄弟也都不是凡人，说起来如雷贯耳，一位是著名文物专家、文物鉴赏家、收藏家、学者王世襄先生，文化圈内没有不知道、不敬仰的；一位是公路工程专家王世锐先生，曾主持参加中国及境外多条公路和一些永久式桥梁的测设施工，并开辟了中国对外公路工程承包事业。说起哥仨的出身，太"吓人"了：王家是福州近代非常显赫的大家族，王老夫人林剑言老人是林则徐的曾孙女，书法、诗词、酒量俱佳，说话直率爽利，有"女侠"剑气；老夫人还好客，她的一大堆朋友说出来也吓人，比如梅兰芳大师、齐白石老人、何香凝、廖梦醒等等，他们以前曾多次到 33 号楼造访，令我们大院"蓬荜生辉"……

此外，我们大院里的重量级"国手"还有住在 42 号楼的胡正祥大夫，他是中国第一代著名病理学家、大牌医学教授，对黑热病和病毒性乙型肝炎的病理形态有独到研究，当年孙中山肝癌的病理切片就是他做的。"文革"中被作为"反动学术权威"遭批斗迫害，因为他研究细菌和疾病，竟有人无中生有地污蔑说美国在朝鲜使用的细菌武器是他制造的！1966 年酷夏的一天，在遭受造反派登门抄家并毒打后，胡大夫用刀片割开腹股沟动脉自杀身亡。他的夫人胡伯母是美国出生的华侨，仁爱慈祥，善待他人，"文革"前经常打开家门，让大院的孩子们到家里看电视，那时电视是极金贵之物，即使在我们这么高级的大院里也只有一两台。孩子们一坐就是一屋子，叽叽喳喳，直到把电视机里的节目全看没影儿了，才恋恋不舍地各自回家。胡大夫和胡伯母不嫌烦，有时还和他们一起看，并给他们讲解。后来，胡伯母伤心欲绝，也很快患上恶疾，追寻夫君而去，唉唉，惨哪！

住在 32 号楼的吴蔚然大夫和住在 43 号楼的吴德成大夫必须一起说：吴蔚然大夫相貌堂堂，永远的君子风度，早年他住在我们大院时，我还是十岁上下的小姑娘，他那时大概是四五十岁，正是干事业的最好年华。给我印象最深的就是他的修养清雅高洁，跟人说话时，无论面对的人地位高低，甚或是孩子，他都温柔和气，细致耐心。据说吴大夫一辈子诚以待人，善以待人，对年轻医生从来都以"某某大夫"相称，对患者和颜悦色，后来他成为中南海的医疗组长，我能想象他在周恩来总理身边工作时是怎样的一幅场景。吴德成大夫也是协和名医，泌尿外科专家，他不怎么在大院里出现，他家的三个女儿个个貌美如花，也不怎么在大院里玩。他留给我们大院最大的一件美谈，是他在生命的最后几年里享受到的"夕阳恋"，其实也算不上"夕阳恋"，而是本来就是他的初恋：当年这位女子与他痴恋，但不知是遭到家庭的禁止还是战乱阻隔，反正是好事没成，致使这一对情男痴女劳燕分飞；后来又被海峡无情分隔，天各一方，各自成家后在各自的人生轨道上惯性滑行。孰料老天爷并没有瞎眼，到了晚年，吴德成大夫去台湾讲学，痴女见到媒体报道，毅然前去叙旧，俩人此时皆已单身，旧情轰然复炽，有情人终于走到了一起！可诗可歌的是，这一牵手就再也不愿放开，痴女跟着情郎来到北京，住进我们大院43号楼，俩人如胶似漆，连看电视的时候都手牵着手，时不时会心一笑。痴女有点外国血统，头发金红色，眼珠柠檬黄，皮肤象牙白，虽年纪一把了仍风韵典丽，真有点像从浓郁的俄罗斯油画中走出来的人物。几年后，吴德成大夫"走"了，她伤心欲绝，又返身台湾自己家中，但每年还都会回到43号楼来看看亡夫的家，唉，也算是一支优美的安魂曲了……回头还说吴德成大夫家世，他与吴蔚然大夫从年龄上说相差不多，但从辈分上来说却是叔侄关系，吴德成大夫是吴家大哥吴瑞萍的公子。天津吴家不得了，掌门人吴敬仪老先生为实业家，曾说过"不为良相，便为良医"，遂令四个儿子都学了医。而吴门四子也都分外争气，虽生活在富裕的家境中，却懂得发奋苦读，结果个个学有所成，个个成为在中国医学史上留下美名的大医学家：老大吴瑞萍是著名儿科传染病学专家，长期从事百日咳、白喉、猩红热、细菌性痢疾、结核、流行性乙型脑炎等小儿传染病的临床和实验研究工作，1938年在国际上首先提出了百日咳疫苗加强剂的作用，受到国际医学界的重视。最为著名的是老二，被协和人赞为"国之大医"的吴阶平大夫，他是著名的医学科学家、医学教育家、泌尿外科专家和社会活动家，九三学社的杰出领导人，对的，就是后来担任全国人大常委会副委员长的那位眼睛格外明亮，言谈举止渗透高级修养的老人。老三即吴蔚然大夫，著名外科学家，对老年人的外科手术尤为擅长，全国劳模，中共中央委员。老四吴安然从事病毒学研究，是知名的免疫学家。连吴家的两个女婿陈舜名、蔡如升也都是著名医生，以至于当时有人评论道：若吴家开一家医院，都不用到外面请医生！说到这里，笔者实在忍不住要赘述一句：今日之有钱人家，多产出纨绔或庸碌子弟，为什么？首先在于其家风甚差，有钱而无文化、无眼界、无胸襟、无识见、无素质故无天下，他们真应该学学王门、吴门等传统大家族的薪火相传之道！

住在35号楼的何观清大夫和司徒美媛女士是我们大院最为亮丽的风景，为协和大院留下了永远的传奇：何观清教授高大英朗，玉树临风，用今天的一个网络词来形容绝对贴切，即典型一"高富帅"。何况人家出身美国著名的约翰·霍普金斯大学，是流行病学和公共卫生学专家，被尊为"中国流行病学先驱和奠基人之一"，为中国确立"流行病学"这一现代概念做出了重要贡献。在抗美援朝战争中，他曾两次奔赴朝鲜战场，为粉碎帝国主义的细菌战立下了功劳。他的夫人司徒美媛女士出身名门，乃燕京大学校花、女子排球队队长，说一口流利英语，气质高雅，其"姊妹弟兄皆列土"，多为美、蒋高层人士。当年这一对"高富帅"与"白富美"结为伉俪时，你道证婚人是谁？司徒雷登！对，就是毛泽东著文《别了，司徒雷登》的那位美国大使。新中国成立时，夫妻二人对腐败的国民党政权深恶痛绝，认为只有共产党能够领导中国，毅然决然与赴美、赴台的亲友们诀别，留在协和医院为新中国服务。孰料风云突变，何观清教授因为对苏联"专家"的错误医学观点提出异议，被打成右派，从此一切全走了形：其大儿子以优异成绩考上某名牌大学，政审不通过而被拨到了北京师范学院，毕业后即分配到北京郊区偏远农村教书，后来在当地娶了一位农家姑娘成了家；其二儿子被送往农村插队，丧失受教育机会，回城后成为一名靠出卖力气吃饭的送奶工。"好"在何观清教授本人未被发配边疆劳改，而是留在协和医院"监督改造"。"文革"中，他又被老账新翻，揪到医科院"黑帮队"中劳改，他的队友之一系我父亲，与何观清伯伯一起被剃了阴阳头，一起被拉上台批斗，一起被造反派呼来喝去，极尽羞辱。又"好"在何观清伯伯是一位特别淡泊人间冷暖且心胸极为开阔的厉害角色，白天接受批判和劳改，晚上回到家该做什么做什么，不卑不亢，不喜不悲。到了周日，常见他骑着他家那辆大马力的摩托车，"呼呼呼"地驶出大院门，风驰电掣就不见了，夏天往往是去游泳，还高台跳水；冬天去滑冰，像年轻人那样迎风速滑，充满了生命的激情和活力。老人家那副宠辱不惊的淡然、坦然、漠然、傲然、帅然，真让儿时的我高山仰止，蒙蒙昧昧地感受到了什么才是真正的人生！不仅我，也不仅我们大院的人，凡我们这一带体育场馆、学校、机关、商店乃至胡同里的居民都认识何大夫，又凡心术纯正和比较纯正的人，都带着倾慕和有点自惭形秽的眼神，瞧着"协和大院何大夫"梳着整齐的背头，穿着西式背带裤和质量上乘的西式衬衫，戴着绅士的金丝眼镜，骑着摩托车一骑绝尘而去，没人在乎他是什么"黑××分子"，倒觉得他像从神话里下凡的二郎神……

大院人品评价极好的，还有住在32号楼的吴征鉴。他是生物医学专家，毕生致力于人体寄生虫病的防治研究，确定了中华白蛉是我国黑热病的主要传播媒介，为我国基本消灭黑热病做出了重大贡献；又证明了中华按蚊和微小按蚊分别是我国南京地区和广大南方地区疟疾的主要传播媒介，为该地区防疟工作打下了基础。担任中国医学科学院副院长以后，他放下自己的科研，潜心医学科研组织管理和人才培养。他最大的特点是心里有别人，懂得尊重人，严于律己，宽以待人，能团结各种性格的人一起工作，凡是与他接触过的人都愿意与他交往，这要是用今天的网络语言来说，就是"男神"。

哎呀，我们大院的"人物"太多了，碰面即名医，往来无白丁，简直说也说不完！单是中国医学事业某些学科的"开拓者"和"奠基人"，我们大院就特别荣耀地占有多位：住在28号楼的梁植权院士是中国生物化学与分子生物学学科的奠基人，为中国的基础医学教育和科研事业做出了突出贡献。住在31号楼的张乃峥大夫被称为"中国风湿病之父"，是中国风湿病学的奠基人。住在34号楼的张安教授是血液内科专家，中国血液病学的开拓者之一。住在38号楼的李铭新教授是实验生物学家、生理学家及肿瘤病因学家，中国实验肿瘤学奠基人之一。住在39号楼的池之盛教授是内分泌专家，中国糖尿病学界泰斗。住在40号楼的杨简院士是病理学家，中国实验肿瘤学主要创始人之一，曾建立了中国第一株转移性瘤株和第一个瘤株实验室。住在7号楼的薛社普院士今年已届九十八岁高龄，是著名的细胞生物学家、实验胚胎学家和生殖生物学家，中国细胞分化调控研究的开拓者之一。住在43号楼的宋儒耀教授是中国整形外科医院第一任院长，他出身贫寒而聪敏好学，怀有济世之心，得到富家小姐、他的夫人王巧璋女士的终身佐助，终于成为新中国第一位整形与颌面外科教授，并成为中国整形外科的主要创始人；王巧璋教授本身也是协和名医，曾任协和医院口腔科主任，毕生致力于龋齿的预防与病因研究工作，因其卓越贡献而被国际牙医学院授予"院士"称号。

还有一位大腕中的大腕、泰斗中的泰斗级"大人物"不能不说，尽管他早就被迫搬离了我们大院，这就是原先住在41号楼的李宗恩院长。李宗恩，江苏武进人，热带病学医学家、医学教育家，毕生从事医学教育和科研工作，在黑热病流行病学研究中尤有建树。1946年受命恢复协和医院，1947年起担任北平协和医学院院长，新中国成立后留任原职。1957年被打成右派，罪名是"一贯不服从党的领导，向党争三权，即人事调动权、财务支配权和行政管理权"。后被"下放"到昆明医学院，于1962年病逝，享年才六十八岁，真是可惜啊！

好了，刚才说的全是男性，下面要说说我们大院中的杰出女性了。她们庶几是全中国最高端的知识女性，应算是中国女

240

性中最光芒四射的"女神"。

　　林巧稚大夫在中国几乎无人不知，她是中国妇产科学的主要开拓者之一，是北京协和医院第一位中国籍妇产科主任，是首届中国科学院唯一女院士。在胎儿宫内呼吸、女性盆腔疾病、妇科肿瘤、新生儿溶血症等疾病的研究上做出了杰出贡献。一生中共接生了五万多个婴儿，自己却孑然一身，质本洁来还洁去。她居住的28号楼在大院门口东侧，从细碎灰白点的花岗石台阶到小楼周边，春夏秋三时鲜花不断，最美丽的是伸出一尺多长白色花颈的玉簪花，那白瓷似的大花纤尘不染，似乎就是为衬托林大夫的冰清玉洁而绽放的。我小时候印象，身材娇小、细瘦婀娜的林大夫，绾着发髻，着一身合体的锦缎旗袍，领口处别一枚碎钻镶嵌的精致领花，站在花丛边上看花，无宋庆龄的丰腴却有着和她一样的高雅韵致。林大夫是与她的侄女一家住在一起，侄女婿周华康大夫也是协和名医，是中国现代儿科学的先驱和开拓者之一，20世纪50年代就领导研究婴儿腹泻的水和电解质平衡紊乱问题，在国内外享有很高的声誉。他担任协和儿科主任的三十多年中，付出了常人难以想象的艰辛，使几度被关闭的儿科恢复重建，为协和医院儿科事业的发展奠定了基础。28号楼是大院里十六座美式小洋楼中少有的独家居住的一整座楼，"文革"爆起时候，红卫兵冲进小楼，欲揪斗林大夫，查抄私产，是周恩来总理及时派人前来保护了林大夫。但她家一层的大客厅还是被"无产阶级革命造反派"占领了，他们把那里作为活动据点，夜以继日地在里边折腾，写大字报啊，跳忠字舞啊，研究阶级斗争新动向啊，发布各种革命指令啊……整日整夜地开着大灯，人来人往，杂音鼎沸，不知林大夫及周华康大夫一家是怎样熬过那些可怕的日日夜夜的？现在回想起来，亦不知咱们中国当时的八亿人民是怎么熬过那个疯狂年代的日日夜夜的——真是一场史无前例的民族大浩劫和中华文化的大灾难啊！

与林家小楼毗邻而立的29号楼，是劳远琇大夫和她老妈妈以及一双儿女的家。这位说话一向和蔼可亲的劳阿姨，是新中国成立后协和眼科的第一位全职医师，又于1954年创建了协和眼科神经视野学专业组，经过几十年努力，在视交叉疾患发生视野缺损机理、激素分泌性垂体瘤等的研究上，获得多项国家级和省部级成果奖，为中国神经视野学的开创和发展做出了卓越贡献。她曾挽救了千千万万患者，帮他们保住了无比珍贵的眼睛，从这个意义上说，劳大夫"善有善报"，晚年过得平静安好，最后九十四岁高龄驾鹤时也没受什么罪，是为"有福之人"。之所以称呼她为"劳阿姨"，是我与她女儿佳燕为小学、中学的同班同学，记得小时候"过队日"，经常是在她家开放式走廊下面的细碎灰白点花岗石台阶上"过"的，那时教授们的薪金比一般民众的收入高得多，连开放式大阳台的花瓷砖地上也是讲究打蜡的，所以不准我们这帮孩子上去踩。劳阿姨独自一人赡养母亲，抚养儿子和女儿，还给他们小提琴、钢琴课等的贵族式教育。可惜后来"文革"的狂风暴雨把我和佳燕等七〇届初中生（当时北京还没有恢复高中）都刮进了工厂，我在北京电子管厂做了八年工，佳燕在北京第一机床厂干了更长的时间。不过到了我们女儿这一代，终于赶上了好日子，两个女孩都是"学霸"，现在都已有了自己的事业和生活。劳阿姨一直住在29号楼，一直对大院里所有的旧人、新人都和蔼可亲，一直到九十岁还参与协和眼科的医疗和教学活动。她晚年还有一大乐事，就是照看院子里的一大群流浪猫，每天定时喂食，表扬和数落它们的种种表现，猫咪们也耐心听着教导，其乐陶陶也。

我们大院除了十六座美式小洋楼之外，还有一座风格迥然不同的英式灰楼，大院的第三位女精英胡懋华大夫，生前就一直居住在该楼的 4 号楼内，基本没被打扰，也算是她修来的福分。这座灰楼也是斜坡尖顶，也有玩具兵似的烟囱，但整个建筑外形更似英国的某些乡村教堂，呈长方形箱体式，从空中看宛若一只神话传说中的"百宝箱"。我一直没查到有关它的历史资料，不知它与其他十六座美式小楼是怎样的一种渊源关系？倒是有一种瘆人的说法，说是抗战期间，日本鬼子曾把这座楼作为秘密特务机关，关押和拷打过抗日志士。1949 年后，这座三层的灰楼被分成从前门进入的 4 号楼和从后门进入的 5 号楼两个门牌号，形成外形为一而内部一分为二的两个世界，我猜是为了照顾首长，因为共和国的第一任卫生部部长钱信忠在 5 号楼的一层居住过几年。比起美式小洋楼，英式灰楼内的地板、门窗等相对简单和粗犷些，但比北京四合院的平房，其舒适度还是高级的，有暖气，有设施齐全的厨房、卫生间、餐厅、储藏室等，房间高大，冬暖夏凉，当时对楼房的维护也还是小心翼翼的，总之那时给我的感觉是四季如春。"文革"初起，钱信忠很快就搬走了，不久造反派来占领大院，5 号楼就迅速搬进了几户工人家庭。给我印象特深的是有一家养了一只大黄鸡，名曰"九斤黄"，体大剽悍，能长到九斤那么重，其性格又傲慢又暴戾，敢追着人咬，简直要翻天了。胡懋华大夫是中国第一代著名放射学专家，中国临床放射学奠基人之一，1953 年起即任协和医院放射科主任。我听到过关于她的一则"神话"：某次会诊，一屋子协和名医，只有她一位女大夫。所有人一一发言，皆认为那是一例恶性肿瘤。最后胡大夫慢悠悠表态，却语出惊人，否定恶性肿瘤判断，事后证明了只有她的判断是正确的。从我孩提时代开始，到后来我长成青年、中年的几十年间，胡大夫给我的印象一直是六个字：朴实，低调，安详。除非参加重大外事活动，她的衣饰从不华丽，日常穿着就像一位中学老师，整洁端庄大方就好了；她的语速一贯徐缓，声音不高，像茉莉花一样暗自吐香，从不出风头和喧哗炫耀；她待人平易和气，从不摆名教授和主任架子，对我们这些小小晚辈也专注和善，认真倾听；她的家风是如此之好，连她的儿子和女儿也都和她一样朴实无华，从不在大院里喧哗、折腾，却有教养，懂礼貌，功课也很棒，都是胡大夫教育得好。

　　唉，说到这里，我又得感慨了：中国女性的生存环境有多么艰辛，不用说也都在华夏的天空和大地上写着呢，在此我节约笔墨。我想表达的是，我们大院的这三位女中知识精英，一位是从未有过婚姻，另两位是离异，独自将一双儿女培养成人，同时还取得了这么辉煌的成就！无论是在社会环境上、文化传统上还是社会舆论上，她们都处于很劣势的地位，因而，必须比男性付出更多更多的聪明才智，更多更多的筚路蓝缕，更多更多的呕心沥血，和更多更多的坚忍不拔！她们在我眼中，永远是中国女性最高大上的楷模！

244

三

我记得特别清楚，"文革"刨花拔草之时，因为腾出的大片空地太多了，不可能都竖起领袖像和语录牌，因此，"革命群众"就栽种了几株"象征革命精神"的半人高的小塔松苗。

岁月怎会如此匆匆？屈指一算，震惊——明年就是它们的五十岁生日了。经历过半个世纪的风风雨雨，它们也算是老树了，不经意间已经长到大水缸粗，并耸然高过小洋楼，一只只臂膀也越来越长，甚至都伸到旁边那株大银杏树的怀里了。

那株大银杏树是一株古树，早在我们协和大院建园时就栽种了，庶几可称百岁老寿星。关于银杏树有许多美丽的传说，其中之一即千年永恒的爱情主题，说凡已结果的银杏树必然成双，夫妻树常年厮守，不离不弃。这忠贞不渝的故事在我们大院这里又一次得到验证，这株大银杏是伟丈夫，"他"美丽的妻子在十米开外的大院门口处，一人环抱不过来的大粗树干在离地面一米处分开两枝，激情地伸向苍穹，就像两只大凤凰在空中对舞；树冠宽阔得像南方大榕树的"一树成林"，下面能荫蔽好几百人；年年可结硕果好几百斤，那鹅黄色的小圆果就像密集的葡萄粒一样层层叠叠，能把粗壮的大树枝压到你眼前，惹得门房啊，保姆啊，外来户啊，天天拿着棍子朝"她"抽抽打打，而"她"身上分明挂着"古树11010100915"的牌子！我注意到，"她"这数字的前六位与我身份证的前六位是一样的，可见"她"是与北京人的身份同等的。唉，"她"不结果就好了，不就招不来这鞭刑之祸。

有时我看他们下手太狠，生怕"她"被打坏，就出来制止一下，可这能有多大作用，我又不能整日整夜守在那里，民不畏耻，奈何以耻制之？我只能暗自祈祷，愿"她"双凤展翅一样绝美的造型，能千秋万代保存下去——某一年著名学者叶廷芳先生来到我们大院，一进院门就看到了"她"，呆立半晌，赞道："这棵大银杏就是一首诗啊！"

世事难料，诡异得让你难以置信：有一年的有一天，我下班回到家，无比震惊地看到，那位"伟丈夫"的一侧身躯竟不见了，所有的臂膀全被齐着树身锯掉！原因竟然是要给旁边那伸到怀中的塔松让出生存空间——呜呼，愚蠢的人们哪，竟然没文化到这种地步，到底是谁该礼让谁呀？！

依正常人的观点，当然是古树要先得到保护了，这还用人教吗？可是没文化的人干出没文化的蠢事，还不准有文化的人置喙——如同小洋楼们第二次"易主"一样！在1966年那些让人心惊胆寒的日子里，携着"造反有理"的罡风，教授们不由分说就被勒令腾出一间间屋子，紧接着就在瑟瑟不安中，等来了一批清洁工、洗衣工、厨工、木匠、泥瓦匠、门房、采买、后勤等等"造反派"拉家带口地入住。除了多子多女的大家庭，他们还带来了鸡、鸭、鹅、鸽、兔……可想而知，原来油亮温润的打蜡地板、几十年保留下来的窗户卷帘、精致典雅的百叶窗、维多利亚风格的花枝大吊灯、盛放红酒和高脚玻璃杯的储存柜……能被住成什么高级模样？没过几天，有几座小洋楼的敞开式大阳台，就被红砖头和沙子、水泥"专政"了，与胡同里那些四合院变成大杂院的历史进程同步，一间又一间小房盖了起来，一座欧式风格的花园大院，开始快速地向着大杂院的方向，挺进！挺进！

往事可堪回首？当文明撞上了野蛮，必然是疯狂战胜理智，邪恶压倒美善，古今中外的历史上，一出出超越人们想象力的大悲剧，曾不断极端地上演——秦始皇坑杀了四百六十多儒生，秦将白起坑杀了四十万赵军，楚霸王项羽坑杀了二十万秦军，曹操坑杀了十万黄巾军；日本鬼子屠杀了三十万南京民众；纳粹希特勒屠杀了超过六百万犹太平民和一千一百万斯拉夫、吉卜赛和塞尔维亚平民；苏联的"卡廷惨案"也杀死了两万多波兰精英，等等，等等，历史不由分说地疯狂过！

往事不堪回首，重要的是要让历史告诉未来。然而可叹的是，历史连今天都告诉不了——文化不对等的情况下，怎么对话？怎么告诉？无法对话！无法告诉！

不错，政府及有关部门做了不少努力，企图保留住我们大院这位见证历史的"老人"（民间有传说，新中国成立以后，我们大院的维修费用仍然由美国洛克菲勒基金会提供，但我无从考证）。"十年浩劫"结束后，百废俱兴，中国医学科学院派人为大院重新植上了月季、玫瑰、玉兰等花木，种上了高羊茅、早熟禾等改良草（可惜千盼万盼，原先我最喜欢的黄刺玫大灌木丛和粉色大花球榆叶梅没有补种）；为小洋楼换上了波浪形的大块预制板屋顶（虽然远远比不上当年的鱼鳞片小块石板顶，但也算勉为其难了）；为箱体灰楼重新维修、粉刷，一时间那闪光发亮的绛红色油漆使"百宝箱"的立柱、窗棂变得神采奕奕（可惜很快就被一住户装上了两块白色窗框，就像两块难看的补丁以一个钉子钉在那里）；十分惊险的是，还为我们大院挂上了"北京市文物保护单位"的牌子。之所以说"惊险",是因为当时医科院要建一个图书馆,苦于没有经费,便决定以四亿元人民币的价格将我们大院卖给某家日商,据说五千万元定金都拿到手了,后因我们大院地处北京市整体文物保护区域内,不准盖高楼,日商觉得不划算遂放弃买进,使我们大院逃过了一劫。然而,"无可奈何花落去",当时中国已进入全面经济发展型社会,商业大潮滚滚滔滔,锋芒所向几乎无可阻挡!不知道都是从哪儿伸来的黑手白手,八竿子打不着的觊觎者,都贪婪地想吞下我们大院——在这种危机四伏的情形下,北京市政府下出"文物保护"这一招高棋,真是千秋功德的大智慧之举,点一百个"赞"!

在某年全市性的粉刷一新运动中,将我们大院临街的 38 号、39 号、40 号三座洋楼的外墙,不由分说地刷上了一层粉红的颜色,说得难听点儿,就像是强迫性地给百岁老娘涂上了光鲜亮丽的桃花胭脂,你能想象那招来的两个字评价是什么吗?对了,"东施"!然而,要害还不在这儿,严重的恶果是此举破坏了历史文物,更是粗鄙化的低层文化对高端人类文明的愚蠢戕害!

似乎就是从那时候开始,我们大院加速进入了无底线的下坠,下坠……

九十四岁的劳远琇教授走了之后,九十八岁的薛社普院士常年居住海南去了,至此,我们大院的老一辈教授全部离开了历史舞台。大院的光芒从此暗淡了,"医二代"整体素质呈现下滑趋势,只出了一位杰出人物,即吴征鉴教授的二公子吴立文大夫,现在已是协和医院著名神经内科、临床神经病学、脑电图学及临床癫痫病学专家。有一年单位里一位同事战战兢兢来问我:"听说吴立文大夫住在你们大院？我家亲戚的一个片子，只有他看了才能一锤定音！"吴立文大夫还坚守在32号楼的旧室居住，全面继承了其父的优秀品德，文质彬彬，低调内敛，献身医学，埋头苦干，但让我敬佩的是，每天那么忙碌的情况下，晚上还坚持陪太太散步，夫妻俩之间似乎有着说不完的话，成为我们大院硕果仅存的一道教授风景。

那么，小洋楼内，如今的住户都是谁了呢？

这就得先暂时离开我们大院，歌颂一下当今盛世。改革开放三十多年，贫穷的中国已跃升为世界第二大经济体，城乡到处高楼林立，过去像土拨鼠一样困顿的中国人，得以膨胀式地改变了住房条件。北京居民也是，我们大院的很多人也是，都在外面分配到或购买了住房，过上更舒适可心的日子。在这个强盛的大背景之下，协和大院的小洋楼就日益显出了它们的落魄相：一百多年前的上水管、下水道，都显得铁丝似的纤细了，越来越跟不上膨胀的人口；没有燃气管道，做饭得仰仗一罐一罐地往楼上搬液化气罐；过去是一家住一座楼，现在恨不得有一个房间就住一家人；厨房、卫生间就严重狭小了，以至于二层三层的住户只能在楼道里做饭；面积一狭窄，人一多，干净整洁就必然要走向反面，矛盾也必然会增多……于是，居住在其中就早已不再是舒适而是憋屈，不再是高级而是等而下之，不再是小洋楼的感觉而是大杂院的待遇，不再是高富帅而是城市贫民！并且，世事的运行规律就是如此，一旦进入了下滑的通道，强大的惯性破坏力挡都挡不住。无奈之下，老住户们只好选择逃离，然后把腾出的屋子出租，只有真正贫穷的"无产阶级"还在那里"坚守"。租房子的基本上是北漂一族，他们是到北京赚钱的而非享乐的，所以他们比小洋楼的老住户更能吃苦耐劳，如此，小洋楼内也就住进了越来越多的人丁……

加上我们大院原来还有三排平房，以前是中国人民解放军接管协和医学院时，分配给自己的干部们住的，当时这支军队纪律严明，不管军阶多高的大官，也一律不许进住教授们的小洋楼。后来为了接送急诊医生的方便，这三排平房被腾出来让给司机们住。再后来经过岁月的浸淫，这些平房中的绝大部分，也被以低廉的价格租给了来北京讨生活的打工者，于是，卖煎饼红薯的、卖蔬菜水果的、修理皮鞋拉锁的外地小商贩，也纷纷住进了我们协和大院。有一天，城管来清理胡同口乱摆摊的摊贩，一位壮汉拉着他装满苹果、梨、香蕉、柿子、哈密瓜、西红柿、茄子、黄瓜的板车，掉头就轻车熟路地拐进我们大院。我问他："你怎么往我们大院里跑啊？"他凶巴巴地横道："我就是这院的住户！"还有一天我赶早班飞机去机场，预订了一辆出租车，那师傅上一眼、下一眼浑身把我打量了一个遍，然后终于忍不住问道："我看你们这院子挺高级的，怎么刚才还有一个煎饼车从这儿推出去啦？"

哈，"沉舟侧畔千帆过，病树前头万木春"，这不是中西文化、雅俗文化、精英文化与平民文化、精致文化与粗鄙文化、北京文化与外来文化、城市文化与乡村文化……最生动的对接吗？一半是海水，一半是火焰，火焰之下是泥沙，从此，我们大院就开始"和平演变"，慢慢进入了"破草立菜"的新纪元。

说来惭愧，虽然青少年时代同样失学，去接受工农兵的再教育，但我进了工厂，缺乏到广阔天地里滚一身泥巴的历练。所以我虽不至于"四体不勤"，但确实有点"五谷不分"，直到近两三年，才从大院欣欣向荣的菜地里，领略到豆秧、瓜秧们的刁蛮厉害！

尤其老倭瓜的秧蔓最强势，是"蔬菜军"中的先锋大将，简直比横行霸道的螃蟹们更张牙舞爪，也更肆无忌惮。凡它们所到之处，"咣叽咣叽"不多时，就能把一池子的玫瑰花覆盖得严严实实，连香味也透不出来了；"咣叽咣叽"不多时，又爬到塔松和大银杏树上面去了，一条一条地漫卷，漫卷，不几天就编织成一张席梦思般的大网，把大树们缠得"嘎巴嘎巴"地呻吟，把小树强势压死；对付草坪，它们更是所向披靡，尽管文弱的欧洲果岭草已经改良为坚硬的中国东北高羊茅，但瓜秧们鞭子似的茎条和盾牌一般的阔叶，简直就是一辆辆高马力的推土机，把法国兵一样毫无抵抗能力的绿草地遮蔽得连光都打不进去。分分钟，它们一边哈哈大笑着，一边生机勃勃地、大获全胜地、豪情万丈地挺进！挺进！挺进！

看它们那劲头，简直是要把我们全大院都变成它们的王朝。然后，再乘胜向着东单公园、中山公园、北海公园、天坛公园、颐和园……进军！进军！之后，还要去攻占上海、杭州、苏州、扬州、福州、广州，港、澳、台，最后占领全世界——此言不虚呀，这不，连欧洲、大洋洲、美洲，不都已被它们拿下了？

欧买嘎（OMG, Oh my god），大地，天空，海洋。

欧买嘎，太阳，月亮，星斗。

欧买嘎，北京，中国，世界。

欧买嘎！！！……

至此，故事还没有完：就在"蔬菜军"一往无前地节节推进之际，它们的一些主人同时又在开辟第二战场——他们竟然当上了二房东，把租来的平房和地下室塞进了尽可能多的上下铺，然后雇人到马路对面的协和医院去招揽病人和家属来入住。于是，我们著名的协和大院，有着一百多年西洋文化传统的大院，又莫名其妙地迎来了第五代住户——只是，他们已完全不知道这个大院的辉煌历史了，也就完全不在乎她所具有的文化底蕴和文明传承了。无比悲催的是，"著名"只是成了二房东们提高租金的堂皇理由……

哦，我看到，我的大院疲惫怠极了，瞪着无神的散乱的双眸，空空洞洞地蜷缩在那里，却道天凉好个秋！

四

建筑是凝固的音乐，是感人的诗歌，是丰富的戏剧。

经典的建筑是歌德的《浮士德》，是莎士比亚的《哈姆雷特》，是贝多芬的《英雄》交响曲，是凡·高的《向日葵》，是贝聿铭的卢浮宫金字塔……

它们是大自然的赐福，是天庭的礼物，更是人类自身的文明传承，是一代又一代的先民先祖，用心血、用生命、用最顶尖的聪明才智筑成的——这也就是说，它们之所以能够在茫茫苍苍的大地上屹立百年千年，是因其浸透了人的灵性、灵感、灵慧、灵妙、灵秀、灵透、灵符，依靠了人文精神的绵绵不绝的浇灌。

这么多年来，关于我们大院的建筑设计布局，专业人士之间也有着不同的看法和说法。一位建筑设计院的专家认同"基督教文化渗透说"，即他认为协和大院的整体设计布局，是以一个巨大的"十字架"为中心展开的，从31号楼至38号楼的联排别墅为十字架的一"横"，从南大门到北后门的中轴线甬道为十字架的一"竖"，而南大门的三个拱洞装饰则代表了"圣父、圣子、圣灵的三位一体"，他的理论依据是"欧美古典拜占庭式建筑特别喜欢将建筑设计、修建成平躺的十字形"。而另一位资深建筑大师则对此说不以为然，他认为协和大院精巧的对称式布局，显然是受到讲究"对称与平衡"的中国建筑美学影响，所以不应认为协和大院是完全的西式建筑，至少它应该算是中西合璧。我还惊讶地听人介绍说，梁思成先生的著作中有谈到我们大院的设计布局，他的评价不怎么高，可惜我未找到这些宝贵的文字。

这是我第一次听到对我们大院建筑设计的不认同。以往，全部是赞美和钦慕，特别是过去中国人普遍居住在小平房的时段里。即使是在当下，能在北京市中心找到这样一座由平民老百姓居住的典雅大院绿色大院，大概也只能说是上帝的福祉了！

所以可否这样说：协和大院，算是一个时代的象征了。

今天，"文物保护"的意识前所未有地在中华大地上推广、普及，这给我们大院砌成了一道前所未有的、强大的保护背景墙，但这还是排除不了有识之士的担心：一切向钱看的全民性疯狂洪水，已构成了前所未有的强大破坏力和吞噬一切的危险，就像躲在天庭闸门之后的千钧雷霆万吨闪电，时时刻刻，瞄准着它们看中的一切可以弄到钱的目标。

正如作家王开岭套用狄更斯小说《双城记》的开篇所说："这是个最好的时代，也是个最坏的时代。"

好与坏，相对。依人的不同、价值观的不同、利益的不同、立场的不同而呈现出不同的色彩，甚至截然不同的景象，正如鲁迅先生所说，焦大不会爱上林妹妹的。我觉得鲁迅先生真是深刻极了。

2015 年 9 月 8 日初稿

9 月 21 日定稿于北京协和大院葳蕤斋

魅力外交家吴建民

这一辈子我最敬重的，是为国家、为民族做出巨大贡献的人。且不说那些中华历史上名彪青史的先驱英烈，单是今日活跃在我们身边的卓越人物——比如外交家吴建民先生，我就已经仰慕了许久。

今天他已经从外交官的岗位上退下来，做起了外交学院院长，此外还身兼两个政要级别的职务，是连任两届的国际展览局主席，还有全国政协副秘书长兼新闻发言人。但我依然把他视作一个外交家，六十七个春水碧于天，大雁一行行飞去，他的生涯大部分都浸泡在国际外交的岁月里，他的生命在这里焕发出熠熠光彩。

吴建民，一个外交家的神话。

（一）吴建民的外交理念

初见吴建民先生是在 2005 年国庆节期间，在广州的南沙湾，"中欧文化高层论坛"在那里举行。恢宏大气的伶仃洋轰轰烈烈地从窗外流过，隔岸望过去，即是当年林则徐虎门销烟圣地，旁边拱卫着关天培率兵死战的炮台。一百多年后的今天，大洋上消歇了将士们浴血的嘶喊，会场里回响着吴建民平和的声音，让人一时感觉奇异，如梦如幻。

"过去四千年来，人类一共打了 14500 次战争。人民一直祈求消灭战争，可是达不到。这种荒唐的打仗的做法，难道不是人类需要解决的问题？……今天，'和平、发展、合作'形成了中国外交的关键词，中欧关系进入了历史上最好的时期……"

坐在主席台上的贵宾——法国前总理米歇尔·罗卡尔、西班牙加泰罗尼亚自治区政府前主席约尔迪·普约尔、斯洛文尼亚共和国前总统米兰·库昌、欧洲梅耶人类进步基金会主席皮艾尔·卡蓝默、欧洲议会议员让路易·布朗热等在欧洲具有重要影响的政治家，还有全国政协副主席霍英东等，一起点头，微笑，鼓掌。会场里，二百多名中外政治家、军事家、经济学家、艺术家、学者，人人脸上浮现出赞同的笑容，掌声响成一片。

而让我倾心佩服的还有一点，将近一个小时的讲演，纵论中外古今，吴建民全部是用法语讲的。有一小会儿，我特地关闭了同声传译装置，虽然语言听不懂了，但从他那温文尔雅的发音里，听出了他为中国争取国际理解和支持的顽韧努力。

会场下的吴建民先生风度翩翩，服饰清雅而考究，目光专注而礼貌，说话真挚热情，甚是君子气质，个人魅力十足。我注意到，无论是在正式场合，还是在餐厅里、走廊上；无论是面对外国政要、巨贾名流，还是对待中国的晚生学子、工作人员，他都一视同仁，握手时专注地看着对方的眼睛，接过名片马上认真地读看，有时还拣重要的念出来，以示尊重。无论多累，他总是把自己的精神调整到最佳状态，把一副兴致勃勃的好心情传达给别人，让人感觉到是置身在阳光灿烂的晴天里。有许多听众曾在电视上看过吴建民讲礼仪课，而他教别人做的，自己都一丝不苟地实践着。

吴建民先生的外交理念和他做人的理念相一致，即：人要有许多朋友，真诚相待，将心比心，在困难中互相帮助。如果你老是跟别人吵架、得罪人，就等于在自己前进的道路上设置了许多障碍，对自己的发展不利。处理国家关系应以"和谐"为上，要以善待人不要逞霸耍凶，要对话不要对抗，要韬光养晦不要锋芒毕露。他说，过去世界上有好多矛盾没处理好，给人民带来了多少灾难啊，假如把它们统统"化"掉呢？可以少死多少人！

年轻时就给周恩来总理当过翻译的吴建民，深得周总理的言传身教。过去周总理常说"外交无小事"，每每在大节和细节上都做得尽善尽美，以君子之风、大国之风、大政治家之风卓然立世，在国际上享有极为崇高的声望。吴建民以周总理为楷模，几十年如一地锻造着自己，如今钢铁早已炼成，他早已跻身中国最优秀的外交家行列，并被称"好钢用在了刀刃上"。通过儒雅的个人魅力，他在各国政要间交了许多朋友，利用这些优势为国家和人民造福。1998年至2003年担任驻法国大使时期，吴建民在法国上层、中下层和华侨界均建立起了极好的"人气"，促成了三件大事：

（1）推动当时中法两国领导人江泽民主席和希拉克总统互访对方故乡，这带有人情味的一幕拉近了两国人民的心，使中法两国关系进入历史上最好的时期。（2）开展"中法文化年"活动，现在这一创举已经形成中国对外交往的一种模式，推广到各个国家去运作。（3）中法互设文化中心，长期通过文化的交流来进行思想的、感情的、心灵的交流。

而在此前，中法关系并不是特别好的，1992年法国还卖给中国台湾地区"幻影"2000-5型战斗机和空对空导弹，成为卖给台湾武器最多的国家，引发了中方的强烈抗议。1996年在联合国，法国又再次参加了美国针对中国人权状况的反华提案。说来也是老天爷的精致安排，当时领导挫败这个提案的，正是时任中国常驻联合国日内瓦办事处特命全权大使吴建民，他用足浑身解数，展开了魅力外交，在反对霸权主义、清算当年贩运黑奴罪行、揭露美国国内也存在严重人权问题等美国的软肋上，慷慨陈词，以攻为守；并团结广大亚、非、拉美等地区发展中国家，共同声讨美国为首的强国霸权，终于以绝对优势大获全胜。今天依然沉浸在胜利喜悦里的吴建民回忆说，当我们拿下那场战役时，法国大使也对我表示祝贺，说你们干得太漂亮了！从第二年开始，法国就不再充当这个反华提案的提案国了。

真的，国家关系与人际关系同理。想想我们人与人之间，有时即使已是多年的朋友，也还缺乏深刻的了解和心灵的沟通，互相对不上"茬儿"，更何况文化和文明背景完全不同的国家之间呢？所以，多接触，多交流，多了解，尽量创造机会坐下来"把酒话桑麻"，肯定是会架起沟通桥梁的。而有一位久居巴黎的华侨也曾对我说，吴建民大使在任时，也是华侨们和大使馆关系最密切的时候，吴大使亲善、真诚、平和的作风，和他谦谦君子的个人魅力，像朋友和亲人一样赢得了华侨们的心，使大家愿意和他交往，并心甘情愿地为大使馆、为中国做事。

这使我想起了早年在大学期间，曾经读过普列汉诺夫的著作《论个人在历史上的作用问题》，同学们之间还产生了激烈的争论，当时受极"左"思潮影响，大多数同学都不敢承认个人的巨大历史作用。而今天，我们国家已经发生了跨时代的巨变，已经完全可以作如下表述了：虽然从人类文明史的推演来说，"必然"才本质地体现着历史的意志，但事实上，"偶然"也曾一次次上演了扭转历史进程的悲喜剧；个人的喜乐怨怒、爱恨情愁等等因素，确也曾几度导致了人类的大前进或者大倒退，这就是个人在历史上的地位和作用吧？

拿破仑也曾说过：一个优秀的外交家，抵得上我的几个军团。

（二）温和的吴建民变成严峻的吴建民

同欧洲政要告别不久，吴建民又应日本新闻界邀请，赴日参加中日关系的高层研讨会。名古屋会议有三百多人参加，东京会议有五百多人，吴建民均做了主旨发言。

当下的中日关系进入了冰冷期，日本首相一再地参拜靖国神社，日本国内右翼势力抬头，激发了包括中国人民在内的亚洲各国人民的强烈不满。中国、韩国等都发生了大学生的激愤事件，不讳言，连我这个理性的知识分子也从心底里滋长着民族主义情绪，同时对今后的中日关系产生忧虑。但是吴建民先生却还是很乐观，当听我说到"大家都认为中日关系前景不好"时，他微微一笑，语气平和地说：

"也有人认为可能会好起来。"

他解释说，中日友好在两国都已建立了深厚的基础，这尤其在1972年的《中日联合声明》，1978年邓小平同志亲自去换文的《中日和平友好条约》上，用法律的最高形式规定了下来。从那以后的三十多年来，从经济上说，中日经贸关系发展得简直太快了，1977年两国的贸易额是十一亿美元，2005年达到一千八百四十六亿美元，增长了一百六十多倍。日本是贸易立国的国家，现在中国有一千万人在为日资企业工作，日本经济又在复苏之中，因此日本经济界对两国关系的考虑是很多的。再从人员往来说，2005年双方有四百万人员往来，每个月两国间有五百架次飞机；中国在日有十万留学生，日本在华有三万留学生；日本每年都有人到中国种树；中国建有中日友好医院等等。而从全世界的大背景来说，21世纪是亚洲的世纪，中日将共同迎来亚洲的大变化，大发展，大繁荣……

我静静地听着他的分析，心里似乎感到温暖一些了。吴建民又强调说："再说现在整个世界都还处于过渡时期，既有冷战对抗的趋势，也有和谐共赢的趋势。中日之间六十年没打仗了，应该相信违背历史的倒行逆施是会被克服的。"

这是我极为赞赏的一种思维方式，吴建民似乎是一位天生的乐观主义者，他总是能从好的一面看问题，为自己的信心找到理由。尤其是外交工作，局面复杂，情况瞬息万变，常常陷入如履薄冰的困境，如果不及时地给自己和下属打气，还怎么能从困难中找到通往光明的路呢？

当然，吴建民也非常强调要讲原则，此时，温和的吴建民就变成了严峻的吴建民。他严厉批评日本首相小泉坚持参拜靖国神社，而且很欣慰地说，现在世界舆论也加入进来了。过去世界上对参拜的事不怎么关心，而这次很多人士都发表了意见，包括过去"不大讲话"的美国人。美国国会外交委员会的主席海德给日本驻美大使写了一封信，表示抗议小泉的参拜；美国和欧洲多家报纸都对这次参拜进行了谴责。吴建民面露微笑："从这件事来看，国际上对我们的同情在上升。"

另一方面，吴建民对中国某些人的一些极端情绪和做法，也直言不讳地提出批评。他说，中国一百多年被踩在脚下，形成了弱国心态，人穷，现在刚慢慢富起来，就口出狂言。2004年在中国举行亚洲杯足球赛时，中国的有些球迷对日本队从头嘘到尾，骂声一片，世界上都说"太可怕了"；2005年中国出现反日游行，有人冲击日本大使馆、领事馆，动手砸，把韩国人吓坏了，说我们表达愤怒的方式可以自残，你们却是打别人。"哎呀你想想，如果我们中国都被人家害怕，大家都不喜欢你，戒备你，限制你，那你的处境会好吗？你发展起来就会困难得多呀！希望中国知识界帮助克服这些毛病。"

这不是说到国民性问题了吗？这些年来，这似乎是个相当敏感的问题，很多人不敢碰了。吴建民却按照他的思路说下去，虽然声音还是温和的，言辞却变得越来越严峻：

"你看中国有些人已经变得多么浮躁啊，急功近利，争强好胜，老是急于到世界上去排老几老几。这都是弱国心态造成的——长期穷惯了，老子今天有钱了，马上就要赶上你。徒有虚名，招灾惹祸啊。"

"要考虑中国的大利益，中国的命运是和亚洲命运联系在一起的，情绪不能代替政策。斗争哲学不是中国的传统，而是对中国传统价值观的反动。我主张'和而不同'。21世纪要是再打仗，世界就要毁灭了！"

"幸好我们中央领导人是清醒的，小平同志曾说过我们要韬光养晦一百年，温总理也说我们韬光养晦至少还要一百年。"

我想起，这些话，吴建民曾多次在各种场合说过，包括2005年大学生们的过激行为之后，他到大学里去对他们发表讲演。去之前，有外交官员已经被情绪激动的大学生们嘘下台了，但吴建民还是坚持讲完了这些批评他们的话。结果是，大学生们接受了他的平等、开放和坦诚，把他句句在理的话听到心里去了，更被他忠于祖国、奉献民族的一腔赤诚所感染。还有不少男生女生，被他儒雅的君子风度"迷倒"了——有人说，吴建民批评了别人，还能叫人家给他鼓掌。

他的魅力到底在哪儿呢？

（三）吴建民魅力的核心

我看过不少关于吴建民的描写，其中有这么一段："西装笔挺，皮鞋锃亮，向后捋过的头发一丝不乱。聊到五点半，急匆匆和记者告别，去出席另一个活动，走之前'磨蹭'了十分钟，换了另一身行头才健步而出。问他是否经常如此注意着装？回答说，'是'。"（《南方人物周刊》）

诚然，一个外交家的着装确实非常重要，往大了甚至可以说是代表着国家的形象。然而别林斯基说过："人的外表的优美和纯洁，应是他内心的优美和纯洁的表现。"我国北宋时期的哲学家张载也早就讲，"充内形外之谓美"，意思是说内心充实同时表现在外表上才叫美。吴建民的魅力绝不只是"西装笔挺，皮鞋锃亮"之类，你和他接触，最突出的感觉是"这个人的修养真棒"。

那么，这种人见人敬的修养是怎么锻造出来的呢？是什么样的家庭、什么样的父母、什么样的生活背景，把他培养成这样的"君子"呢？

这就不能不再次说到吴建民的令人敬佩的坦荡真诚——他不像有的"人物"那样，一旦自己发迹了，就忙着"换爹换娘"，什么"高干""高知""世家""贵族"紧着往自己头上戴。他非常从容地介绍自己：出身小户人家，父亲做过司机，母亲做炊事员，1939年把他带到了这个世界上。"我妈妈是一位非常善良的女性，特别愿意帮助人，街坊邻里有了困难她都帮，这一点给我和我哥哥一生影响至深。我哥哥比我出色，他做到了防化兵部队的将军。"

1955 年高考，吴建民一心想报考北大物理系，但在老师朱庆颐的再三劝说下，试着参加了北京外国语学院的考试，不想竟获得通过，他只好满肚子不情愿地去报到了——当时有谁能想到，中国就此少了一位科学家，却出了一位对 20 世纪末、21 世纪初的中国至关重要的外交家。

1961 年吴建民从北京外国语大学法语系研究生班毕业，从此走上了外交岗位。20 世纪 60 年代，他在布达佩斯世界民主青年联盟总部任过代表翻译；70 年代在中国常驻联合国代表团任二秘，还在外交部干校劳动了一年；80 年代担任过外交部政策研究室处长、中国常驻联合国代表团参赞、中国驻欧共体使团首席馆员；90 年代担任过外交部新闻司司长、发言人，后担任中国驻荷兰、常驻联合国、驻法国大使。一直干到新的世纪。等到了皱纹悄悄爬上额头的花甲之年，未及喘上一口气，又担任起今天的三个要职。

吴建民夫人施燕华是他的校友，也是一位外交官。1994 年与他同时担任大使，他在荷兰，她在卢森堡。他们有一个品学兼优的女儿，现在已经毕业，在一家外企工作，一家人很幸福。不过吴建民肯定是不管家的丈夫，他太忙了，除了国内外的各种事情，他还特别要把国际展览局的事业做好，不能让人说中国人当这个主席没成绩。而他只要没有脱不开身的重要活动，就一定到外交学院上班，深入教师和学生中间了解情况，亲自抓教学。他针对学生们的弱点，开设了交流学、当代中国领事、外交案例和中国传统文化等四门新课，自己亲自讲授交流学。

我问："这一生当中，您最好的时期是什么时候？"

吴建民答："1985 年到联合国以后。那时整个国家的工作重心转移到经济建设上面，外交也是。我做的工作是观察全球形势，给国家提供战略参考。我们研究室一共有十个人，可以一心一意搞工作，不像以前老搞运动。"

问："从中国来说，毛、朱、刘、周、邓等主要领导人，您都接触过；外国政要也起码近距离接触过五十位以上，您最佩服的是谁？"

答："最佩服邓小平。小平同志是了不起的政治家，也是伟大的智者，有远见卓识，同时又有魄力，对很难的病用很简单的药方，简捷果断。比如中国人争论了一百年我们为什么落后，小平同志说不争论，改革开放，干起来就是了。结果怎么样？你看中国现在发展得多快呀，世界都为之瞠目！"

问："您为什么总能正面分析事物，积极乐观对待人生？"

答："一是因为在国际上经历的事情多了，看到国家在前进。二是世界上有两股潮流，要是光看到黑暗还怎么活？我相信世界上好人是大多数，相信世界是往前走的，愿意积极地推动光明的潮流往前走。"

问："您认为人生什么最重要？"

答："做点事。人来到世界上，是给国家和民族做事的。"

好！我心里一热，一喜——恐怕，这就是吴建民先生"内心的优美和纯洁"吧？我终于有点明白了，为什么从他的报告到讲话、再到他的一举手一投足，这位魅力外交家一再地让我感觉到，他是我所接触到的最忠于国家，能用最有说服力的语言、最有成效的行动维护中国的外交官。原来，祖国和民族的圣火在他胸中熊熊燃烧着，他把自己的生命定位在奉献给国家和人民，这就使他有了源源不竭的智慧、源源不竭的高水平发挥、源源不竭的乐观主义情绪、源源不竭的精神和体力，以及源源不竭的人生动力——这是吴建民魅力最见光彩的核心！

他温文尔雅地一笑，说在2006年，他还要再搞一项大型活动——"中国梦研讨会"。这念头源起于有一天想到的一句话："任何国家在崛起时期，都会造就一批成功人士。"1931年美国大萧条时，亚当斯提出了"美国梦"，美国陆续涌现出福特、洛克菲勒等代表人物；今天，中国正处于创业上升期，已经出现了一批杰出的科学家、企业家、政治家，他们的个人梦和国家梦紧紧联系在一起，这就是能体现出中国当代辉煌的"中国梦"。

哦，他还嫌自己不忙？这不，他已经急急忙忙上路了。在他优雅的转身里，他的魅力放大到了无限，这种魅力叫作"中国精神"。

2006年3月6日于北京协和大院

哦，我的北京大前门

作为一个土生土长的北京人，我对前门的称呼，喜欢随着大部分北京老百姓的叫法，不称"前门"，也不称"正阳门"，而称之为"大前门"。仔细回头寻去，我爱戴大前门，一直在内心里给它留着一个无可替代的位置并把它当作自己生活中的一部分，好像已经找不到明确的滥觞了——也许，在于儿时吃到了从它那里买来的几颗糖炒栗子？也许，在于旧时印在记忆中的那一张张浅灰色调、素雅端庄的大前门烟盒？也许，在于那是去往大栅栏的必经之路？也许，在于它是老北京的象征，到处都能看到它巍峨的图片？

1982年大学毕业后，我进光明日报社工作，从此和大前门的关系一下子密切了起来。那时报社还在旧址前门外虎坊桥，我家住东单，于是正阳门就成为我上班路上的一大里程碑。我特别喜欢前门大街上的气氛，那是老北京人都感到亲切的一条著名商业大街，却非常平民化，热闹，悠闲，貌似平淡而又充满生活情趣。常常，我会飞身越过月盛斋酱肉铺、华孚钟表店、庆颐堂药店、一条龙羊肉馆、盛锡福帽店、公兴文化用品店、祥聚公饽饽铺……轻盈地把自行车停在中国书店门口，进去买上一本书；然后，再绕到大街后面的廊房几条里，去食品店、杂货店里逛逛，买上一两个小物件。

最让我忘不了的是，有一天黄昏时分，我下班回家，沿前门大街从南向北骑行。经过了前门五金店、亿兆百货商店、普兰德洗染店、老正兴饭庄、便宜坊烤鸭店、天成斋饽饽铺、通三益果品海味店……慢慢地，正阳门远远地出现在视野里面了。正是初夏傍晚，天空十分晴朗，太阳还没有完全隐身地平线，余晖的金光宛如千万个油画家一起作画，正把浓墨重彩涂抹在渐渐暗下去的大片大片云朵上面，染得它们彤红瓦蓝珠紫靛青，千般热烈万端壮美，就像电影幕布上的经典画面。一大群一大群的雨燕，也许有几百只、上千只，组成了一支支合唱大军，高声鸣唱着，拍打着翅膀，围绕在正阳门城楼周围，环飞绕翔，载歌载舞，撒着欢地追逐嬉闹……看着它们自由欢悦的小儿般疯样儿，人的嘴角上不由得漾起长长的微笑。

突然，我的心像被谁点醒了似的——我突然感受到了正阳门城楼的东方古典建筑美！

你看，它灰色的城墙是多么朴素而又多么刚正、庄严。你看，它三重屋檐的线条是多么简洁而又多么华美、高贵。你看，它的大屋顶是多么不事张扬，简直与遍及神州之内的大大小小宫殿、庙宇、楼台亭阁没什么区别，但它的国字号气度在，精气

268

神在，就在气度上显示出高者苍天的大气象，巍然尊然，境界非凡，犹如东方醒狮昂首啸天……

都传说北京天坛高九丈九尺九寸，因为是拜祭天地祖宗之庙，天为大，所以最高；正阳门高九丈九尺，比天坛低了九寸却又比故宫勤政殿高了九尺，因为它象征国门，天底下为尊的就是国家；而勤政殿虽是皇上办公的地方，比起天宇、祖先和国家，君为轻，所以最矮，是为九丈。我查过资料，这传说其实真属百姓心愿、文人杜撰，但我还是特别愿意附会。我的体悟：中国古建筑经过历朝历代的历练和传承，到了元明清，不仅美学运用已经炉火纯青，尽呈一派庄严、雄伟、美观、大气；而且内蕴丰厚，博大精深，概藏政治、经济、文化、哲学、宗教、天文、地理、社会架构、人际关系……各种元素，真是一辈子、几辈子也学不完！而我以前，大概是年轻时深受外国文艺的影响，或者是身在福中，满眼皆中国风而不知其宝贵，所以一向偏爱西洋宫殿式建筑而不太喜欢中国的楼台亭阁包括园林、水榭等等。比起西洋由石头、铸铁、玻璃钢等元素所堆砌出来的热烈，我老觉得中国的草木建筑显得单薄，也过于淡然。

可是，我的顿悟突然就被大前门点醒了。因为就在那天，我突然发现，晚霞中的正阳门是那么厚实、壮美，它的古朴造型，它的大屋顶、平檐角、矩形城墙，比起周围的任何现代建筑，甚或放开望眼，包括一环、二环、三环、四五六环之内的所有钢筋水泥大厦、所有玻璃钢后现代大楼，都显得庄严，静穆肃穆，宁静致远，自有一种无可比拟的高贵内质。我被震撼了：以前，自己怎么就没有发现这种中国美呢？

回到家，我赶快翻资料，读到如下介绍：

北京前门为正阳门城楼与箭楼的统称，是在元朝丽正门的位置上建起来的，系北京城中轴线天安门南端的重要建筑之一。正阳门箭楼始建于明正统四年（1439年），建筑形式为砖砌堡垒式，城台高12米，门洞为五伏五券拱券式，开在城台正中，是内城九门中唯一箭楼开门洞的城门，专走龙车凤辇。箭楼为重檐歇山顶、灰筒瓦绿琉璃剪边。上下共四层，东、南、西三面开箭窗94个，供对外射箭用。箭楼四阔七间，宽62米，北出抱厦五间，宽42米，楼高24米，门两重，前为吊落式闸门（即千斤闸），后为对开铁叶大门。

清乾隆四十五年（1780年），道光二十九年（1849年），箭楼两度失火被毁。清光绪二十六年（1900年），八国联军攻入北京，箭楼被焚毁。1901年开始修缮箭楼，1906年竣工。1915年为改善内、外城交通，政府委托德国人罗思凯格尔改建正阳门箭楼，添建水泥平座护栏和箭窗的弧形遮檐，月墙断面增添西洋图案花饰，1916年竣工。改建后，正阳门瓮城月墙及东西闸门被拆除。

我还看到了新中国发行的第一套人民币伍佰圆钞图片，其正面中央，端正印的就是旧时的正阳门城楼图案，能被选为第一套人民币图案，说明了大前门的重要性。还有更辉煌的一页，1949年2月3日，中国人民解放军曾在此举行了盛大的入城式。

270

而在此前中国现代发展史上，它也曾经展示出自己的雄姿：1928年，一批爱国人士为了抵制洋货，发展中国的实业，曾在前门箭楼上建立起国货陈列所，展示祖国的传统工艺品和手工业品，包括丝绸、棉布、陶瓷、食品等，百姓闻讯，纷纷前往参观助阵，每天参观者络绎不绝，轰动了全城……

却原来，自己从小就熟悉得像祖父似的大前门，自己天天从此经过的大前门，还有着这么波澜壮阔的历史？自己真是只知其表，不知其里，枉称"大前门"的北京人了！

从此，便自觉地多了一些对大前门以及周边区域的观察、了解和思考。

说来，过去北京有"贵东城，富西城，穷崇文，贱宣武"之说。我个人认为，如果说天安门、故宫、景山、地安门、东单、西单……周边一片是正统中国雅文化代表区域的话，那么前门外一带就是市井文化的天下。"市井"，《现代汉语词典》释为"街市；市场"，本属中性词，然因有好事者在其后缀上了"小人""之徒"等字样，则顿时就被装有了轻蔑之意，久而久之，约定俗成，"市井"也就变成了印象中的贬义词。其实原来的老东城区内，也存有不少市井之地，比如老东安市场，我小时候最爱的就是那里。在整个商场的穹隆式天顶之下，一个一个歇山顶式的小棚子间，即是一家挨一家的小店铺。每家都悬着一顶瓦亮瓦亮的大灯。从大人的齐腿根儿处斜着堆上去，就是装满了各种糖果、点心、小吃，还有各式各样好玩意儿的柜台。售货员就站在或坐在一旁，有顾客的时候就做买卖，没顾客时便抄起个大鸡毛掸子在人们的头顶上比比画画，神气得像乾隆皇爷。那时的东安市场可真是名副其实的"街市；市场"，从早到晚人流不断，热闹非凡，人声鼎沸，光看着就能咂摸到无限的甜香味儿，真是具有无边无际的吸引力——可惜如今，那些亲民的商铺、和善的售货员，早就被豪奢耀眼的后现代派大玻璃柜台冷冷漠漠地驱逐了，那深入心田的甜香味儿，也早已风流云散啦！

再说，前门外也不仅仅是市井文化的天下，全北京城最浓墨重彩、最有书香墨香的去处，谁能否认是原宣武区的琉璃厂？同样因为热爱，我当年最经典的上班路线即崇文门—大前门—琉璃厂—虎坊桥，只要时间允许，我就会绕进琉璃厂的小胡同里盘桓一番，哪怕什么都不买，光念念"荣宝斋""汲古阁""海王村"那些大匾，就养眼养了心，像刚充满了电的手机，精神满满地上班去了。古人云"近朱者赤，近墨者黑"，外国谚语"上珠宝铺不如进书店"，百姓俗话"跟着戏班耍猴，跟着先生吟诗"，说的都是这回事。因此儿（er重音），我有时候突然就会发起奇想、遐想、臆想、瞎想，不知道在"市井"后面，能不能改缀"墨香"二字，那么前门外的市井文化，也就能增加上浓厚的书卷气内涵了，是吧？

况且，我供职的单位光明日报社，也为提升前门地区的文化含金量和文化声誉，做出了全国人民甚至全世界不少人民都知道的卓越贡献。我们是中国第一知识界、文化界大报，我们的学术专刊和文化副刊是全国最高的媒体学术殿堂，自创刊肇始就以传播最新文化和科技知识为己任，数十年来哺育的读者不知千千万万，所做的文化积累不知山高水长，是真为大文化者。现在虽然搬离了虎坊桥，可还在距离前门的一箭之地，还在中轴线的区域之内，还在继续演奏着大前门的辉煌乐曲！

当然，无可回避的是，前门地区也有糟粕，市井文化也有相当下三烂的内容，而且古今都不少。过去多的是提笼架鸟、游手好闲的八旗纨绔子弟，今天还有不少光着脊梁、随口国骂的膀儿爷式人物；过去多的是八大胡同的老鸨、妓女、嫖客，今天这股沉渣又泛滥起来；过去多的是麻衣神相、坑蒙拐骗的地痞流氓，今天仍有血口喷人、撒泼耍横儿的泼皮无赖；过去多的是气人有笑人无、欺软怕硬的虎妞式悍妇，今天仍有不讲道德、占人便宜、爱生事伤人的地了排子和胡同串子……江山易改，本性难移，一个民族几千年积累下来的群体劣根性已筑成了深入骨髓的文化糟粕，改造起来也难，非一代几代之工可以完成啊！

尽管如此，我还是衷心热爱着大前门，就像爱我的优点和缺点都非常明显的老人与兄弟姐妹——这是血浓于水的亲情！

　　　　2013 年 7 月 30 日完稿于北京马连道莳蒌斋

什刹海滋味

北海不是海，景山不是山，然而因了皇家的强霸，它们便都呼作海唤作山了。并且，一直延续到今天。

可是你呢，什刹海？

你分明是我们北京老百姓的一方平民水域，为什么也称作"海"呢？

一

坐在什刹海西岸的溽热里，我眺望着一池碧水，内心里在反复揣想。

时间是在一天当中最热的下午，临水而坐，也丝毫不能阻止热浪的侵袭。天空灰蒙蒙的，没有明丽的骄阳，也没有一丝风。周遭世界，大景小物，一切皆被腻在湿漉漉的桑拿蒸汽里，使人像被塞进了热罐头盒里，摆脱不掉发酵的感觉；又像被夹在里巷中的困兽，虽犹想争斗，却找不到正面的对手。敌人藏起来了。

酒吧小姐不停地在眼前晃来晃去，目光炯炯，不放过任何一个机会。这么热得要晕倒的天儿，她们竟莫名其妙地穿着高及膝盖的长筒靴，扮酷。不用说，这是狠心老板揽客的噱头，却道是画虎不成反类犬，遭到客人们的普遍白眼，先输了一着。

可是没办法，我只能在这里坐着——这一片临"海"的水面，一甩脖儿，全都开辟成酒吧了。并且，这是经过"政府工程"的统一打造，将沿岸原来灰色的小平房，一水儿换成了雕梁画栋的二层乃至三层的楼阁。由于寸土寸金，楼阁紧连着楼阁，酒吧挨傍着酒吧，其密不透风，就是一只壁虎也休想爬过去。如今的人啊，论起赚钱来可真是劲头十万万足，又敢想敢干敢昧良心，一小瓶 250ml 的矿泉水，你道是卖多少钱一瓶？

"四十五元。"

老板说出来的时候斩钉截铁，不但一点儿也不脸红，还特有将军气度。他们倒真是有魄力，还富有想象力和创造力，全世界各国，在这个地球上，还有比这更贵的水？说来，咱们中国人的生活水平，可真是太高了！

不过幸亏，眼前这片什刹海的水，还高悬着平民水域的招牌，多看几眼，也不收费。一池浓浓的水波，也还是绿绿的湜湜静水，脉脉含情。北岸顶头，尚留下了一小片荷花塘，正是粉色花枝戴满头的胜景，配以款款绿叶，和精灵般明明灭灭的露珠，聊以装点着老什刹海的韵味。可惜的是，这些风姿绰约的荷花仙子们，亦被商人套牢了，成为身后那高档饭庄的盆景。那浮辞艳彩的饭庄，只用一根小指头粗的细绳，就规定了荷仙们不可逾越的疆界，长不过二十米，宽不过十米，不准越雷池一步。于是呢，她们被砍头斫臂，老百姓们只能远远地看着，顶多像贾宝玉一样，兀自伤悼上一回！

唉，她们是没赶上好时候，她们爷爷的爷爷那个年代，"什刹海周围约三里许，荷花极盛。南岸树荫夹峙，第宅相望，多临街为楼，或为水榭，绿窗映之。西岸稍荒寂，唯故协揆文瑞第最华整，朱楼重栏，极似江南，高柳带拂，尤为佳胜"（《桃花圣解庵日记》）。据说那时，学子文人最爱到此，可以"伴着阵阵荷香读书"。

二

吾生也晚，当然也没赶上荷花爷爷的爷爷那个时代，不过二十九、三十九年前，我就是这碧波之中的一个快乐仙子。

那时，这里还是一个天然游泳场，如今被酒吧们踏平的小平房，就是存换衣服、冲洗淋浴的故居。游泳场也是由政府开办的，一切管理有度，秩序井然，湖面上还有救生小船和水手。京城各个阶层的老百姓，无论是正在被批斗的"黑帮""走资派"，还是被抄家、扫地出门的"地富反坏右"，只要花五分钱买上一张门票，得，您就尽着兴致游吧，您就是"山高皇帝远"的个人世界的主宰了，愿意游多远就游多远，愿意游蛙泳、蝶泳、仰泳、自由泳，都随便，都不会有人在您耳边喊"专政！""打倒！"

之类——而这，在那"油炸""炮轰""拉下马"的红色专政时代，是多么重要的精神抚慰呀，可曾疗救过多少绝望的心灵？

我之钟情于这天然游泳场，乃是因为这里不限时间，愿意游到什么时候就游到什么时候，无须像在室内游泳池，老得提防着墙上那只板着脸的挂钟。这里是在大自然的怀抱里，时间和大自然一向是好朋友。

我记忆里最清晰的一页，是在1969年的7月上旬。因为要纪念"七一六"毛泽东畅游长江××周年，我所在的中学将派选手参加市里的水上环游纪念活动。行进路线是这样的：从今天荷花市场的大门处入水，向东岸进发，绕行湖心岛之后，经北岸游回，全程大约是六百米。学校号召踊跃报名。那时，我也就刚学会游泳不久，能游个二十来米，但我心里痒痒的，跃跃欲游。几个有能力的小伙伴也直劲儿地撺掇我："没事儿，一撑就撑下来了。"于是当天下午，我就直奔什刹海游泳场，一猛子扎进它的怀抱，在碧波里奋臂斩浪，累了就念："下定决心，不怕牺牲，排除万难，去争取胜利！"果然就撑下来六百米。

兴冲冲回到家，母亲照例是"别去了"。父亲只问了一句："六百米游完，你还能游吗？"我说能，老爸就鼓励我去报了名。

直到今天，我还能清清楚楚地看见：1969年7月16日上午十点，随着一声号令，什刹海的千顷碧波上出现了一支壮观的游泳大军。方队的最前面，是由身穿蓝色工作服的工人阶级打头，二十个棒小伙子一字排开，推着一块巨幅毛泽东像木牌；后面跟着白毛巾扎头的贫下中农队伍，再后面是威武之师。我们这些穿着花枝招展游泳衣的中小学生，游在解放军方阵后面，我拼命地划着水，镇定地调整着节奏，向着胜利的终点前进，前进……

啊，我那难忘的少年时光啊，虽然我也是沦为贱民的"走资派子女"，事事处处都低人一头；虽然社会是普遍枯燥、普遍贫穷、普遍严峻，既没有今天的游戏机、网络、卡拉 OK、MP3，更想都想不到花园、洋房、汽车、名牌、山珍海味……可是我们有什刹海们的拥抱、安抚、教导和锻炼，得大自然之精华，心中有上善之水可依，背后有仁者之山可靠。在未被铜臭浸淫的大自然的臂弯里，心灵高远旷达，仿佛直达白云之间；胸中装有五湖四海，任激情自由飞驰，将精神的和灵魂的双翼寄寓在蓝天之上，一任自己飞升，飞升，飞升。也许，这跟时代无关，少年的梦都是金色的吧？

歌德说过："我们的生活就像旅行，精神是导游者，没有导游者，一切都会停止，目标会丧失，力量也会化为乌有。"

今天的我还老是在想：虽说是物质决定精神，经济基础决定上层建筑，但是物质与精神之间，一定有着一块极其广袤的空间。不然的话，今天的我们，物质是高度地上扬复上扬，化妆名品、燕窝鱼翅、桑拿按摩、金粉银饰，还有什么奢侈消费没被人想到？还有什么好吃、好喝、好玩、好乐没被人创造出来？可是精神呢？为什么就像被酒吧一条街赶走的游泳场，谁也不能提起，谁提起就会被人讥为落伍、笑为白痴？

然而我坚信：尽管精神永远不能赚到大钱，但若嫌弃了精神的高贵而放逐自己，只做一只疯狂的陀螺，整天被金钱所鞭策，那么早晚有一天，你肯定也会被高贵所放逐。

就像这被关闭了的什刹海游泳场，谁能保证，它就永远地被酒吧一条街压在身下？君不见，北海公园内的肯德基，不就在广大市民的压力之下，被"请"出去了吗。

历史啊，循环往复，以至无穷！

三

暮色正一点一点地走过来，像一只贪婪而狡猾的豺狗，蹑手蹑脚却又坚定不移地向着它的目标。之所以这样感觉，是因为虽然天光还大亮着，湖水还闪耀着绿色的波光，薄白得月亮一样的夕阳也从灰云中钻出脑袋，忧郁地望着凡间；但是，身边的吧客越来越多了，声音杂沓，几乎把水畔的桌子都坐满了。

今天是星期三，并非周末，也不是节假日，还来了这么多人，可想而知，这里的生意是多么火爆！据说，连过去夜夜"爆棚"的三里屯酒吧街，如今也已被什刹海取代了，那里的老板急得直想跳楼。急也没用，三里屯不就离使馆区近点儿吗？又没有这片京城里最大的水域，别忘了，人类是逐水而居的动物。

我也是第一次迈进这酒吧，坦白说，还是为"深入生活"而来，不然，这地方吸引不了我，其情趣、品位、吧客……都不同声亦不同气，不相守望，所以真的觉不出有什么意思。

唯一还释然的，就是这一片熟稔的、老朋友的碧波了。

"您再加点什么？"吧小姐又晃了过来，语气说是询问，不如说是命令，"我们自制的酸梅汤，挺值的，才四十八元一扎。"

"好吧，那就来一扎。"

我在心里笑了：挺值的，说得多好听！谁不知道，超市里有的是卖酸梅粉的，几元钱一大袋，一小勺就能兑出一大扎，其利润有多么惊人！是啊，这条流金淌银的酒吧街，能为多少人、为多少部门、为多少利益均沾者，贡献多少金钱啊！

这岂是一个群众游泳场所能望其项背的？

据刚从北戴河回来的朋友讲，如今那里的农家院落，再也看不到过去那绿肥红瘦的田园风光了。家家院院都显得局促狭窄，只要有一寸宽的地方，就都被塞盖上一间小房，办农家旅店，赚钱。

钱啊钱。神州无处不飞花。砌下落梅如雪乱。

可是钱啊钱，你能买到畅快的空气吗？能买到阳光雨露吗？能买到没有钱、钱、钱那种压力的心灵自由吗？

是的，钱啊钱，自从你来了，自从发现有许多东西可以变兑成钱，得，这世界就变得不宁静了。什刹海也变得不宁静了。

四

在金代以前，什刹海本是古高粱河道上的一片天然湖泊。金代统治者占据燕京之后，便在这里大兴土木，修建了一座规模宏丽的离宫，命名为太宁宫。

到了元代，这里成为大都城的统治中心，北海和中海被圈进皇城，没有老百姓的份儿了；什刹海则成为重要的漕运码头，时称"海子"的积水潭，便是南北大运河的终点。繁盛之时，这片水面上"千帆云集，舳舻蔽水"，沿岸也就渐渐变为商业中心，钟鼓楼一带，米市、面市、绸缎市、珠宝市、鹅鸭市、果子市……相继成形。一时间，银锭桥两畔，南北大贾充斥于酒榭歌台；烟袋斜街上，西域阔商进出于茶肆闾阎，连马可·波罗也曾留下了足迹……

明代以后，大运河终点东移，什刹海地区的经济意义逐渐让位于文化意义。许多将相高官竞相在湖畔修建亭园别墅，著名的有大将徐达的府邸太师圃，以及漫园、镜园、湜园、方园、杨园、王园、英国公园等等。无处不在的宗教势力也伸展进来，佛教、道教、伊斯兰教、基督教、天主教等多种教派，陆续修建了火神庙、护国寺、广化寺、净业寺、关岳庙等数十处寺庙宫观。如今"什刹海"的名称，就是由湖边的一座著名寺庙——"什刹海寺"演变而来的。

到了清代，满族实行家族统治，历史便大大地后退了一步。什刹海一带几乎全部成了皇亲国戚的私人领地，恭亲王府、醇亲王府、庆亲王府、阿拉善王府、涛贝勒府、棍贝子府、德贝子府以及纳兰性德的渌水亭、恭亲王的鉴园等，把北京城里这片唯一的开阔水域风景区，统统占为己有了。

新中国成立之时，由于连年战乱，王府衰败，什刹海地区已是一片荒芜。人民政府组织数万民众开展了疏浚整修工程，将塌陷的堤岸修补一新，将淤塞的脏乱水道还原为千顷碧波。更在今日之西岸处，打水泥，竖护网，开辟了万民同乐的群众天然游泳场。平民化的荷花市场也愈见红火起来了，从天气初热的时节起，多种民间的小商品、小玩意儿、杂耍曲艺，加上大众小吃，就都迫不及待地聚集到这里来叫卖表演，"长夏夕阳，火伞初敛，柳荫水曲，团扇风前，几席纵横，茶瓜狼藉。玻璃十顷，卷卷溶溶。菡萏一枝，飘香冉冉”，汇成一曲梦一样温馨的夏日交响大乐。最让孩子们回味一生不忘的是那些小吃，豌豆黄、芸豆卷、艾窝窝、驴打滚儿、蜜麻花、焦圈、卤煮，还有菱角、白藕、莲子、鸡头米、冰激凌、雪花酪、酸梅汤、杏仁豆腐……直吃到落日熔金甚至月明星稀，这一方“富有人民性的市井宝地”，算是彻底回到了人民的手中，更兼心中。

转瞬间，又是斗转星移。半个世纪的风云几多变幻，“大跃进”、人民公社、四清、“文革”、拨乱反正、改革开放、全民奔小康……阶阶段段，风风雨雨，什刹海全看见了，也都跟着经历过来了。随着波涛的起伏动荡，它有时热闹，有时寂寞，有时被丢弃一边没人顾上管，有时政治清明了就得以修葺上一回，总的说来，还基本保持了“西湖春，秦淮夏，洞庭秋”的风姿美景。

可是孰料想，在今天这“钱、钱、钱”不断升温的社会氛围里，一切的一切人，一切人的一切，谁都再也不能稳坐不挣钱的钓鱼台了。非但不能不挣钱，还得挣得多，多多挣，挣到无限。于是，平民公园什刹海竟幻化成了一条酒吧街。它还高举起了“游王府，访古刹，逛胡同，泛轻舟，泡酒吧”的商业大纛旗，挖空心思，殚精竭虑，把祖宗留下的所有资源都发掘、整合成了卖点，好一个“商”字了得！

历史啊，果然是风一程，雨一程，艳阳高照又一程，凌厉风霜再一程，绵绵无穷。

五

天终于黑下来了，湖面上也终于吹来了一丝丝凉爽的风。

楼台亭阁的霓虹灯明明晃晃，似乎带着响声，热闹喧天。湖心岛和水面上的彩灯则闪闪烁烁，像是时尚女郎佩戴的项链，一串一串在黑漆漆的水面上发着幽光；又像是夜的眼，把所有的语言、结构、情节和细节，都看在眼里，记在心上……

我惆怅地站起身，踱出了酒吧，沿北岸缓步而去。

起初，我还记着数，想数数这些酒吧大体有多少家。但很快就放弃了，因为发现这是徒劳的，连七拐八弯的小小胡同里，也挤出一个又一个小小门脸，并且还在像母鸡生蛋一样，不停地繁衍着。

我简直是惊奇了，自己不像是走在什刹海，而是仿佛来到了联合国。日本料理、韩国烧烤、星巴克咖啡，还有英、法、意、德、俄……各国的饭店、酒吧间、咖啡厅，都来这里凑全了。有的还在中国式的楼台亭阁之上，又施以西洋式的改造，加上了罗马神柱、雅典娜女神、丘比特小爱神，还有洛可可式的窗棂和雕饰，傲然俯视着眼前的这片中国"海"。这些老板，我猜绝大多数还是中国人，他们可真会做生意，一个比一个有经营头脑——你厅里有本土歌手在唱流行歌曲，我这吧里就来请来专业演员唱洋歌；你玩招揽外国人的招数，我就对"月光族"和"卡通族"下手；你一盘蘑菇汤敢"黑"五十元，我一瓶伏特加就敢"宰"四百块……所谓魔高一尺，道高一丈；股肱砥砺，共存共荣；和谐竞争，相依发展；铁定目标，多多赚钱！

那么，昔日那些在湖畔的依依垂柳下，摇着蒲扇摆古的老大爷哪儿去了呢？那围着大人捉迷藏的小顽童哪儿去了呢？那些兴高采烈跳大秧歌的阿姨大妈们哪儿去了呢？

倒是还在——

且请看荷花市场门楼下，紧邻着马路，还剩下一块五六十平方米的地方，洋灰地面，平整整的，昔日是毛主席像前的一小片空场，今天刚好可以用来当舞池。有三四台录音机放到最大音量，各自扯开嗓门拼命呐喊着，有数十人或许多达上百人在里面挤着、舞着、碰撞着，简直就像威尼斯的狂欢节，又像"噼噼啪啪"的烟花一起炸开，还像暴风雨前忙忙乱乱搬家的群蚁。四周围，还有更多的数不清的人在干瞪眼瞧着，等待着，找寻自己上场的机会。这些穿着普通，操着地道北京儿话音，熟悉面孔、熟悉身材的平头百姓们，正是什刹海一带的老街坊、老居民……

六

这使我想起了过去编发过的一篇文章：是著名作家刘心武先生写的，题目是《什刹海的情调空间不能失去》，发表在2003年9月3日《光明日报》"文荟"副刊头条。其文先知先觉，空谷清风，从学术到社会、从历史到现实，有识有见地阐述和分析了什刹海对京城的文化意义和美学意义，闪烁着一位忧国忧民且胸怀古今的知识分子，为振兴国家、为传承文化、为保护环境、为普通老百姓争取权利的独到的思想光芒。

心武先生指出,在北京城建都之始,"规划里很显然是要在这片居于城市中轴线西北侧,紧邻极为重要的标志性建筑钟楼与鼓楼的水域,保留并刻意加重处理为一处富于野趣的情调空间"。并且数百年来,历经元、明、清、民国、中华人民共和国,直到十来年前,对这规划一直实施得很认真,由此形成了两个最大的特点,一是营造出了"银锭观山"等"都市中的野景"的意趣,二是不让商业气氛来浸染这处水域。

可是,现在面对着"有人把'桨声灯影里的秦淮河'改换成'桨声灯影里的什刹海',以为是道出了或预告出了什刹海的'繁华艳丽'。这让我很着急,我要跟这些如果不是故意误导就是实在糊涂的人士说不"。心武先生指出,秦淮河本是青楼聚集之地,今天的南京市已经去除了它色情消费的糟粕,将其修建为一处展示南京特色餐饮、风味小吃精华的口福空间,而我们的什刹海怎么还能去跟秦淮河比浓妆艳抹呢,更绝不能在什刹海周遭去形成什么酒吧一条街!

心武先生发出这疾声呼吁之际,正是什刹海酒吧一条街开始计划、营造之时。当时,还有众多有识之士也强烈反对,一时社会舆论大哗,争论激烈。从彼时一直到现在,仗义执言的政协委员们几次提出议案,吁请政府有关部门出面,对什刹海地区的"精神文化传统"以及"情调空间"加以保护!

可是,面对着一小瓶矿泉水都能卖到四十五元的超现实主义暴利,酒吧一条街日益加快了施工的速度:挖地基!树木桩!架房梁!抹泥灰!安玻璃!装修……星夜兼程!同时,修路!筑码头！造游船！招商！办营业执照！进货！培训店员……争分夺秒！转眼之间，开门营业了，生米做成了熟饭。熟饭又立即变成金饭，谁还肯再放弃溜金滚银的地盘，不为保住他们滚滚而来的财富背水一战呢！

在人类绵延繁衍的发展进程中，"金"是个极其特殊的物质，它使弟兄反目，使家庭分裂，使朋友成仇，使战争爆发，使贪欲和邪恶在人心底里疯狂生长。面对着强大无比的金钱，刘心武等知识分子的声音，是多么的"书生气十足"，又是多么的苍白无力啊！在金钱已经生长进骨髓里的时期，想以"文化"抵抗住动地震天的"消费主义""欲望商机""资本利润""享乐人生""金钱至上"……的汹汹风暴，不啻捧出自己一颗红心的丹柯，更像那日日推动巨石的西西弗！

"当金钱说话时，真理都缄默了。"早有一位智者看明白了这一点。

七

刚才在酒吧间时，我和身边的一位吧客攀谈起来。他，四十岁多点，大学毕业后到京城工作，已经有二十年光景，庶几可称为"北京人"了。难得的是，当年他也曾在什刹海天然游泳场游过泳，而且上瘾，隔三岔五地来。

"哎哟，下班以后来游个两千米，然后心满意足地回家，觉得当个北京人，真棒！"他跟我说起当年畅游的感受，幸福得眯起了眼睛，脸上荡漾出微醺的笑容。

我就问他："那你觉得是过去的游泳场好呢，还是今天这酒吧一条街好？"

"这是鱼和熊掌嘛……"他嘀咕着，思索了好一会儿，才抬起头来，毅然决然地看着我，直率地说，"现在这样子也不错。坐在湖边，享受美食，偶尔充一回大款，挨一回宰，也还承受得起。"

我再问："那你想没想过，要是什刹海的文化精神断代了，该怎么样呢？"

他挑起眉毛望着我，定定地看了半天。最后，大概判断出我的问话里并没有权威的重量，只不过是一个书生的呓语，才反问道："您是位文人吧？"

我说："是的，就是那'百无一用是书生'的书生。"

我说："我不是复古派，也不反对跟着社会的前进而前进。我不喜欢的是整个儿社会都金钱化，把什么都兑换成钱，不能变成钱的就抛弃一边。"

我说："我们是文化古国，人民是有教养的人民，民族历来有重视文化的传统。可是你看看，现在对文化……"

"哦，哦，"他敷衍着打断了我的话头，"现在，我们都懒得说这种不着调的话啦。"

…………

不知道他能代表多少百分比的新北京市民？

也不知道现在的社会风气为什么变成了这样？人们似乎只对股票、名牌、汽车、房子、健身、减肥、美容、靓女酷男、吃喝玩乐……有兴趣，津津乐道；而在他们生活的词典中，已经永远地删掉了精神、心灵、文化、修养、品位、情调……这些高贵的词。

怎么好呢？我盯着灯红酒绿的酒吧一条街，想啊想。

八

已经十点钟了。夜神的车驾早已从崦嵫山发轫，踏踏驶来，巡察人间的欢乐与悲苦，建设与破坏，前进与倒退……

我慢慢踱到树影婆娑的东岸，想再从正面看看金碧辉煌的酒吧一条街。

此时此刻，黑夜的魔力，又把什刹海变成了一个宁静的大码头，墨色的湖面轻轻摇曳，灯火通明的酒吧一条街，成为泊在上面的一艘大商船，每个窗口都向外喷射着纵情的欲火、一掷千金的癫狂，还有一醉方休的万丈豪情。一恍惚之间，我又觉得它很像一只充满生机的大蜂巢，群蜂们被不知是什么缘由的激情鼓舞着，激动着，跌宕着，抛售着，嗡嗡嘤嘤，上飞下舞，乱蜂渐欲迷人眼……

记得几年前的一个研讨会上，我曾听到北京的一位作家叹息过："北京城啊，缺乏一条大河……"他诠释说，世界上的大城市几乎都是逐水而建的，巴黎有塞纳河，波恩有莱茵河，伦敦有泰晤士河，莫斯科有莫斯科河和大运河，纽约是美国最大的海港，香港濒临南海又有香江，上海也是长江入海口，黄浦江的涛声日日夜夜在外滩吟唱。就这样在一条条大河边，孕育出了人类的文明——农业文明、工业文明、科技文明、城市文明……

他其实说得不对，我们北京，早年曾经是有大河的。后来，因为只是向她索取，过度地开发和航运，不注意疏浚和保护，致使"海子"湮塞，大运河被迫改道，"海"变成了潭，变成了湖。有的水域还消失了，比如因老舍先生而名声大噪的太平湖。

今天，我们已经号称是"具有现代意识"的文明人了，能让这悲剧再度重演吗？

我们能让什刹海和积水潭，再往下变成小河沟，乃至渐渐干涸，永久地消失？

这，难道是"不着调儿"？

九

一片芳心千万绪，人间没个安排处。

问君能有几多愁，恰似一江春水向东流。

剪不断，理还乱，是离愁，别是一般滋味在心头。

流水落花春去也，天上人间。

自是人生长恨水长东……

2005 年 8 月于北京协和大院

苏州街涅槃

凭谁问，一百三十年前，你曾怎样在那场罪孽的火海中呻吟？

凭谁问，一百三十年后，你又怎会从火里血里涅槃重生？

苍天也问，大地也问，江海也问——历史的支点，到底在哪里？

一

久倚在汉白玉的桥栏上向下俯瞰，我的心里漾着一股热流。抬望眼，长桥两侧，古松叠嶂。清风徐拂，啼鸟长鸣。一条充满柔情的湖水，宛如一匹碧绿的缎带，于嶂岩夹翠之间温馨地滑过街心。两岸旌旗招展处，是一家挨一家亭台楼阁式的店铺。这就是仿照清代原貌重建起来的新苏州街。

这条以水带店的买卖街，坐落在颐和园万寿山北坡脚下。

若对它发思古之幽情，它是生而已有二百余年了。

昔者，原街原址建于清代乾隆年间，那时这座皇家园林还叫清漪园。相传是乾隆皇帝为其母孝圣宪皇后而建，以宽慰老皇后想念姑苏水街秀色之心。这位天子的孝心倒是尽到了，而国库里的银子也白花花地流淌成河。整条水街修建得绮靡奢丽，极尽皇家铺排侈靡之风。古玩古衣、茶馆饭店，样样俱有。开店的是内监，跑堂的则须从外城市中选来声口响亮的人，龙驾过时，更得把叫卖声、报账声、核算声弄得杂沓并起，使乾隆皇帝和嫔妃太后们听了高兴。至于一个个皇子皇孙公子哥们，更是终日流连其中，提笼架鸟，呼狗唤鹰，狂饮滥赌，寻欢作乐……

不料想，1860年一个屈辱的日子里，大祸从天而降，英法禽兽一路杀到这里，抢掠一空，旋即又伸出罪孽的火舌，把一切尽皆吞噬。可怜灰飞烟灭之后，空遗下荒台废基、残垣断壁，被风风雨雨剥蚀至今。

若细细寻觅，两岸斑驳的花岗岩上、瓦砾荒草中，还清晰可见昔日的店铺遗痕。清风的悲鸣中，啼鸟的幽吟里，也尚能听见昨天的阵阵叫卖声。唯有那乾隆皇帝自以为可以传之千秋万代的盛清气象，早已精气全无，一了百了了……

空遗下西风残照的颓悲！

呵，你伤痕累累的苏州老街，你满腹悲怨的残破老街，已空自呻吟了一百三十年！谁能不为你洒泪？谁能不替你遗恨？

谁又能不为你今日的重新开市而心潮起伏！

二

　　曲折蜿蜒的湖水把一条街引领得曲曲弯弯。一家家铺面都是青砖朱楣，玉壁红柱，显得门户生辉。厅堂正门处，各个高悬着镏金字的黑色大匾，炫耀着自己的宝号。不用说，"登云阁"是卖鞋的，"老染房"是布店。还有银庄、画行、茶楼、酒肆、戏园、客栈等等，一个个宫灯高悬，案明几净，静候着嘉宾的光临。

　　最引人注目的，是门前挂着朱、黄、蓝、青、花各色长幌的一组西藏式寺庙群，别开生面地铺展开以庙带市的商业模式。便又于江南水乡的诗情画意之中，掺入了一股粗犷豪放的高原风情，引得人的心神飞扬起来。尽管这又是封建帝王那种封疆列土、自我膨胀意识的典型体现，但这种袖里有乾坤、万类皆入于我的奇特的园林景观，在世界造园艺术史上，却算得一颗独一无二的明珠。

　　进得店里，着清代长袍马褂的"老板"会迎上来"打千"，花团锦簇的"老板娘"也会来道上一声"万福"。然后，一碗香茗捧上，你就需要掏出特制的仿清代铜钱了。不知是谁的主意，新苏州街里，只流通这一种仿古钱币，大概是为了彻彻底底地引发游客们的思古幽情吧？

　　是的，一切都像，很像。连同欸乃摇荡的古色古香篷船，连同声声入耳的江南丝竹之乐，还有锦缎流苏的小轿，白底黑字的"肃静""回避"木牌……这一切，都忠实地展现了18世纪的人文景观。

三

可是，似与是之间，从来都隔着一条天然的鸿沟。何况，其间又已隔着一百三十年的岁月，隔着一个多世纪所发生过的兴兴衰衰！

历史是可以重塑的吗？

我缓缓走下长桥，走向苏州街。

满街飘浮着油漆的新味，时时提醒着我，这是重塑的苏州一条街。

不管历史是不是能够重塑，苏州旧街是焕然一新了。

修复它的工程，是 1986 年开始的，五年后的今天竣工。复原设计由清华大学建筑设计院承担，大量参考了国家第一历史档案馆等处的苏州街档案资料、文献、实物等，用去人民币一千万元。

一百三十年的岁月，其间突变了几多风云？弥漫了几多战火？呈现了几度繁荣？——其结果，无论是号称"小中兴"的同治皇帝，还是贪婪阴险的慈禧太后；无论是拥兵割据的北洋军阀，还是祸国殃民的蒋家王朝，谁也无意、无暇、无力修复这条苏州街。唯其在今天，历史的洪流奔腾到 20 世纪 90 年代之际，在改革开放的晴天朗日之下，这个大规模的完整景区才终于重现，了却了几代中华儿女的殷切心愿。

从这个意义上，苏州街的新生，当是引人自豪的壮举。

然而，当我吮吸着满街油漆的新香，当我徜徉在厚重的石阶路上，当我摇荡于湖水的街心，当我抚摸着朱红的店门，当我眺望着长幌、龙旗和宫纱灯，心里却更浮现起许多复杂的意绪。一时，重建苏州街引起的遐思，如云如雾，如丝如缕，竟扯不清了。

四

一只古色古香的篷船，大模大样地摇荡着，滑向街心。

头束黄巾、身着清式黄袍装束的船老大，麻麻利利地操着船桨，推动着小船摇摇曳曳前行。看不出他脸上的表情，也便不知道此刻他的内心里在想着什么，只觉得倏然之间，有一种错觉从心里升起，以为他真的是前清遗民了！

满船乘客开心地笑闹着，尽量松弛下心境，欣赏着这当年只有皇帝贵族们才能享用的江南秀色。也看不出他们脸上的表情，也不知道他们内心里想的是什么——是新鲜？是满足？还是凭吊？

我突然想起了一件事和一个人。那是在 70 年代，我去参观曲阜的孔子庙。路遇一位游客，四十多岁，看穿着言谈像是哪个乡镇工厂的采购员。他一听说我是北京来的，立即用神秘的口气问我：

"你登过金銮殿吗？"

我答："你说的是故宫吧？去过，北京人都去过。"

想不到他竟眯起眼睛，一副神往的神色。过了好一会儿，他才不无羡慕地说：

"那可是皇帝的龙廷啊！"

我被逗得大笑起来。那时我还年轻，不曾经历过许多事，只觉得采购员到现在还把皇帝老儿看得这么重，真是可笑极了。及至今天，我才省悟过来：那也是一种思维方法。中国人里面，各种各样的思维方法，还有许多种呢！

那么，如今重游苏州街，人们又是在用何种方法思维，体现何种意绪呢？……

而重修苏州街，让今人重新领略昔日的皇家气派，又是为了什么呢？……

正思忖不定之间，耳畔忽然响起一迭声的呼喊：

"安——乐——渡……"

"安——乐——渡……"

我吃了一惊，忙向岸两边张望。然而奇怪了，并没见有人在喊。看看舟中乘客，瞧瞧路上行人，也似乎并没有听到这喊声。他们还在照样嬉戏。抬头望望天空，苍穹明净，白云片片。低头看看脚下，湖水澄澈，碧波粼粼。也许，这是我自己心里幻化出来的喊声？

"安乐渡"实有其故事，见于《清稗类钞》：

> 昔者，皇帝在圆明园御舟徐行，则岸上宫人曼声呼曰："安乐渡。"递相呼唤，其声悠扬不绝，至舟达彼岸乃已。文宗出狩时，穆宗尚在抱，戏效其声，上抚穆宗首曰："今日无复有是矣。"言讫，潸然泪下，内侍等皆相顾惶惶不已。

文宗即咸丰皇帝，穆宗即同治皇帝。在咸丰当政的 1851 年至 1861 年的十年间，正是清政府急剧衰落、帝国主义列强图谋瓜分中国之时。所谓"出狩"，实际是落难逃亡。咸丰皇帝的潸然泪下，正是无可奈何花落去的一种心灵写照。他多么希望昔日的康乾盛世能够长长久久，以保证他的子孙后代们永远安乐不绝呀。

可惜，历史是不可能以这位封建皇帝的意志为转移的！

更何况，所谓的康乾盛世，就真的是那么美妙吗？

愚蠢的咸丰皇帝呀，你难道不知道，你心目中的繁华盛世——早在当年苏州街修建之初，其实就已经是一支挽歌了！

五

听人告诉说，时至前不久，还曾有人听到过这支挽歌。

我就在石阶上坐下来，也想碰碰运气。

新修的石阶路面，光崭崭的，十分平整、干净，给人一种纤尘不染的感觉。昔日的繁华和鼎沸、风烟和血色，都早已被岁月抹去。然而，寂寥的石阶上，突然响起一串沉重的脚步声。这是来自我的脚下，还是来自我的内心？

我听到两百年前的那些亡灵，正在石阶下面游荡歌吟。一时还听不清他们唱的是什么，但分明能感觉到他们依然激烈的情绪。莫非，他们是想从历史的深处走来，为我歌上一曲？

——"哦，是了，你们想唱什么，就唱唱吧，我在倾听。"

——"那么，我们就唱了，你听好。"

半空里，真的就响起了悲凉的幽吟，听得人脊背直发凉：

> 风也萧萧，雨也萧萧，瘦尽灯花又一宵；不知何事
> 萦怀抱，睡也无聊，醒也无聊，梦也何曾到谢桥……

一曲唱罢，又响起另一曲：

> 行到那旧院门，何用轻敲，也不怕小犬哢哢。无非
> 是枯井颓巢，不过些砖苔砌草。手中的花条柳梢，尽意
> 儿采樵。这黑灰，是谁家厨灶？俺曾见金陵玉殿莺啼晓，
> 秦淮水榭花开早，谁知道容易冰消。眼看他起朱楼，眼
> 看他宴宾客，眼看他楼塌了。这青苔碧瓦堆，俺曾睡过
> 风流觉，将五十年兴亡看饱。那乌衣巷不姓王，莫愁湖
> 鬼夜哭，凤凰台栖枭鸟。残山梦最真，旧境丢难掉，不
> 信这舆图换稿。

——"好悲凉的曲调！莫非，这就是那支挽歌了？"

——"正是，正是。盛世写哀歌，这不是一个铁定的规律吗？
还请随我们来，带你去看看所谓的乾隆盛世，是怎样的金玉其外，
败絮其中。"

我"腾"地跳起，随亡灵们匆匆而行，迈进了乾隆末年的大门。

恰好，正赶上府库清点完毕，库存告罄，偌大国库里只剩下
银钱二百万两了！消息急报龙廷，把个乾隆皇帝从风花雪月中惊

起——这还了得，倘一遇灾荒，除了大开捐纳，加重税赋，便毫无办法了。而如此做，必将引起民怨沸腾、国基动摇，所谓盛世的殿堂，细细看去，充其量已是一座纸糊的牌坊罢了！

乾隆龙颜大怒，拍案叫道："五年前，国库里不是还有存银八千万两吗？钱都哪里去了，查！"

"还能查出个什么结果呢？！"亡灵们一起大叫起来，"除了官吏的贪污，你乾隆自己的铺张浪费就是一大笔消耗呀。大修避暑山庄，所费亿万。大修圆明园，又是不下亿万。还有你的六次南巡，五幸五台山，五次告祭曲阜，七次东谒三陵，两次巡游天津，一次登赏嵩山，一次游览正定，多次避暑热河……哪一次不是修桥铺路，搭建行宫，道设彩棚，河行龙舟，造成万人空巷的'喜庆'气氛？更兼你的王母、嫔妃、官吏、奴仆们的大大小小红白喜事，日日天天寻常消磨，全都穷尽奢靡，极尽排场，这么争相坐吃而大山能够不空吗？"

乾隆无言以对，欲转身逃走。亡灵们蜂拥而上，将他团团围在中间。他们挥舞手臂，腾挪奔突，跳着神秘的亡灵之舞，发出慑人的喊叫……

就让他们尽情地发泄出百年的幽怨吧！

六

我站起身，默默地走回苏州街。

归来水街皆依旧，长幌招风，宫灯高悬，游人如织，热热闹闹。

历史与现实之间，恍如隔着一层薄纸罢了！

一位鹤发童颜、气度不凡的老学者，引起了我的注意。只见他踽踽独行，忽而摸摸朱红的店门，忽而跺跺脚下的石阶，一步三叹气，三步一回头。从他那皱纹如割的脸上，我仿佛看到了历史的沉思。

我快步追上他，向他提出了一个久已有之的疑惑：

"为什么历代的封建帝王，都这么重视大修宫殿园苑呢？"

老学者沉吟片刻，缓缓开了口：

"是呀，从秦代修造兵马俑、未央宫以来，历代封建帝王，没有不大兴土木的。唐宋以降，递至清代，达到登峰造极的程度。过去史家的解释一直说是一方面为了满足封建统治阶级的穷奢极欲的享受需要，另一方面也为了证明和祈求他们的昌盛世道万世永存。而今，我又有了一种新的认识。"

"什么新的认识呢？"我急不可待地问道。

老学者缓缓抬起手，在半空中画了一个圆圈，把一条苏州街尽收其中，反问我：

"你在这条街上，最突出的一个感受是什么？"

"虚假的繁荣。"

"对了。"老人微微颔首，阐发道，"说什么慰藉孝心、达览秀色，其实并非如此。事实上，这是封建统治者暂时忘却现实的情感需要。大抵封建社会的鼎盛时期，即已开始显露其逐渐转衰的端倪。乾隆是个并不愚笨的皇帝，他应该说是最早看出这端倪的人之一。正因为如此，他对昔日江南的繁华盛景便分外地依依不舍，甚至不惜假造出一个来，以寄寓他那种也曾经阔过的怀旧情绪。"

　　说到这里，老学者变得慷慨激昂起来："所以，说苏州街是一支挽歌极是准确无误，它的主旋律就是无可奈何的悲凄。在这种意绪的笼罩下，整条水街表现出的，不过是封建没落文化的阴暗面。你看这浮漆艳彩的一座座小店铺，是典型的不发达的旧式生产方式。表面上的富丽堂皇，不过是封建文化到了烂熟阶段的一种回光返照，是一种极度贫弱的旧文明的象征。"

　　听到这里，我情不自禁地脱口而出："老先生，您讲得真是透彻极了。我还想请教一个问题：在明白了当年为何要修建这条苏州街后，我还想不透今天重塑它的意义所在？"

　　这条摇摇曳曳的水街上，飘舞的毕竟是龙旗的岁月。需要用虚假繁荣聊以自慰的，毕竟只是昔日的帝王。那么，今天呢？

　　老学者严肃的目光在我脸上久久凝视。我看得出，他显然也还在找寻这个答案的过程之中。我便上前挽起他的手臂，共同寻游苏州街，去叩问历史的昔与今。

七

　　过日升号店门而不入，我看到老学者在对着堆得高高的寿桃、寿面微微摇头。

　　过芬芳楼而不入，我看到老学者只对着厅前的那只古筝冷冷一瞥。

　　默默无语，我们寂然前行。过长桥，转朱阁，老人邀我走进风雅斋。

案几上摆着擦拭得一尘不染的文房四宝。柜台里排列着线装本册、画轴、金石、宣纸。墙壁上挂着篆书、隶书、草书、行楷等等各种字体的书法长卷。屋角置放着半人高的珐琅彩瓷花瓶。这是一家书画店。小店布置得幽雅、纯粹，具有浓郁的书卷气，颇令人赏心悦目。

一幅丈二的楷书长轴引起了我们的注意，拳头大的字十分遒劲。老人让我吟诵出来：

> 将愁不去，秋色行难住，六曲屏山深院宇，日日
> 风风雨雨；雨余篱菊初香，人言此日重阳，回首凉云暮
> 叶，黄昏无限思量……

噫！又是一曲《哀江南》！在清代的文学艺术中，这感伤的基调似乎无处不在，难道是为了勾起人们对于那一段屈辱历史的无限思量？

是呀，清代，中国最后一个封建王朝，它让人思量的东西是太多了！

短短二百多年间，它就使中国从世界第一流强国，迅速沦落为屈辱的半殖民地。明末已经萌芽的资本主义新因素，被更易接受保守、反动的政治、经济、文化政策的少数民族统治者全面地打了下去。由此，导致了中国历史发展的全面倒退，导致了西方帝国主义列强的乘虚而入，导致了直到今天中国仍然不能跻身世界强国之列……

历史真的是会施行它的惩罚的——哪怕稍微一点点的倒行逆施，都将让后人付出几十倍、几百倍的代价！

　　痛也切切、恨也深深呀！

　　　　何处望神州？满眼风光北固楼。

　　　　千古兴亡多少事，悠悠，

　　　　不尽长江滚滚流！

　　老学者高声吟诵起辛弃疾的《南乡子》词。看得出来，千古兴亡的感慨，此刻也在猛烈地撞击着他的心灵。只见他疾步走到案前，抓起毛笔，龙飞凤舞地写起来：

　　　　一个没有历史感的民族，

　　　　就不可能达到历史的深度。

　　我细细品味着这句话，感到心中明白了一些什么。正想再向老人请教，却突然发现身边竟了无一人了！疾步追出门外，只听从天空之中又飘送来一句话：

　　　　一个有自信心的民族，

　　　　才敢于正视自己的历史。

　　哦，你白发苍苍的老学者，难道就是历史的老人吗？

八

胸中的感慨涌得太多太急，我有一种想对谁诉诉心曲的
心绪。

抬头看，茶楼之上，人声正鼎沸。逛过了店铺、荡过了水
街的游客们，又聚集到这茶楼里，领略别一番风情。

或许，他们也和我一样，需要倾诉？

人们找一张茶桌坐下，掏出特制的仿清铜钱，在桌上一字
排开。一枚大的，一枚中的，一枚小的，俱是圆形方孔，上面
正书"乾隆通宝"，背书"清漪苏子"，共八个方正字。铜钱显
然用特殊的方法进行了做旧处理，黄里透出斑斑绿苔痕。用手
掂量掂量，还真有些沉甸甸的分量呢。不一会儿，跑堂的就送
上来一份茶点小吃。而等客人们啜饮着清茶、品味着小吃之际，
一阵丝竹之声悠悠慢慢地从前厅传来：

> 花谢花飞飞满天，红消香断有谁怜？游丝软系飘春
> 榭，落絮轻沾扑绣帘。闺中女儿惜春暮，愁绪满怀无
> 着处……

这一曲《葬花吟》，缠缠绵绵，凄凄切切，又与苏州旧街的
悲凉格调浑然一体，因而听起来分外伤怀。然而这会儿，人们
却没有几个在倾听。他们被一个激愤的声音吸引住了。

那是一个粗犷的汉子。身量不高，红脸膛，强健的肌肉从

303

雪白的的确良衬衣里凸起，说话声音奇大。只听他说：

"要说把咱们中国老少爷们的脸丢尽了的，就数着同治、光绪、慈禧那几个玩意儿了。有一年，英国鬼子在上海修了一条铁路，清王朝花了二十八万两银子给赎了回来。你们猜怎么着？赎回来马上就下令拆掉，说那是妖怪变出来的，对大清王朝有危害！你们说是不是能把人活活气死？！"

满座响起了悲愤的咒骂和叹息。不分什么身份、什么阶层、什么文化层次，人们的心中都翻腾着作为一个中国人的奇耻大辱。

只有两个人木鸡似的坐着。那是一对金发碧眼的西方男女。

真是巧得很，她来自英国，他来自法国。说句玩笑话，该不会是一支新的"英法联军"吧？

我把这想法对他们说了。他们大笑起来，邀我在桌前坐下。

英国女士样子很可爱，虽身高马大，却不失妩媚。脸上漾起动人的微笑，首先向我表示了歉意，因为昔日她的祖先焚烧了这么漂亮的苏州街。接着，话锋一转，就津津乐道于她见到的三寸小鞋、水烟袋、鼻烟壶、太师椅……

她晃动着满头金发，操着半生不熟的中国话，一而再，再而三地惊叹着："啊，这一切，太奇妙了！你们中国的文明，真是古老，令人羡慕……"

冷峻的法国男士却突然把双手一摊，不无优越感地蹦出一句话："可惜在现代文明中，你们落伍了！"

他的这副口气激起了我的火气。我那想一诉衷曲的欲望，此刻就像火势见了风一样，"呼"地燃烧起来。我强压着火气，

304

不卑不亢地回答道：

"你们想必也都了解，中国改革开放的大潮正汹涌澎湃。愿意的话，请你们拭目以待！"

走出茶楼，天高远，山苍翠，水悠长……

九

太阳出来了。

阳光跳上湖面，把碧绿的湖水，皴染成一块闪闪烁烁的星星锦缎。映在天空上，苍穹更显明净。映入松林里，古松更加苍碧。映进啼鸟声，长鸣更加幽深……

参观的人逐渐多了起来。老人、中年人，还有穿着鲜艳如花的孩子。人们饶有兴致地从一爿爿商号进进出出，品味着今天，议论着昨天和前天，畅快地笑谈着。

苏州一条街，滚动起新时代的风云。

看着人们轻松地掠过那些历史悠久的老铺，我忽然觉得心中升起了希望。

不是吗？虽然听不清他们说的是什么，但他们那爽爽朗朗的笑谈声，与石阶下面的百年幽咽相比，与刚才茶楼里的情事相比，已是天壤悬隔了！

朝朝代代，各领风骚。

寻找历史，是为了把新的历史抒写得更流丽，更辉煌。

听，昔日末代皇帝的胞弟爱新觉罗·溥杰，当街吟诵起他为苏州街复原志喜的诗句：

回首康乾昔

曾夸锦绣街

南风桥接径

帆影镜当街

金碧沦兵劫

荒芜委草埋

今朝轮奂美

十亿畅开怀

　　不知为什么，这使我想起了至今滞留在清东陵之中的历代帝王图像。你们一个个正襟危坐的最高统治者，听到你们后人的这番歌吟，心下作何感慨呢？

　　这就是历史。五千年的中国文明发展史。历史总是向前发展的，人类总是在进步——虽然有时顺畅，有时缓慢，有时滞涩得简直停止了似的。但蓦然回首，你会发现，历史的脚步，其实早把昔日迈过去了！

十

　　离开苏州街的时候，已是灯火阑珊。

　　在湛蓝的夜色中，浮漆艳彩的苏州街隐去了，湖面上平添了一座玲珑剔透的水晶宫殿。

　　不见了白日的华艳，此刻的苏州街，如歌如幻，成为一首恬静的小诗。

退去了喧嚣的人流，夜晚的苏州街，凝神屏息，沉浸在一脉思绪之中。

思也深深，想也沉沉——一百三十年，人去了，人来了。

思也思不尽，想也想不完——人来了，人去了，天涯路望断。

呵，你残破的旧街，你焕然的新颜，都已成为历史。人们来看一眼你的兴兴衰衰，不是图新鲜，不是为满足，也不只是凭吊，为的是认识你，读懂你，体味你数百年来的酸甜苦辣，记住你痛彻心扉的苍凉悲歌。

更是为了来向你告别——今天，从你这里走出去以后，我们就再也不会回头——进入历史，为的是走出历史！

一条苏州街，一幅活的历史画卷。

长桥两侧，湖水仍在静静地流……

嶂岩碧碧。清风徐徐。啼鸟幽幽……

那么，再见了，苏州街！今天你从历史中涅槃，也就成为新的历史创造的开端。

1990 年 9 月 28 日一稿

11 月 11 日二稿于北京协和大院

惊闻圆明园办庙会

前两天有新闻界同行通报，说北京圆明园要办庙会，乍听之下以为是谎信儿："不会吧，在那个中华民族的伤心地、屈辱地、悲愤地，怎么可能呢？"但是，现在却眼见得报纸上白纸黑字，披露得明明白白：

> 2月10日至2月20日（腊月二十七到正月初七），首届圆明园皇家庙会将在圆明园内举办。皇家祈福、皇家文化展示、宫廷斗鸡、皇家皮影戏、五帝赐福、百花迎春活动等多项游艺演出活动将悉数登场。圆明园管理处有关负责人称，此外还将推出格格选亲、比武招亲、有奖悬挂同心锁等活动以及灯戏、火戏表演，游客可以充分体验"皇家"过年是怎样"吃""穿""用""玩""学""行"的。（《北京日报》2010年1月18日）

呜呼，一阵悲哀涌上心头，我马上想到，这又是钱闹的！果然，电话那边，新闻界同行回复，确是"某某公司联合某某政府部门主办"的，有人支持他们的理由之一，即是"文物古迹是重要的商业资源"。

　　好一个"重要的商业资源"，可是，要看这是怎么个商业资源！近年来，无论是"文物保护的资金短缺"，还是"文保工作人员的薪水太低"，都早已成为许多文物古迹圈地卖票的理由，实施起来也越来越顺风顺水。可是圆明园不然啊，自从一百多年前那个火光冲天的黑色日子起，圆明园就成为中华民族身上的一道伤痕，那永远的伤痛从来就没减轻过，那永远的历史耻辱，更是时刻鞭策着我们不忘国耻，埋首奋进，振兴中华！圆明园已经成为中华民族一个特定的文化符号，一提起它，人们眼前出现的即是那悲壮的残存石壁，想到的即是西方列强对中华民族的侵略、蹂躏和掠夺。别说一百年，就是时间的长河再流淌一千年一万年，圆明园的伤痛也是抹不去的永久的记忆！

　　可是真有人不这样想。在如今商业行为越来越无孔不入的社会氛围中，只要能卖钱和赚钱，一切的一切都会有人打主意。马克思早就深刻洞穿了"商业资源"的秘密："如果有百分之一百的利润，资本家们会铤而走险；如果有百分之两百的利润，资本家们会藐视法律；如果有百分之三百的利润，那么资本家们便会践踏世间的一切。"而不能卖钱和赚钱的文化、历史、传统啊等等，在利润、金钱面前已经一再后退，眼看连底线也要守不住了。"老提那耻辱干什么啊？放着大片的空地不利用，放着大把的钞票不赚，空讲耻辱有什么用？"这种观点，绝不是一个两个人在说。他们接下来说的是，今天的中国已经是国富民强的享乐型社会了，来不来就言穷、就言艰苦奋斗、就言自立于世界民族之林的历史语汇，该画上句号了。果真如此吗？先不说我们一"人均"，国力的排名立刻就没资格"享乐型"了；只说艰苦奋斗是我们中华民族自立于世界民族之林的护身符，即使将来中国真变成世界上最发达国家了，也绝不能将之抛弃掉！

再说，在一个曾经承载着民族奇耻大辱、痛苦记忆的地方，搞起吃、喝、玩、乐的"皇家庙会"，会让全世界的中华子孙怎么想？一方面，中国本土的有识之士和一群热爱祖国的海外子孙，还正在艰难然而不懈地追讨着被帝国主义列强掠夺去的圆明园文物；另一方面，我们自己又在这片血与火的土地上斗鸡、吃喝、忘情地享乐，这会怎样地伤了他们的民族感情啊！如果他们身边的"老外"再来一句"中国人就是没记性"（鲁迅先生早说过"中国人没记性"），你想，他们会怎样地椎心泣血啊！

我还想到了另一点：老说我们的八〇后、九〇后的孩子们整天只知道追求娱乐、享受，不关心国家大事和民族前途，担心他们成为垮掉的一代。可是我们的社会教育提供给他们的，难道就是在圆明园上纵情吃喝？就是"商业利润至上"？就是把奇耻大辱统统忘掉的消解？孩子们会用怎样疑惑的目光看着我们，然后把"原则""底线""民族精神"等等词一个一个地全都抹去？

当然，一定有人会说，不就是一场十天的庙会吗，你是不是看得太严重了？我的答复是：万事没了底线，就会如决堤的洪水，滚滚滔滔能冲毁一切。你今天允许圆明园办庙会，明天它就会建起游乐场，后天你再问在里面游乐的孩子们什么是圆明园的奇耻大辱，他们还能答上来吗？

两年前，浙江横店集团宣布横店圆明新园工程启动，最后在全国人民的反对声中停了工。的确，圆明园是属于中华全民族的宝贵财富，不管是个人、小集体还是地方政府，谁也无权把它变成赚钱的道具。

2010 年 1 月 20 日于光明日报社

凉水河的期盼

在笔者每天上下班的必经之路上，有一座三环桥，名之曰"洋桥"。洋桥迤北，不到一百米开外，有一条很宽阔的河，地图上叫"凉水河"。这凉水河自西而东不舍昼夜，至洋桥，被一条南北大马路分为东西两岸。两岸都是居民区，高高低低，错落着多幢居民楼，但风景却迥然不同，有天壤之别。

河东岸，一条玉带似的小马路，沿着汩汩流淌的河水蜿蜒东去，岸边垂柳依依，草色青青，黄发悠闲地摇着蒲扇，或弈或侃，怡然自乐；垂髫欢快地拍着巴掌，亦奔亦驰，大乐大喜。而河西边呢，河岸却已然消失得无影无踪！

取而代之的，是两排砖的、泥的、木头的、铝合金的……以及不知道是什么乱七八糟质地材料建成的低矮棚户，野蘑菇似的、密密麻麻滋生在那条原本玉带似的小马路上，挤挤挨挨夹成一条蛇形小道，就变成了一个嘈杂脏乱的占路市场，出口处居然还有招牌，斗大的字霸气十足，"花鸟鱼虫一条街"。可怜那建桥时沿河栽种的一排垂柳，居然被一株株砌在棚户里，只有上半截才能见到天日，苟延残喘地争夺着最后一点生存权利。唉，每年初春，看着它们一小芽一小芽地、备尝艰难地挣扎着往外拱，心里别提多替它们痛苦了！当然，最难受的，还要数毗邻而立的那几座居民楼里的住户，窗根底下，一年四季是从早吵到晚的叫卖声、讨价还价声和集市上那种特有的喧嚣声，听着多心烦呀。要是再碰上长年上夜班的或者家里有高考、中考的孩子，你说可怎么忍受得了？！

今年初春开始，好不容易盼到有了风声，说是一律要拆除违章占路市场，这回是借新中国成立五十周年大庆的光，下了坚定无比的大决心。也眼见着市区内市区外，甭管是繁华地段还是脏乱差的城乡接合部，说声拆，"喊哩咔嚓"就拆了，"哗啦哗啦"就推平了，"轰轰隆隆"砖头瓦砾就运走了，真痛快！于是心里就想着就盼着：凉水河西岸的柳树们，这回也能堂堂正正地"暴露于光天化日之下"了吧？

谁想，十天过去了，半个月过去了，两三个月过去了，却一点儿也不见动静，"花鸟鱼虫一条街"就像是皇亲国戚家的后花园，甭管外面怎么拆翻天，人家是我自稳稳当当，岿然不动。看那光景，是保住了？是不准备动了？也不知道依据是什么。两岸，尤其是深受其苦的西岸老百姓，急得手心直痒痒。我们这些天天享受此天、此地、此河、此树、此空气、此风景的行路人，也想"拔刀相助"一回，我就打电话，向北京人民广播电台"新闻热线"报了料，我是它每天的忠实听众。在陈述了情况之后，我献上了一条锦囊妙计：

"要说解决此问题并不难，就在离这里不到三百米的洋桥东南角，有一家'仟村'商场，去年因经营亏损关了张，直到现在还空在那里，若学学红桥市场的经验，把'花鸟鱼虫'挪到那里面去经营，岂不是两全其美，各得其所？"

电话线那端，接电话的那位新闻同行耐心地听完了我的话，立即表态，说是一定把这妙计转达给有关部门。第二天一大早，"新闻热线"果然就播出了，于是，我长长地吐出了一口积郁多少日子的闷气，心里感到极大安慰。可谁知，又是十天半个月过去了，荒凉的"仟村"还荒凉在那里，嘈杂的"花鸟鱼虫"也还嘈杂在那里，谁也没有改变谁。唉，这么现成的好事，就是没人管没人办办不成，悲哉！

想当年，天坛公园东北墙外，红桥农贸市场何其热闹和杂乱，有关部门说声撤路盖楼，采用国家、集体、个人合资的办法，没多少日子，有着浓郁民族风格的宫殿一般的红桥农贸大楼，就恢宏地堂皇地气派地矗立在天坛公园之东，成为崇文区（现东城区）一胜景。古老的皇家祭天之园呢，也重新呈现出白墙、灰瓦、绿草、方砖，美观、清洁、大方的森然气象，重新焕发出新的历史激情。可见，什么事都是人做出来的，想做的话，兢兢业业去做的话，奇迹也能创造。

1999 年 7 月 1 日于京南西马小区

314

北京要有好建筑

若大街上有一妙龄女子，头上戴着古代金珠银丝的凤冠，上身穿 20 世纪 50 年代的蓝卡其布列宁装，下身套 21 世纪闪闪发光的 IT 短裙，脚上又蹬着一双新疆内蒙古西藏青海少数民族的皮靴子，你想会怎么样？

——当然会引起特大轰动，被人围个里三层外三层，万人争睹，横评纵论，叽叽嘎嘎，笑掉大牙！甚至弄个人涌如潮，车塞路断，警车哇哇，酿成个不大不小的事件，也未可知？

不要以为我在编故事，作家的想象力就是再丰富，这么荒诞的故事也编不出来！且请抬望眼，北京×大街，"伊"就在马路边上站着呢！

"伊"的高度着实不矮，总有十五六层吧，加之位置临街口，因而很是抢眼。"伊"的名字不知道，用途不知道，属于哪个单位也不知道。只看见它已经施工好多年，早就有了毛坯模样，却今天添一块砖，明天盖一个顶，建建停停，老是完不了工。进入 21 世纪了，北京全城都加快了建设步伐；申奥成功了，步伐更得加快再加快，"伊"才总算扯下了脑袋上的红盖头，羞羞答答开始见人了。

天可怜见！它怎么长成了四不像？

顶部，是古典式的小亭子，既不汉朝也不唐代，高高在上的本来就不稳，却还弄了个两层，真是"叠床架屋"最好的注释。上身，中间部分是现代建筑风格的白砖墙，嵌以老老实实的长方形玻璃窗，虽然有点过时，倒也普普通通不扎眼；不料两侧，却突然以后现代的玻璃钢幕墙包抄过来，就像把"大跃进"民歌和前卫诗相对接。下身，又镶嵌上少数民族风格的半圆形拱门和窗棂，看上去又像到了清真寺。更绝的还在背后，不知为什么又安装了一个火箭筒似的巨型圆柱体，白青着脸站在那儿，似乎在抱怨怎能如此不重视它？而在它旁边，还有另一个家伙更牢骚满腹，是一条类似 60 年代简易楼的外接楼梯，弯弯曲曲，轧饹饹似的轧出一根筷子一样的窄长条，不能不使人联想起封建遗老的小辫子……

哎呀呀，这都是哪儿和哪儿呀？说好听了，是百花齐放；说不好听了，不是个杂巴凑、大杂烩，又是什么？

哪儿有这么设计楼房的？你的生命力、创造力，哪儿去了！你的个性、你的激情，哪儿去了！你的想象力，哪儿去了嘛！

人都说"建筑是凝固的音乐，是大地上站立的诗，是留给子孙后代的一座丰碑"，这是严肃又严肃，庄严又庄严，丝毫不可掉以轻心的事，却怎么能就这么不动脑子，仅把各种风格一拼凑，就算"设计"出了一栋新建筑？要是大家都像你这样——画家们把达·芬奇、德拉克洛瓦、凡·高、毕加索涂抹在一起，雕塑家把米开朗琪罗、罗丹、艾米尔·亨利·摩尔拼接在一起，天文学家把八大行星镶嵌在一起，神学家把天主教、佛教、伊斯兰教合并在一起，思想家把孔子、苏格拉底、马克思、福柯杂凑在一起，作家把歌德、托尔斯泰、鲁迅、博尔赫斯复制在一起，美食家把甜菜、苦菜、咸菜、辣菜一勺烩在一起……哎哟，这世界，将会变成怎样的混乱和荒诞啊！

不"以小人之心度君子之腹"，因而，我不愿假想是设计师因偷懒而图省事，更不愿假想他是为了挣钱而粗制滥造，我宁愿他只是缺乏想象力——虽然这对一个以创造为生命表现形式的设计师来说，已经是绝大的缺失！

生命力是人类生生不息的无尽内存；

创造力是人类永远朝前走的强大驱动器；

想象力是人类不断启迪智力、开发空间、升级换代的软件。

试想，如果我们总是因袭古人，重复前人，复制别人，我们还能叫今人吗？还要我们这些今人干什么？

我们的生活质量怎样提高呢？

我们又怎么推动人类的前进呢？

是的，想象力是人类最重要的一种能力，只有智商最高的人才拥有这种能力。

从心理学上说，"想象力是指在知觉材料的基础上，经过新的配合而创造出新形象的心理过程"，它对人的要求是非常高的，古今中外，世上曾有多少聪明人，大智慧之人，人中之杰，哪一个都是胸襟博大，抱负非凡，雄心勃勃地想做出一番超越前人的大事业，可是超越，创造，出新，哪怕只比前人多迈出一小步，都是谈何容易！难点在哪里呢？除了天时、地利、人和诸因素之外，绝对的关键就是想象力。

再从哲学的角度说，人类不满足于本原的、天然的、客观的存在状态，就制造出美丽的虚幻来丰富世界，是为艺术。除了现实地活着，人类也需要艺术地活着。而能使艺术展开双翼的，就是想象力，凭着它神奇的力量，能给我们虚拟出另外一种美丽的存在。甚至可以说，想象力的高下，决定着艺术水平的高下。

我每次从北京长安街上走，路过东单路口时，都要反复欣赏东单体育馆东南角的一片窗户，那真是充分体现人类想象力和创造力的一个杰作。

那面墙呈全白底色，玻璃是大海的蔚蓝色，这在别处也能看到，不需说。它的杰出在于，整整一面墙，上中下三层窗棂，全部只是三角形和矩形的不同组合，造型极其洗练，却在这一个个平凡的形状中，表达出一种与众不同的高贵的存在。众人都是平面的、方形或圆形的排列，看不到生命的律动；而它们是立体的，有凹下和凸起，有平面和侧面，有音乐的旋律，有大海的起伏，有诗歌的节奏，有生命的交响……我每次都强烈感受到，这不是人间的东西，而是属于天堂的，天堂里才会有这么美的窗子，真的，天堂。

而最震撼我的，就是设计师天才的想象力，他竟然能把最最普通、人人都再熟悉不过的两种几何图形，变成如此美丽的诗！文学上有返璞归真一说，"庾信文章老更成"，凡大师宿儒们写到后来，一般都是朴素而深刻的，再也没有了花拳绣腿。东单体育馆的这片窗子，也是炉火纯青之作，这才叫设计，才是创造，设计者才当得起"设计师"的称号！

可惜，我没问到这位可尊敬的设计师的名字，不然，让他给前面那位设计师讲讲课，和其他设计师们交流交流，那么北京的大街上，可能就会减少一些拙劣的建筑。

是的，北京应该带头做出中国最好的建筑。

2005 年夏日于北京

钻石并不恒久

忽一日，女友卜草急急来打门，气恼不已。让我帮助写文章，声讨奸商，替她讨还公道，同时亦告诫其他消费者不要再上当。见我做出沉吟状，她急得颤声哀号："消协的人都让我想办法找新闻界呀！"见我仍深沉不语，她又跺着脚嗓叫道："你知道现在老百姓遇上点儿事有多难，上哪儿讲理去？！"正是这后一句话打动了我，使我有了这篇文章，自觉充当起打抱不平的"大侠"角色——虽然我自知人微言轻，假若我自己遇上事，也同样难，谁让咱们都是平头老百姓？

女作家徐坤曾戏称时尚是一条狗，真乃妙喻，不仅经典，亦风雅，有趣。

2002年的北京王府井大街上，时尚狗有两条。

320

第一条的名字叫"钻石"。一走入那条流金溢银的步行街，但见百货大楼、东安市场、工美大厦，还有多如雨后春笋的一家家珠宝专卖店，主打俱钻石是也。甭管坐北朝南还是坐南朝北，进门都是一道又一道白亮白亮的大柜台，雪亮的大玻璃镜镶嵌，极显富丽堂皇之酷毙派。里面陈列的，尽皆同样白亮白亮的白金钻石，真像咱们这个 IT 时代的"代花"，一个个翘着小脖子，飞着小媚眼，伸着小胳膊拦着你，非让你把它们端详个仔仔细细不行。一刹那，你的感觉别提就有多帝王了：吾邦真乃富庶无比之天朝，满世界白金灿烂，钻石辉煌，可真对得起祖宗的千秋万代基业！等再往上观看，你这位假帝王更乐了，哈，原来"代花"们还都有保镖，身后左左右右，都在信誓旦旦为其呐喊——"钻石真情，恒久魅力"！哇，观之可真有惊心动魄之感，直让人觉得自己的钱袋太小，所处消费层次太低，只能贡献"平民化惭愧"一个：俺真对不起 21 世纪！

　　至于第二条时尚狗，那就是"诚信"了。大小商家，每个门脸柜台，开口闭口没有不念"诚信"经的。放眼望去，简直遍地都是真善美，老板无不活雷锋，朗朗乾坤，一片澄明，形势大好，不是小好，那些说他们制假贩假无不假的流言蜚语，纯纯属"恶攻"，真应该立即将其揪出来，打翻在地，再踏上一只脚，叫它永世不得翻身，才得解他们心头之恨！

　　在这灿烂、辉煌的大背景下，我友卜草净看到百分之九十五的光明面了，却于不意间，被两条时尚狗小咬了一口。

　　是 9 月的第一天，卜草从王府井大新华书店出来，一撩眼，见对面有一间珠宝店，名曰"真货楼"，就信步走了进去。她本来没打算买什么，只是想先看看，她母亲要过生日了，孝顺女儿想看看有什么可以作为礼物的。

孰料进门容易出门难。售货小姐实在太热情了，每个人的脸上都是灿烂无比的一大堆巧笑，嘴里还"大姐，大姐"地甜叫着。并且她们是全世界最好的心理专家，能准确无误地判断出你心里的每一丝涟漪，还未等你的目光落在想看的物件上，她早给你捧到面前了。"谁不说俺家的东西好"，接下来就是一通天花乱坠，夸耀完了款式、成色等等以后，就是"您气质高雅，戴这个特显档次"，再后是"我们的价位是全北京最低的，您在我们这儿买最值"，再之后是"现在是促销月，过了这月就没这价了"。这时你要是还沉吟着延宕着不出手，她就十分亲密、百分诡秘地把你拉到一边，低声说："我为您请示经理去，再给您优惠到三折，行了吧？这可是我们的内部价，您可小声点儿，可别叫外人听见。"于是经理就及时地来了。于是就又便宜了一些钱。于是你觉得自己被人厚待，你可别辜负了人家的一眼高看。于是你就只剩下一个动作——掏钱。

卜草就不但为母亲买了项链，还顺便为自己买了一个特价的白金钻戒，价钱便宜得令人难以置信，才三百八十八元人民币。她是打算平时瞎戴着的，君不闻如今即使是外国女王公主，或者人上人的富婆富姐富妹，均按照自己的真珠宝打造一个复制件，平时戴的就是这些个替代物，真的呢，据说是养在银行的保险深闺里不予人识。她们戴得，我戴不得？

何况，人家名曰"真货楼"，门楣上斗大的金漆字，明镜似的高悬着呢。还给看了钻石鉴定书，上面花花绿绿，白纸黑字。

还给了质量信誉卡，亦坚坚实实写着"三个月免费修理、抛光、改圈……"售货小姐居然还许诺，戴到什么时候不喜欢了，还可以拿回来按原价换新的。这么优厚的条件，倒叫我友卜草于蒙头涨脑当中有了一小点儿疑惑，掏钱之前，她忽然就想起来，问道："这钻石会不会掉下来？"小姐的反应比电脑还快，应声嘲笑道："怎么可能呢？您不知道钻石是珠宝里最坚硬的吗？您真是的，怎么想的，从来也没有发生过啊！"于是，卜草只好为自己的"老土"缄口了。

然而接下来发生的事情，可真让我友有点儿忐忑不安了：钱交完，小姐带着她去"改圈"，也就是将戒指圈加大些。她跟着出"真货楼"，走进不远处的另一家首饰店，那里有一个外地人承包的小柜台，专门进行首饰加工什么的。只见坐在里面的那位首饰匠接过钻戒，熟练地淬火、烧红、打断，然后往里面加了不小的一块黑不溜秋的金属。"这是白金吗？"卜草疑惑地问。那首饰匠诡秘地一笑，答非所问："你放心吧，我保证给你弄得亮亮的，跟原来的一模一样。"卜草灵机一动说："我家里还有这么一个戒指，也想拿来改改，加工费多少钱？""十元。"我友差点儿没叫出声儿来：才十元，那刚才加进去的那块黑不溜秋的家伙，能是白金？而如果它不是的话，那这"白金"钻戒，到底是什么"金"呐？

天！……

她不敢想下去了，那不等于是自找不痛快？而就在此时，改圈完成了，可真的是妙手回春，天衣无缝，白璧无瑕，那戒指所呈现出的白亮白亮的姿态，跟大玻璃镜柜台里面的那些"代花"

毫无二致！我友卜草将其戴在手指上，立刻，那根稀松平常的手指，眼瞅着就十分地高贵了起来，迅速从小资爬升到白领，眨眼间就走完了由小康到中产的发展道路，且继续向大资上扬。卜草到底俗女人一个，美滋滋摇着猫步，走了。

说来人类从骨子里，就是"贪心不足蛇吞象"的动物类，尽管人这种动物已历经狩猎文明、农耕文明、工业文明、后工业文明等的漫漫衍衍的发展过程，现在又趾高气扬地进入了更高级的文明形态IT时代，可是"性本贪"的恶习一点儿也没改。见了好东西就想占有，有了好的还想要更好的，无论是心理学研究还是历史学的经验，都再一再二再三再N地证明了这样一条规律：绝大多数的人，都是这个磨道上的笨驴。我友卜草聪明一世，也终究逃脱不了这个宿命，有了"钻戒"，她就又想拥有一条白钻手链，于是她就这么被时尚狗撵着，在王府井大街上奔跑开了。

她这才书生气地发现，凡人，普通消费者，根本无从判断钻石价格的高下，因为从几百元的到数万元的，一款一个价，哪儿有可比性？你也无从比较它们的质量，这么高贵的东西，根本不是一般人能够解读的。最后剩下能够比较的，就只有服务态度了，大商场的售货员也很热情，但比较有度，不死乞白赖；而且她们友善地告诉卜草，这类商品，应该买公家大商场的东西，靠得住。卜草这才知道，原来"真货楼"是私人承包的，不禁像遭遇到危险的蛇一样，吐了吐自己的舌头。恰好此时，她忽然又在报纸上看到一则商业信息，说白金钻石在我国各大城市已经卖不动了——却原来，那人面桃花的售货小姐们不巧舌如簧，颜之厚矣，死缠活说，恨不得伸手到你包里替你掏出钱来，她们喝西北风去？

我友卜草的钻戒买回后，趁新鲜一连气儿戴了好几天。后来褪下，想起来的时候又戴了两三天。到了 11 月 4 日这一天，她无意中突然发现，镶在白金上面的钻石，竟真的不翼而飞了！托儿还好好的，连纳米那么小单位的痕迹也没有，显然系质量问题，根本就没镶住。可真是的，还侈谈"恒久"呢，才两个月它就一命呜呼了！回想起那巧笑的小姐的揶揄，只能以黑色幽默的胸怀来大而化之。于是，她就又回到了"真货楼"。

本以为，当然的质量问题，又在保修期内，当然的得给退，给换，给修，加上给赔不是。我友哼着歌就进了门，全不想，这回小姐的笑容一丝也不见了，劈面而来的，是砸过来的"石头"，不，是比石头还硬的声声指责，一口咬定责任在她，绝不能退赔。幸好我友那会儿很冷静，竟聪明地看出小姐很焦虑，心虚地不让她说话高声，生怕被别人听见。而值班经理和总经理也同样焦虑，同样黑着脸，异口同声给她戴了一顶高帽，唤做"使用不当"——作者按：我觉得这个词儿真够阴险的，有一种欲加之罪，何患无辞的小布什味道。戒指不就是戴的吗，又不能买回家上高香供起来。我友卜草乃一安安静静的文字工作者，既不车钳铣刨，也不抡扫帚耍墩布，更不割麦子拔大葱，顶多也就是敲敲电脑键盘，还能把这"恒久"的家伙怎么"使用"呢？

论争在这儿卡了壳，"真货楼"的总经理避实就虚，只一声吆喝，就把诚信狗唤来了，居然在卜草面前，大刺刺地摩挲着诚信狗的毛！这不等于是梁上君子宣讲偷窃之不道德？不仅又一次让卜草和我都体验到了黑色幽默的有趣意味，也使我想起了伟大领袖列宁同志的教导，他老人家在一百年前就发现了，那些在市场上赌咒发誓的奸商，他们的货物往往是最坏的。是的，他们的诡计也很坏，那位总经理"刷刷刷"抄给卜草一个地址，说是一个什么珠宝鉴定机构，让她去做质量鉴定。我友明明知道他是不怀好意，但因为不懂行规，只好留下"还要再来"的话，出门。

这回没心情摇猫步了，卜草真像时尚狗一样来回奔走起来——我这位可爱的认真的女友真的拿这个"钻戒"当了事，巴巴地去找有关专业人员请教。人家一听就笑了，答复果然说是您上当了，此计有三者大大不利于您：一者，所谓珠宝鉴定，是只鉴定东西的真假、成色，无法鉴定镶嵌的牢固度，那总经理心里明镜似的，他是成心金蝉脱壳；二者，鉴定费用需数百元，而且还拿不到所需的结论，他知道您根本就不可能去做，故此成心叫板；三者，他知道您是知识分子，视金钱为粪土，把时间当生命，所以，就摆开架势跟您泡了，直到您迅速败下阵来。

卜草气得七窍生烟，把一只鞋跟跺得"啪！啪！"的，发下毒誓："那这回我还就跟他泡了，不能老让奸商得手，老是顺顺溜溜地欺负咱们老百姓！"她一转身去了消协，王府井有工商管理所下辖的消费者协会。工作人员老王同志对消费者极端热情，对工作极端负责任，迅速跟"真货楼"接洽，了解核实情况等等。慑于威力，"真货楼"快速拿出了赔偿方案，同意退款二百八十八元的同时收回戒指托儿，也就是说，让我友卜草独自承担一百元的经济损失，而他们并没有任何利益受损，因为那白亮白亮的托儿无论再安上个什么家伙，都还照样卖钱不误。

卜草当然不同意。她对我说："可真不愧是奸商啊，高明！明明是它的质量问题，又在保修期内，凭什么它高唱着诚信，却让我来承担这损失？"

老王同志也劝"真货楼"再让点儿步："满打满算，人家消费者也就使用了你这商品两个月，你就叫人家赔上一百块钱，换上你，是不是心理也不平衡啊？"

道理确实是这么个道理，明白得如同日月经天，江河行地，草生木长，花开花落。可是"道理"在"唯利是图"面前，就是小山羊撞在大灰狼的牙口上了。人家"真货楼"不在乎"道理"，在乎的是钱，疾速表示，一分钱也不能让了，理由："这个口子不能开，要是今后消费者都拿着东西找我们来退货，那我们的买卖还开不开了？"——合着他们是醉翁之意为了后路，还盘算着继续坑害其他消费者！消协调解告失败。老王同志一再解释说，我们不是权力机关，也就起个调解作用。再不行，你只能上告法院或者找新闻界。

唉，这么一点儿小破事，一共也没几个钱，谁可能为它打官司？人家精明的商人早就把这一因素考虑熟了。卜草这辈子还没打过官司，连法院的大门朝哪儿开都不知道。何况，无聊还是"有聊"啊——我了解她，她确实不缺这一百块钱，她在乎的是这个天大的"理"字。她是一个有正义感的人，纯净得透明，眼里揉不得沙子，最见不得世间的不公平。

可是卜草啊，如今这个世道，大变态，大异化，大荒诞，世人追逐的除了钱就是权，出了商场就是官场，看不完的假货听不尽的假话，你能天天跟人讲理去？

是的，我们确实是视时间为生命的知识分子，确实应付不了这种无耻且无聊的战术，算了，我劝你就这么着吧，吃亏就吃亏了，不是有一句智慧的民谚吗，"宁跟好人打顿架，不跟恶棍说句话"。

卜草缄默不语。

半天，又半天，她终于僵尸似的，悲愤地点了点头。

我一看稀泥抹成了，赶紧得便宜卖乖，安慰她说：

但是当然，这个理咱们不能放弃，得把这件事跟全国人民讲清楚，免得他们以后还像你一样吃亏上当受骗。况且，这也是有关北京声誉的大事情。特别是王府井，是首都第一商业街，是中国的门面，你这个北京人买了劣货，当然明白这只是"真货楼"坑了你，可要是外地客人外国客人，是会大骂王府井，大骂北京，大骂中国的！

也许他们要记一辈子，永远永远都不到中国来了！也许他们也恰是新闻记者或是文字工作者，愤慨之下，把这件事写成文章，在海外登在报刊上。他们的无以计数的读者就会读到，并由此对中国产生深刻的印象，永远记在心间。某些不友好的家伙甚至双肩一耸，两手一摊，轻蔑地说："这些丑陋的中国人……"

卜草忽然泪如雨下！

由是，我抽出自己宝贵的时间，写出这篇文章。我所期望的，是能为真正的"诚信"精神正正名，也让世人看看，谁说没有了天理？

卜草你听好，所有良心未泯的同胞们，请你们大家都听好：

天地在呢，公道自在人心！过去封建社会里，我们的古人还讲究仁、义、礼、智、信，讲究视金钱如粪土，讲究"安能摧眉折腰事权贵"，讲究安身立命的清洁的精神，难道我们今天就光剩下金钱和利益了吗？果若如此，是我们这个时代的奇耻大辱啊，先祖先宗，子孙后代，谁还能宽恕我们今天这段历史！

怎么样？

就是不能哭！

2003 年 2 月 21 日于北京银街

2003 年 3 月 12 日又改

后记

并不意外的结局

2005 年春天，我又到了北京王府井大街，忽然想起两年前的这档子妙事，就决定再去"真货楼"转一圈。谁知来来回回找了两趟，竟找它不着了，那摆满了白金钻石的银光闪闪的"真货楼"，就像是从人间蒸发了——难道它是倒闭了？抑或是被查处了？再或是赚了一大把黑心钱就赶紧胜利大逃亡了？

回到家我就给女友卜草打电话。她没等我的话落地，就像受伤的狼一样嚎起来——说她当年给母亲买的项链折了，项链坠变黑了，有一天拿去修理，去的就还是当年"改圈"的那个外地人承包的小柜台。结果，工匠还是那位，一看就说是假货，没法修。卜草书生气地严正指出："当年我在你这儿'改圈'时有所怀疑，追问过你，你一口咬定说是白金和真钻石，怎么现在又说是假货啦?"那工匠狡黠地一笑，理直气壮道："现在那'真货楼'没有了嘛!"

教训呀！别看什么北京第一街，别听什么诚信狗汪汪叫，统统不能相信呀！该假还是假，说假就是假，你以为人都跟你似的还真金烈火地把"真善美"供在第一位，视昧心钱为粪土，没那门！傻去吧你。

唉，如今做人哪，真不能太书生气了!

2005 年春天复笔